KB119708

소설가의
여행법

...소설을
사랑하기에
......그곳으로
떠나다...

글·사진 함정임

예담

브루클린 다리를 자동차를 타고 건널 때던가,
아니 걸어서 건널 때던가,
한 문장이 한 줄기 빛처럼 뇌리에 박혔다.
그리고 그것은 다리를 건너 브루클린에서 돌아온
다음날까지 익숙한 노래의 후렴구처럼
귓전에서 맴돌았다.

어느 날에는 삶이 있다.

폴 오스터의 이 문장은 내 의지와 상관없이
내 입에 내 귀에 내 마음에 그리하여 내 삶에 메아리쳤다.
소리는 크지 않았고, 미풍처럼 감미로운가 하면,
악마의 입김처럼 은밀하고 치명적이었다.
이 한 문장에 의하면,
우리는 태어나 죽을 때까지 삶을 살고 있는 것 같지만,
삶은 언제나 있는 것이 아니고
어느 날, 어느 날에만 있다.

그러니까 그 어느 날, 노르망디 평원을 자동차로 달릴 때던가,

아니, 잠깐 북노르망디의 해안가 포구를 걷던 때던가,
한 문장이 벼락처럼 귓전을 때렸다.
그것은 포구를 떠나 흰 구름떼가 지평선 끝까지
광활하게 펼쳐진 노르망디 대평원을 달려
파리로, 서울로, 부산으로 돌아올 때까지
귓전에 화기火氣를 남기며
되살아났다.

사랑에 빠질 때마다 우리의 과거는 바뀐다.

파스칼 키냐르의 이런 문장을 만나면 나는
창窓이란 창은 모두 닫고,
그것으로 모자라 두꺼운 커튼으로
빈틈없이 빛을 가리고,
마치 깊은 동굴 속처럼 깜깜하게 두 눈을 감고
한 시절 잠들어 있고 싶어진다.

이 책은 단 하루도 소설 없이 살 수 없는 사람,
단 하루도 여행을 떠나지 않고는 살 수 없는 사람이

소설 속으로 파고든 탐색의 보고報告이자,
소설 밖으로 떠난 여행의 기록이다.

또한 이 책은 흘러가버린 시간 속에 잃어버린 한 편의 소설,
한 단락의 풍경, 한 자락의 문장을 찾아내어
살아가는 세계가 달라서,
또는 같은 세계라도 삶이 여의치 않아서,
소설과는 무관하게 살아온 사람들에게
소설의 진정한 혼魂과 형상을 조금이라도
전하고 싶은 간절한 마음으로
지난 2년간 한 월간 매체에 수행한
작업의 결과물이다.

따라서 이 책은 소설 창작자이자 소설 연구자로서의
나의 온 열망과 진심을 담고 있고,
나아가 작가와 독자 사이에 놓인 소설 중개자로서의
나의 정체성을 대변한다.
감히 말하자면, 나는 소설에 관한 한,
동시에 여행에 관한 한,
눈을 뜨고 감을 때까지,
아니 죽을 때까지 중독자의 삶을
살아갈 것이다.

궁극적으로 이 책은 소설에 대한 나의 사유와 글,
그리고 일일이 찾아다닌 현장 사진을 바탕으로

수많은 소설가들과 함께 미지의 세계로 떠나는
여행을 지향한다.

처음 이 여행길을 제안한 월간《신동아》의 이혜민 기자,
지난 2년 동안 일정 구간 함께 달려준 구자홍 기자, 송홍근 기자,
송화선 기자,
그리고 원래 소설과는 무관했지만 어느 순간부터
소설을 읽기 시작한 독자들,
한때 소설을 삶의 동반자로 여겼으나 어느 순간부터
소설이 삶의 뒤편으로 밀어났다가 나와 함께
다시 소설 읽기에 뛰어든 독자들에게
깊은 유대紐帶의 정情을 전하고 싶다.
또한 소설 여행의 길잡이가 되어준 작품들과
이 멋진 작품들을 한국에 소개해준 번역자와 출판사 들에게
무한한 감사와 신뢰의 마음을 전하고 싶다.
마지막으로 하나같이 개성이 강한 소설들로 이루어진
글편들을 특별한 안목으로 조화롭게 편집해준
위즈덤하우스 김은주씨에게 특별한 감사와
우정의 마음을 전하고 싶다.

《소설가의 여행법》에 동참하는
모든 이들의 발길에 축복이 있을진저!

2012년 1월 해운대 달맞이 언덕에서

함정임

⇪차례

2. 소설의 황홀, 황홀의 소설

소설
속을
걷다

우연의 실체와 환상 사이

폴 오스터, 《보이지 않는》과 맨해튼 그리고 브루클린

잠시 체류했던 청춘 시절 이래 나는 매년 파리에 도착할 때면 여장旅裝을 풀기도 전에 센 강 중에 떠 있는 노트르담 대성당으로 달려가곤 한다. 천 년 가까이 창공을 향해 고딕식 쌍탑을 우뚝 세우고 있는 견고한 석조 예술품 앞에 이르러서야 나는 비로소 파리에 왔음을 실감하는 것이다. 마찬가지로 뉴욕에 가면 여장을 풀면서 하루하루 그곳에 도달할 기회를 엿보곤 하는데, 허드슨 강과 이스트 강이 어우러지는 맨해튼 섬 동쪽 하단에서 브루클린을 잇는 브루클린 브리지가 그것이다.

...나는 조용히 죽을 만한 장소를 찾고 있었다. 누군가가 내게 브루클린을 추천했고 그래서 바로 이튿날 아침에 나는 그 지역을 한 바퀴 둘러볼 셈으로 웨체스터에서 그곳을 향해 길을 나섰다. 지난 56년 동안 거기에 가본 적이 한 번도 없었던 탓에 기억나는 것은 아무것도 없었다. 우리 부모는 내가 세 살 때 시내를 벗어나 교외로 이사를 했지만 나는 본능적으로 내가 전에 우리가 살던 곳 근처로 돌아가고 있다는 것, 마치 상처 입은 개가 그러하듯 태어난 본거지로 기어 들어가고 있다는 것을 알았다.

… 폴 오스터, 《브루클린 풍자극》

이것은 현대 뉴욕을 대표하는 작가 폴 오스터의 《브루클린 풍자극》의 첫 대목이다. 첫 문장부터 주인공에게 주어진 절체절명의 명제가 '죽는 일'임을 밝히고 있는 이 소설은 내가 뉴욕을 갈 때면 그의 또다른 소설 《뉴욕 3부작》과 함께 챙겨 가는 필수품인데, 이는 나만의 여행법과 관계가 깊다. 곧 뉴욕에 갈 때에는, 더욱이 브루클린에 갈 때에는 폴 오스터의 소설과 함께할 것! 혹자는 이렇게 의문을 가질 수도 있다. 그렇다 하더라도 '죽는 일'이 주인공의 중요한 화두이고, 그것을 실행하는 장소로 지목된 브루클린이지 않은가. 오래전부터 나는, 어쩌면 청춘 시절이 도래하기도 전부터 죽음에 대해 생각해왔는데, 요체는 살고 싶은 곳과 마찬가지로 죽고 싶은 곳이 있지 않을까, 하는 상상을 자주 했다. 그래서인지 소설가가 막 되었던 이십대 중반에 이런 문장까지 당돌하게 소설에 부려놓기까지 했다.

… 언젠가 우리는 이곳을 지나가게 되었지요. (중략) 우리 집 그분이 저 벌판을 손가락으로 가리켰답니다. (중략) 죽을 때는 꼭 예 와서 죽고 싶으이, 그 한마디였지요. 그래서 우리는 여기로 이사를 오게 되었습니다. 인생이란 결국 자기가 죽을 자리를 찾아 평생을 떠도는 것이 아닐까, 이사 온 첫날 밤 그분과 나란히 누워 그런 생각을 했어요.

… 함정임, 《이야기, 떨어지는 가면》

* 브루클린 브리지, 뉴욕

쓰는 순간에는 분명 찰나적이면서도 오롯이 잡히는 성찰 속에 한 문장 한 문장 공들여 빚어낸 것이지만, 세월이 흐른 뒤, 자신이 쓴 글(소설)을 읽을 때면, 치기稚氣로 뭉쳐진 열정의 산물이었음을 깨닫는다. 그러나 부끄러워하지는 않는다. 젊은 날에는, 죽을힘을 다해 작가가 되기로 결심한 폴 오스터처럼, 손을 대는 것마다 실패하는 참담한 시기를 겪으면서도 피하기보다는 정면으로 돌파해나가며 닥치는 대로 글쓰기에 자신을 내맡겨야 함을, 그것은 신인 시절에만 허용되는 특권임을 잘 알기 때문이다.

    ...20대 후반과 30대 초반에 나는 손대는 일마다 실패하는 참담한 시기를 겪었다.
    (중략) 작가가 되는 것은 (중략) 선택하는 것이기보다 선택되는 것이다. 글쓰는 것말고는 어떤 일도 자기한테 어울리지 않는다는 사실을 받아들이면, 평생 동안 멀고도 험한 길을 걸어갈 각오를 해야 한다.

                                                              ...폴 오스터, 《빵 굽는 타자기》

한국어 번역본으로는 《빵 굽는 타자기》라는 제목으로 소개된 이 자전적 에세이집을 출간할 당시 폴 오스터의 나이 쉰. 명문 컬럼비아 대학 출신이 세속적인 어떤 직업도 마다한 채 글쓰기의 골방에 처박힌 이야기. 이 산문집의 원제原題는 Hand to mouth. '그날 벌어 그날 먹기'라는 뜻인데, 번역 출간 과정에서 '빵 굽는 타자기'라는 기발한 제목으로 태어났다. 작가로서의 절정기에 오른 쉰 살의 폴 오스터는 하루살이처럼

그날 글을 써서 벌어 그날 먹어야 했던 비장했던 작가 지망생 시절의 초심을 이 책을 통해 치열하게 되새긴 셈이다. 힘든 시기를 거쳐 현대 미국을 대표하는 작가로 입지를 부여한 작품은 《뉴욕 3부작》과 《고독의 발명》. 어느 날 한 통의 잘못 걸려온 전화로부터 시작되는 《뉴욕 3부작》은 폴 오스터 소설의 특질인 우연의 미학과 추리 기법의 정석에 해당되는 작품들이다. 그보다 3년 먼저 발표한 《고독의 발명》은 '보이지 않는 남자의 초상화'과 '기억의 서書'로 이루어져 폴 오스터식 소설 법칙으로부터 살짝 벗어난, 자전적인 색채가 짙은 초기 에세이집이다. 이 책에서 그는 언제나 자신의 소설의 배면에 스며 있는 한 남자, 곧 유대인인 자신의 아버지에 대한 회상과 아버지의 삶으로부터 형성된 작가적 자

* 맨해튼과 브루클린

의식을 반추한다.

...어느 날에는 삶이 있다. 이를테면 건강도 아주 좋고 늙지 않고 병력病
歷도 없는 한 남자가. 모든 일은 예전 그대로이고 앞으로도 늘 그럴 것이
다. 그는 자기의 사업을 염두에 두고 오로지 자기 앞에 놓인 삶만을 꿈꾸
면서 하루하루를 살아간다. 그러나 다음에는 갑자기 죽음이 찾아온다.
한 남자가 짧은 한숨을 내쉬고 의자에 앉은 채로 무너져 내린다. 그것으
로 그만이다.

...폴 오스터, 《고독의 발명》

아버지가 죽었다는 소식을 받고 유품을 정리하기 위해서 아버지의
집을 방문하면서 시작되는 이 산문집의 백미는 '가족(아버지)과 나'에
대한 건조한 듯 마음을 잡아끄는 문체와 회고적 진정성을 뛰어넘는 절
묘한 '제목'에 있다. 한국어의 '고독'과 '발명'이라는 단어는 도무지 어
울릴 것 같지 않은 이질적인 조합으로 보이고, 그 때문에 그 둘의 결합
은 생경하면서도 신선한 공명共鳴을 일으킨다. 그러나 영어의 발명은
Invention, 고안考案, 나아가 본질적으로는 창작創作을 의미한다. 그런
의미에서 '고독의 발명'은 고독을 질료로 빚어낸 '창작'인 것이다.

...1940년대에 애틀랜틱 시티의 어느 스튜디오에서 찍은 속임수를 쓴
사진 한 장. 그 사진에는 테이블 주위로 그가 서넛 앉아 있는데, (중략)
사진을 자세히 들여다보는 동안 그 남자들이 모두 같은 남자라는 사실을

알아차리기 시작한다. (중략) 하나하나의 모습은 계속해서 허공을 응시하도록 운명 지워져 있지만, 마치 다른 사람들의 눈길 아래에 있는 것처럼, 아무것도 보지 않고 있고 절대로 어느 것도 볼 수 없다. 그것은 죽음의 사진, 보이지 않는 남자의 초상화이다.

...폴 오스터, 《고독의 발명》

삼십대 중반의 폴 오스터가 《고독의 발명》에서 '보이지 않는 남자', 곧 아버지의 초상화를 사실과 기억을 오가며 그려냈다면, 그로부터 30년 가까이 흐른 오늘, 그는 아예 제목을 《보이지 않는》으로 잡고 컬럼비아 대학 재학생이자 시인 지망생인 애덤 워커를 주인공으로 내세워 자신의 청년 시절을 회고한다. 이야기는 1967년 어느 봄밤의 파티로부터 시작된다.

...나는 1967년 봄에 그와 처음으로 악수를 했다. 당시는 나는 컬럼비아 대학 2년생이었고 책만 좋아할 뿐 아무것도 모르는 숙맥이었다. 하지만 언젠가 훌륭한 시인으로 이름을 날려보겠다는 믿음(혹은 망상) 하나만은 군건했다.

...폴 오스터, 《보이지 않는》

'나'는 파티에서 따분하기 그지없는 시간을 흘려보내다가 우연히 구석에서 보른과 마고라는, 어딘지 '어울리지 않는 커플'을 만난다. 그, 그러니까 보른과 악수를 하면서 나는 그가 프랑스인이며 컬럼비아 대학

* 브루클린 브리지

의 방문교수로 국제정치, 특히 역사적인 대참사를 강의하고 있음을 알
게 된다. 그리고 그녀, 마고는 '미인은 아니었으되 미인을 연상시키는
얼굴'로 스무 살의 청년의 눈에는 매혹적으로 보이는 이십대 후반의 프
랑스인이다. 소설은 그날로부터 40년 뒤, 우리의 주인공 애덤 워커가
60세 되는 해에, 1967년 봄밤의 파티와 그곳에서 만났던 두 인물과 맺
었던 관계를 회고하는 방식으로 구성한다.

인간 나이 60세 즈음에 이르면 과거의 길고 짧은 순간들이 '실제(현
실)'였던가, 아니면 마음속 욕망으로 품었던 '환상(헛것)'이었던가 싶은,
'사이의 시간'을 살게 되는 것일까. 소설의 제목 '보이지 않는'이 가리키
는 곳은 이 세 사람의 실제와 가상 사이에서 부유하는 어떤 실체, 환상
幻想이다. 서사의 기본 줄기를 순차적으로 구성하지 않은 점, 이야기를
전달하는 화자話者를 '나'로 일관성 있게 제시하지 않고 '나'에서 '그'로
이행시킨 점 등, 예순을 넘긴 폴 오스터는 이 작품에서 '인생이라는 한
편의 퍼즐 작품'을 입체적으로 완성시켜나가듯 시간과 인물의 경계를
넘나드는 구성을 취한다. 보이지 않는 존재(세계)란 보이는 것을 전제
로 한다. 보이는 세계 또한 그 역逆을 전제로 한다. 그런 의미에서 이 소
설은 작가로서의 새로움(내용의 확장과 형식 실험)과 한 인간으로서의 자
아 찾기에 대한 작가의 원숙한 성찰록이라고 할 수 있다.

...산 밑 가까이 다가갈 때, 나는 무엇인지 분별할 수 없는 소리, 혹은 때
지어 몰려오는 소리를 들을 수 있었다.

(중략) 나는 계속 걸었지만, 장벽은 내가 산의 밑바닥에 이를 때까지

사라지지 않았다. 산 밑에 도착하자 나는 멈춰 서서 오른편을 돌아봤고 마침내 그 소리가 어디서 오는지, 내 귀가 내게 말해 준 것이 무엇인지 발견하게 되었다.

...폴 오스터, 《보이지 않는》

바틀비, 인류의 또다른 얼굴

🖎 허먼 멜빌, 《필경사 바틀비》와 뉴욕 월 스트리트

소설을 읽는 것은 새로운 인간을 만난다는 설렘과 황홀을 전제로 한다. 귀스타브 플로베르가 창조한 〈마담 보바리〉에서의 엠마 보바리, 프란츠 카프카가 창조한 〈변신〉에서의 그레고르 잠자, 그리고 알베르 카뮈가 창조한 〈이방인〉에서의 뫼르소는 그때까지 독자들이 만나본 적 없는 새로운 인간 유형으로 인류사에 기록되었다. 인간은 어디까지 '욕망'할 수 있는가(마담 보바리). 인간은 어디까지 다른 종種으로 변형(탈바꿈)될 수 있는가(그레고르 잠자). 인간은 어디까지 어미의 죽음으로부터 무심할 수 있는가(뫼르소). 이들 소설의 주인공들을 만나다보면 자연스럽게 이러한 질문들에 맞닥트리게 되고, 그것에 대한 해답을 찾아가는 과정에서 독자는 자신이 처한 삶의 조건, 나아가 인간 조건에 대해 되묻지 않을 수 없게 된다. 소설이 사회학인 동시에 인류학, 엄밀하게는 인간학인 이유가 거기에 있다.

보바리 부인과 잠자와 뫼르소의 압도적인 존재감에 가려 이제야 한국 독자들 앞에 나타난 또 한 명의 현대인이 여기 있으니, 미국의 허먼 멜빌이 창조한 필경사筆耕士 바틀비이다. '필경사scrivener란 복사기가 없

* 플랫아이언 빌딩, 맨해튼

던 당시에 필사筆寫를 하고 글자 수대로 돈을 받던 직업'이다. 이 작품이 씌어진 시기는 미국 경제의 심장부인 월 스트리트가 형성되던 1853년. 맨해튼에 고층 건물들이 들어서고, 주식 거래가 미국 전역으로 확대되고, 부동산 거래가 활발해지면서 '부동산 양도 취급인, 소유권 증서 검증인 그리고 온갖 종류의 난해한 서류 작성자로서의 서기의 직임'을 맡은 변호사의 업무가 대폭 늘어났고, 그에 따라 필경사의 수요가 급증했다. 필경사 또는 필사원으로 불리는 그들은 주로 법률사무소에 고용되어 일을 했는데, 우리의 주인공 바틀비는 이러한 시대적 흐름 속에 월 스트리트 00번지 2층에 있는 한 변호사 사무실에 모습을 드러낸 것이었다. 여기에서 그의 첫 등장을 눈여겨볼 필요가 있다. 그는 우리가 알고 있는 현대의 이방인들 중 누구와도 닮지 않은 새로운 유형이기 때문이다.

…어느 날 아침, 한 젊은이가 내가 낸 광고를 보고 찾아와 사무실 문턱에 미동도 없이 서 있었다. 여름이라 사무실 문이 열려 있었다. 지금도 그 모습이 눈에 선하다. 창백하리만치 말쑥하고, 가련하리만치 점잖고, 구제불능으로 쓸쓸한 그 모습이! 그가 바틀비였다.

…허먼 멜빌, 《필경사 바틀비》

평소 소설의 제목을 관심 있게 본 독자라면, 바틀비라는 인물의 이름을 내세운 이 소설의 1차적 특징을 간파했을 것이다. 나의 주관적인 시선으로 한 인간의 면모를 밀착해서 들려주는 경우를 1인칭 시점, 작가가 높은 위치에서 내려다보듯이 주인공의 의식과 삶을 일관성 있게 그려주는 경우를 3인칭 전지적 작가 시점이라고 할 때, 오노레 드 발자크의 〈고리오 영감〉이나 톨스토이의 〈안나 카레니나〉는 후자의 경우에 해당되고, 허먼 멜빌의 〈필경사 바틀비〉는 전자의 경우에 해당된다. 바틀비의 등장과 이후 성격(캐릭터) 창조의 열쇠를 쥐고 있는 것이 화자話者인 '나'인데, 허먼 멜빌은 첫 문장에 단도직입적으로 나를 소개하면서, 앞으로 내가 이끌어갈 '바틀비'라는 인물에 대한 '관찰과 증언'을 정당화한다.

> ...나는 초로에 접어들었다. 지난 삼십 년간 종사해온 소소한 일의 특성으로 인해 나는 흥미롭고 별스러운 사람들을 남달리 자주 접해왔다.
>
> (중략) 내가 보거나 들어 알던 필경사들 중 가장 이상했던 바틀비의 인생에 일어난 몇몇 사건을 위해 다른 필경사들의 전기는 모두 접어둔다.
>
> ...허먼 멜빌, 《필경사 바틀비》

도대체 바틀비가 얼마나 이상했기에 화자인 변호사는 30년 간 접해온 흥미롭고도 별스러운 사람들의 목록을 일거에 접어버릴 수 있는가. 처음 '나'는 필경사로 새로 고용한 바틀비에게 매우 만족했다. 이미 고용한 두 명의 필사원과 한 명의 사환의 업무 능력이나 태도와는 비교할 수 없을 정도로 근면함과 성실성을 보여주었기 때문이다.

> ...바틀비는 처음에는 놀라운 분량을 필사했다. 마치 오랫동안 필사에

* 증권거래소, 맨해튼

굶주린 것처럼 문서로 실컷 배를 채우는 듯했다. 소화하기 위해 잠시 멈추는 법도 없었다. 낮에는 햇빛 아래, 밤에는 촛불을 밝히고 계속 필사했다. 그가 쾌활한 모습으로 열심히 일했다면 나는 그의 근면함에 매우 기뻐했을 것이다. 하지만 그는 묵묵히, 창백하게, 기계적으로 필사했다.

...허먼 멜빌, 《필경사 바틀비》

늘어나는 의뢰 업무에 부응하기 위해 고용한 필경사 바틀비는 기대 이상이었던 것. 그런데 만족감 한편에 바틀비의 이질적인 태도가 내 마음에 걸리고, 그것을 계기로 그를 세밀하게 관찰하게 되는데, 출근한 지 사흘째 되던 날 바틀비의 독특한 언행과 존재 방식을 접하고 아연 충격을 받는다.

...그가 나와 함께 있은 지 사흘째 되던 날인가에 있었던 일이다. (중략) 나는 처리해야 할 작은 일을 마무리하려 급히 서두르다가 불쑥 바틀비를 불렀다.

(중략) 나는 그를 부르며 용건이 무엇인지 빠르게 말해주었다. 나와 함께 적은 양의 문서를 검증하자는 것이었다. 그런데 바틀비가 그의 은 둔처에서 나오지 않고 매우 상냥하면서도 단호한 목소리로 "안 하는 편을 택하겠습니다."라고 대답했을 때 내가 얼마나 놀랐을지, 아니 당황했을지를 한번 상상해보라.

...허먼 멜빌, 《필경사 바틀비》

〈필경사 바틀비〉는 중편소설로 국경에서는 2010년과 2011년 두 출판사에서 두 가지 형태로 번역 출간되었다. 하나는 2010년 1월 창비 세계문학시리즈 중 미국 단편선에 수록되어 표제작으로 쓰였고, 다른 하나는 2011년 4월 문학동네에서 하비에르 사발라라는 스페인 출신의 일러스트와 함께 별책으로 선보였다. 두 가지 형태가 각각 의미가 있지만, 독자의 입장에서, 아니 작가의 관점에서 제일 먼저 찾아본 대목은 바로 위에서 화자인 변호사, 그러니까 고용주가 고용인에게 일을 시키면서 겪은 황당한 일, 그러니까 바틀비의 대답의 한국어 번역이다. 제목으로 등장한 만큼, 바틀비의 독특한 성격과 존재 방식이 잘 형상화되었는가에 소설의 성패가 달려 있는데, 바로 이 대답, '안 하는 편을 택하겠습니다'에 그 초점이 놓여 있다고 할 수 있다. 또한 현대의 철학자들, 곧 자본주의의 분열증을 1,000쪽에 걸쳐 묘파한 《천 개의 고원》의 저자 질 들뢰즈나 '인간은 벌거벗은 생명'이라는 호모 사케르의 계시자 조르지오 아감벤, 그리고 이 시대 '폭력이란 무엇인가'라는 질문을 던지며 '수동적 저항'의 극단을 제시한 슬라보예 지젝을 사로잡은 요체야말로 바로 바틀비의 '안 하는 편을 택하겠습니다'라는 문장에 들어 있다고 볼 수 있다.

...나는 충격받은 감각기관들을 추스르며 잠시 완벽한 침묵 속에 앉아 있었다. 곧 내가 뭘 잘못 들었거나, 바틀비가 내 말뜻을 완전히 잘못 알아들었을 거라는 생각이 들었다. 나는 내가 취할 수 있는 가장 분명한 어조로 요구를 반복했다. 그러나 그만큼 분명한 어조로 그 전과 같은 대답

* 허드슨 강, 로어 맨해튼, 뉴욕 만

이 되돌아왔다.

"안 하는 편을 택하겠습니다."

...허먼 멜빌, 《필경사 바틀비》

'안 하는 편을 택하겠습니다'(문학동네 판)와 '그렇게 안 하고 싶습니다'(창비 판)의 차이는 생각의 각도와 인식의 깊이에 따라 엄청난 차이를 안고 있다. 허먼 멜빌은 이 문장을 'I would prefer not to'로 썼는데, '안 하고 싶습니다'로 번역할 경우 영어의 독특한 화법 구사인 '부정否定의 선택', 곧 '그것을 하도록 되어 있는 현실 자체를 받아들이지 않는 편을 선택하겠다'는 함의含意가 지워져버린다. 바틀비가 나, 그러니까 나를 대표로 한 세상에 응대한 말의 총합은 소설에서 열 손가락 안에 든다. '안 하는 편을 택하겠습니다' 또는 '지금은 좀더 합리적인 사람이 되지 않는 편을 택하겠습니다' 또는 '떠나지 않는 것을 택하겠습니다' 등등.

...어찌된 일인지 나는 최근에 딱히 적절하지 않은 온갖 경우에 나도 모르게 '택한다'는 말을 사용하는 습관이 들었다. 그 필경사와의 접촉이 이미 내 정신에 심각한 영향을 미쳤다는 생각이 들자 나는 걱정이 되었다. 그로 인해 더욱 심한 다른 비정상이 나타나지 않으리라 어찌 장담할 수 있겠는가?

(중략) 내 사무실에 있는 이상한 인물에 관해 아연해하는 수군거림이 내가 직업상 아는 사람들 사이에 떠돈다는 것을 알게 되었다. (중략) 친구들은 내 사무실의 유령에 대해 끊임없이 잔인한 소견을 나에게 들이댔

다. (중략) 나는 모든 능력을 총동원해서 이 견딜 수 없는 악령을 영원히 제거하기로 했다.

...허먼 멜빌, 《필경사 바틀비》

그래서 우리의 난처한 변호사는 어떻게 했나? 또한 우리의 걱정스럽기 짝이 없는 바틀비는 어떻게 되었나? 소설을 읽는 일은 새로운 인간을 만나 겪는 갈등과 고통, 슬픔과 아름다움을 전제로 한다. 소설의 주인공은 언제나 문제를 안고 있는 존재이기 때문인데, 중요한 것은 이 문제를 해결해가는 과정에 독자는 작가의 시선과 태도를 관찰하며 작가의 진정성에 따라 감동의 깊이와 무게가 달라진다. 〈필경사 바틀비〉의 경우, '안 하는 편을 택하겠습니다'로 일관하다가 거대한 월 스트리트의 벽 아래에서 태아처럼 몸을 웅크리고 죽어간 바틀비의 독특한 존재 방식이 뇌리에 강한 인상을 남기는 한편, 이 바틀비라는 인물을 끝까지 외면할 수 없도록 '나'를 추동시킨 작가 허먼 멜빌의 인류사적 고뇌와 인간애가 스며 있는 문장들은 '수동적 저항으로 죽어간 잊을 수 없는 인간, 바틀비'를 창조하는 데 결정적인 기여를 하며 궁극적으로 소설이란, 작가란 무엇인가를 새삼 돌아보게 한다.

...몸은 이상하게 벽 밑에 웅크리고 무릎은 끌어안고 모로 누워 차가운 돌에 머리를 대고 있는 쇠약한 바틀비가 보였다. 그러나 움직임이 전혀 없었다. 나는 잠시 멈추었다. 그리고 그에게 가까이 다가갔다. 몸을 굽혀 보니 그는 멍하니 눈을 뜨고 있었다. 그것 말고는 깊이 잠들어 있는 듯했

다. 무언가가 그를 건드리도록 나를 부추겼다. 나는 그의 손을 만졌다. 그 순간 찌릿한 전율이 내 팔을 타고 척추까지 올라왔다 발로 내려갔다.

(중략) 절망하며 죽은 자들에게 용서를, 희망이 없는 상태에서 죽은 자들에게 희망을, 구제 없는 재난에 질식해 죽은 자들에게 희소식을

(중략) 아, 바틀비여! 아, 인류여!

...허먼 멜빌, 《필경사 바틀비》

수기手記, 기억의 현상학적 환원

라이너 마리아 릴케, 《말테의 수기》와 프랑스 파리

때로, 아침에 잠에서 깨어날 때면, 침대에 잠시 그대로 누워 눈을 감고 생각해보곤 한다. 이곳은 아주 먼 곳, 아니 아주 오래전, 보름달 형상의 창문이 있던 생 미셸의 고미다락방은 아닌가. 때로, 잠이 들려고 할 때면, 찰나적으로, 어떤 장면이 의식과 전의식 사이로 왔다 간다. 나는 파리 센 강 옆의 어느 거리, 바렌느 가街를 걸어가고 있다. 나는 어느 웅장한 건물 앞에 서 있고, 정문은 활짝 열려 있다. 나는 문을 통과하고, 드넓은 정원을 갖춘 성관城館과 마주한다. 앞뜰에는 조각품들이 배치되어 있다. 하나같이 낯익은 형상들이다. 그 중 중앙에 있는 조각상은, 오른쪽 팔을 오른쪽 턱을 괴고 앉아 있는 남자, 일명 〈생각하는 남자〉다. 나는 〈생각하는 남자〉 앞에 서 있기도 하고, 〈칼레의 시민들〉 앞에 서 있기도 하다가, 어느새 성관 1층에 들어가 마룻바닥에 울리는 발소리를 조심하며 두 남녀의 격렬한 〈키스〉 앞을 지나가기도 하고, 로댕의 비운의 연인 카미유 클로델의 앙상한 청동 조각상 앞을 지나가기도 한다. 나는 천천히 걸어 들어갔던 문 밖으로 나오고, 처음 멈췄던 자리에 서 서서 내가 방금 들어갔다 나온 집의 주소와 정체를 확인한다. 바렌

＊ 로댕미술관 정원, 바렌느 가, 파리(위)
＊ 로댕의 〈키스〉 청동 복제본, 콩코드 광장, 파리(아래)

느 가 77번지, 비롱 公의 성관, 공식명 국립 로댕 미술관. 꿈을 꾼 것은 아닌데, 모든 것이 꿈 속 현실처럼 선명하다.

그런 날 아침이면 어김없이 침대 맡 탁자에는 한 권의 소설이 놓여 있게 마련인데, 방금 전까지 나를 파리의 고미다락방으로, 그 아래 강과 다리와 대성당과 광장, 그리고 광장에서 뻗어나간 골목골목으로 이끌던 주인공은 라이너 마리아 릴케의 분신, 말테이다.

...나는 지금 파리에 있소. 이 말을 들으면 사람들은 기뻐하고 또 대부분 부러워한다오. 그들 생각이 옳아요. 파리는 별별 유혹으로 가득 찬 대도시라오. 나 자신 고백하자면, 나 역시 어떤 의미에서는 그런 유혹에 굴복했다고 할 수밖에 없다오. (중략) 그 덕분에 몇 가지 변화가 생겼소. 성격상으로는 아니더라도 나의 세계관이나 내 삶에서 말이오. 이런 것들의 영향을 받아서 사물들을 완벽히 다르게 보는 관점이 내 안에서 형성되었소. (중략) 변화된 세계, 새로운 의미들로 가득 찬 삶이오. 모든 게 다 매우 새롭다 보니 지금 당장은 좀 힘이 드는군요. 내가 겪는 이런 환경 속에서 나는 초보자에 불과하다오.

...라이너 마리아 릴케, 《말테의 수기》

소설 속 말테가 지금 있는 곳은 파리 한복판, 센 강 지척의 툴리에 가街. 프라하 출신의 릴케가 파리에 처음 발을 들여놓은 것은 그의 나이 스물일곱, 1902년 8월. 바로 이 소설의 첫 문장으로 삼은 툴리에 가 11번지이다. 툴리에 가로 말할 것 같으면, 파리 센 강 좌안左岸 6구에 위치한

뤽상부르 공원과 팡테옹 언덕 사이에 있는, 파리에서 길이가 짧고 폭이 좁은 골목 중 하나이다. 덴마크 청년 말테를 주인공으로 파리를 무대로 펼치는 '수기手記'라는 형식의 소설을 제대로 만나기 위해서는 라이너 마리아 릴케의 출신 성분을 먼저 알아볼 필요가 있다.

릴케는 독문학사에 빛나는 세계적인 시인으로 명성을 떨치고 있지만, 사실 그는 오스트리아 제국 지배 아래 있던 체코의 프라하 출신. 프라하란 어떤 곳인가. 소설가 프란츠 카프카와 밀란 쿤데라, 위대한 작곡가 베드르지흐 스메타나와 안토닌 드보르작의 태생지 아닌가. 릴케가 태어나 자란 19세기 후반 프라하는 파리에 버금가는 예술의 성도聖都. 릴케의 프라하는 '먼 곳에의 그리움'을 몸의 비늘처럼, 아니 피의 부름처럼 거느린 유럽의 문청들이 꿈꾸는 도시 중 하나. 그런 프라하를 두고 그는 왜 파리를, 그것도 덴마크 청년 말테를 주인공으로 '수기' 형식의 소설을 썼을까.

...그래, 이곳(파리)으로 사람들은 살기 위해 온다. 하지만 내 생각에는 이곳에 와서 죽어가는 것 같다. 거리에 나가 보았다. 여러 병원을 보았다. 한 사람이 비틀대다가 쓰러지는 것을 보았다. 그 사람 주위로 사람들이 몰려들었다. 그 때문에 나머지는 신경 쓰지 않아도 되었다. (중략) 나는 손에 든 지도를 살펴보았다. 산부인과 병원이었다. (중략) 조금 더 가니 생 자크 거리가 나왔고, 거기엔 둥근 지붕의 큰 건물이 있었다. 지도에는 발 드 그라스 군인 병원이라고 적혀 있었다. 그걸 꼭 알아야 할 필요는 없었지만 안다고 해서 나쁠 것도 없다. 골목길 사방에서 냄새가 풍

＊ 튈리에 가, 파리 5구

기기 시작했다. 분간할 수 있는 데까지 분간해 보면, 요오드포름 냄새, 감자 튀기는 기름 냄새, 그리고 불안의 냄새가 풍겨 왔다.

...라이너 마리아 릴케, 《말테의 수기》

소설의 첫 대목인 위의 내용을 보면, 마치 파리 지도를 들고 거리거리를 답사하는 여행자 소설처럼 보일 수도 있으나, 이후 펼쳐지는 수기의 전모를 보면 여행 소설로서의 기능을 기대해서는 안 된다. 툴리에가의 숙소를 나와 생 자크 거리를 걸어가면서 만나는 이런저런 풍경들은 결국 주인공 말테가 맡는 불안의 냄새, 곧 이방인 청년이 안고 있는 고독과 불안의 정서를 표현하기 위한 공간적 디테일들일 뿐이다. '불안의 냄새'에 이르는 길, 이것이야말로 제목을 '수기'라 명명했지만 여행안내서가 아닌 소설로서의 정체성을 얻는 중요한 지점이다. 그리고 그것은 1857년 플로베르의 《마담 보바리》에 따른 현대소설의 탄생 이후 20세기 새로운 소설의 주인공들이 보여주게 될 어떤 것, 곧 '내면의 발견'이 발설되는 의미심장한 지점이기도 하다. 그리고 무엇보다 의미심장한 그 장소가 '파리'라는 것.

...나는 보는 법을 배우고 있다. 왜 그런지 까닭을 모르겠지만, 모든 것이 내 안으로 깊숙이 파고들어 여느 때 같으면 멈추었던 곳에 이르러서도 멈추지 않는다. 나는 전에는 몰랐던 내면을 갖고 있다. 이제는 모든 것이 그곳을 향해 간다. 거기서 무슨 일이 벌어지는지 나도 모른다.

...라이너 마리아 릴케, 《말테의 수기》

릴케가 처음 파리에 왔을 때, 그는 이미 유럽에 어느 정도 알려진 스물일곱 살의 시인이었다. 어려서 부모의 이혼을 겪었고, 어머니와 함께 살며 가톨릭 재단의 독일 학교에서 교육을 받았고, 열여덟 살 때 처녀 시집을 출간했다. 스무 살 때 프라하 칼 페르디난트 대학에 입학해 문학, 철학, 법학 등을 접했고, 이듬해 뮌헨으로 유학을 떠난 것을 시작으로 그는 평생 유럽 전역을 돌며 여행자로서의 삶을 영위했다. 일찍이 노마드적인 삶을 실천한 셈인데, 이 소설의 무대인 파리는 그의 문학예술 인생에 큰 획을 그은 체류지들 중 한 곳이다.

그는 총 세 번 파리에 체류했는데, 이 소설의 첫 단락, 첫 문장인 '9월 11일 파리 툴리에 가' 11번지에 처음 10개월 간 체류했고, 이듬해 다시 돌아와 로댕의 문하에 들어가 바렌느 가의 비롱 저택에 머물며 로댕의 비서 생활을 했다. 그때 그는 로댕의 일거수일투족을 관찰한 끝에 《로댕론》을 집필하는데, 릴케의 예술론으로 유명한 《로댕론》의 핵심은 바로 '보는 법'과 '손의 사용'에 있다. 《말테의 수기》는 두 번의 파리 체류 끝에 집필된 릴케 유일의 장편소설로 파리 생활에서 겪은 정신적 육체적 과로와 쇠약으로 휴양차 떠났던 로마에서 쓰기 시작해 출간까지 7년의 시간이 걸렸다. 그 사이 그는 덴마크를 비롯한 유럽의 많은 도시들을 거치며, 마침점은 세 번째 파리 체류 중에 찍게 된다.

...이렇게 홀몸으로 이곳저곳 떠돌면서부터 나는 수도 없이 많은 이웃을 가졌다. 이웃은 위쪽에 있기도 했고, 아래쪽에 있기도 했으며, 오른쪽에 있기도 했고, 왼쪽에 있기도 했다. 그리고 때로는 이 네 종류의 이웃을

* 툴리에 가와 팡테옹, 파리 5구

한꺼번에 갖기도 했다. 내 이웃들 이야기만 써도 평생 작업거리가 될 만하다. 물론 이 이야기는 내 이웃들이 내 안에 만들어낸 증상들을 다룬 이야기가 될 것이다.

…라이너 마리아 릴케, 《말테의 수기》

이 이야기, 곧 '수기'는 시인 릴케가 전 유럽을 떠돌며 겪은 인간과 종교, 문학과 예술, 나아가 대도시라는 근대의 문명에 대한 내면 일기이자 철학적 잠언록(아포리즘)인데, 흥미로운 것은 궁극적으로 이 글에 '소설'이라는 장르를 부여했다는 점이다. 총 71개의 에피소드로 구성된 '수기'는 대부분 유년기 기억의 편린들과 체류지인 파리의 거리와 이웃들로부터 목격한 장면들, 그리고 살아오면서 풀리지 않았던 비의秘意들과 현재의 화자(작가)의 의식을 사로잡고 있는 예술적 사유들에 대한 단상들이다. 이렇듯 한 청년의 유년과 방랑의 기억들을 현재의 순수 의식 속에 환원시킨 《말테의 수기》는 소설사에 문제작으로 등재되지는 않았지만, '내면의 발견'으로 20세기 현대소설사에 한 획을 그은 혁명적인 작품으로 평가받는 제임스 조이스의 《율리시즈》(1914~22)와 마르셀 프루스트의 《잃어버린 시간을 찾아서》(1913~27)보다 앞서 발표되었다는 점은 새삼 주목을 요한다. 특히, 말테의 마지막 수기, 그러니까 말테 자신의 이야기인 동시에 우리의 이야기인 '돌아온 탕아'에 대한 삽화와 사유는 이 소설의 백미로 일독을 권한다.

…돌아온 탕아 이야기가 사랑받기를 원치 않는 자의 전설이 아니라고 누

구도 나를 설득시키지 못할 것이다. 그가 어릴 적엔 집안 식구들 모두 그를 사랑했다. 그는 다른 것은 알지 못하면서 그렇게 자라났다. 그리고 아직 어렸기 때문에 가족들이 다정다감하게 대해주는 것에 길이 들어버렸다. 그러나 소년이 되자 그는 그런 습관을 버리고 싶었다. (중략) 그가 그 시절에 원했던 것은 그의 마음의 진정한 무관심이었다.

* 렘브란트, 〈돌아온 탕아〉, 1669년경, 에르미타주 미술관, 상트 페테르부르크

(중략) 보잘것없는 짤막한 첫 문장 한 마디를 쓰려다가 인생이 다 흘러갈 수도 있다는 사실을 그는 처음엔 믿으려 하지 않았다.

(중략) 이 몇 년 동안 그의 내면에서는 대단한 변화가 생겼다. (중략) 모든 것을 다시 한 번 그리고 이번에는 참되게 상대해 보려는 것이 이제는 낯설어진 그가 집에 돌아온 이유이다.

(중략) 그 집에 사는 누구나 얼마의 시간이 흘렀는지 다 말할 수 있다. (중략) 얼굴들이 창가에 나타난다. 그사이에 좀 더 늙거나 성숙해지기는 했지만 눈물이 날 정도로 기억 속의 모습들과 너무나 흡사하다.

(중략) 그가 누구인지 그들이 어떻게 알았으랴. 그는 이제 사랑하기에 너무나 어려운 대상이 되어 있었다. 그리고 그는 이 세상에서 오로지 한 분만이 그를 사랑할 수 있음을 느꼈다. 그러나 그분은 아직 그럴 생각이 없었다.

...라이너 마리아 릴케, 《말테의 수기》

＊ 밤의 센 강, 예술교에서 바라본 베르갈랑과 퐁테프, 파리(위)
＊ 밤의 예술교, 파리(아래)

＊ 밤의 에펠탑, 파리

진정한 자유인, 조르바를 찾아서

🍃 니코스 카잔차키스, 《그리스인 조르바》와
   그리스 에게 해 크레타 섬, 베네치안 대성곽

마침내 나는 서가에서 《그리스인 조르바》를 꺼내 들었다. 독자여, 이제
야 불멸의 자유인 '조르바'를 소개함을 용서하시라. 굳이 이유를 밝히자
면, 나는 그리스로 향하지 않고는 조르바를 이야기할 수 없었던 것이다.

7월 14일 밤 9시, 아테네 남서쪽의 외항外航 피레우스 항구. 크노소
스 펠리스 호가 위용을 자랑하며 떠날 채비를 하고 있었다. 피레우스
항은 그리스에서 최대이자 지중해에서 세 번째 규모의 항구. 그리스의
태양은 번갯불처럼 뜨거웠고, 어둠은 늦게 찾아왔다. 전세계에서 몰려
온 엄청난 이방인들 틈에 끼어 크레타 행 크노소스 호에 승선했다.

연일 40도에 육박하는 태양의 잔광 속에 후끈한 열기와 땀 냄새, 그
리고 멀리 북아프리카에서 불어오는 시로코 바람이 어우러져 야릇한
전율을 일으켰다. 5층 객실에 짐을 풀고 8층 선상으로 올라갔다. 물결
은 잔잔하고, 미풍이 불고 있었다. 어느덧 바다 저편, 아니 하늘 저편에
둥근 달이 떠 있었다. 저 달이 지고 해가 뜰 즈음이면, 《그리스인 조르
바》의 작가 니코스 카잔차키스가 태어나고 묻힌 크레타에 도착할 것이
었다.

＊출항, 에게 해, 그리스

＊ 밤의 피레우스 항구, 그리스

...항구 도시 피레에프스에서 조르바를 처음 만났다. 나는 그때 항구에서 크레타 섬으로 가는 배를 기다리고 있었다.

(중략) 바다, 가을의 따사로움, 빛에 씻긴 섬, 영원한 나신裸身 그리스 위에 투명한 너울처럼 내리는 상쾌한 비. 나는 생각했다. 죽기 전에 에게 해를 여행할 행운을 누리는 사람에게 복이 있다고.

...니코스 카잔차키스, 《그리스인 조르바》

죽기 전에는 읽으리라, 마음먹는 소설들이 있다. 너무 유명해서 읽기도 전에 내용을 거의 알아버린 소설들, 예를 들면 호메로스의 고대 서사시 《오딧세이아》, 조반니 보카치오의 《데카메론》과 단테 알리기에리의 《신곡》, 스탕달의 《적과 흑》과 귀스타브 플로베르의 《마담 보바리》, 표도르 도스토예프스키의 《카라마조프씨네 형제들》, 그리고 니코스 카잔차키스의 《그리스인 조르바》. 우리는 호메로스에 의해 고대 그리스와 그 사람들을, 보카치오와 단테에 의해 14세기 이탈리아와 그 사람들을, 스탕달과 플로베르에 의해 19세기 중반 프랑스와 그 사람들을, 도스토예프스키를 통해 19세기 말 러시아와 러시아 사람들을, 그리고 카잔차키스를 통해 20세기 그리스와 그리스 사람들을 비로소 만나게 된다. 그러니까 우리에게 그리스란, 20세기를 거쳐 현대의 그리스란 니코스 카잔차키스의 소설, 그러니까 그 주인공 조르바를 통하지 않고는 이야기할 수 없는 것이다. 그렇다면, 도대체, 조르바란 누구인가.

...나는 주머니에서 단테 문고판을 꺼내 들었다. (중략) 어디를 읽는다?

〈지옥편〉의 불타오르는 암흑? (중략) 인간의 희망이 최고의 감정 기준이 되는 대목으로 들어가? 나는 마지막을 취했다. 문고판 단테를 손에 넣고 나는 자유를 즐겼다.

(중략) 문득 방해를 받고 있는 것 같아 고개를 들었다. 두 개의 눈동자가 내 정수리를 꿰뚫어 오고 있는 것 같았다. 나는 급히 유리문 쪽으로 뒤를 돌아다보았다.

...니코스 카잔차키스, 《그리스인 조르바》

《그리스인 조르바》의 서사적인 골격은 작가(카잔차키스의 분신)이자 크레타 섬의 갈탄 광산을 아버지로 물려받아 사업을 도모하려는 '내'가 만나고 겪은 조르바라는 그리스 사내 이야기이다. 나는 어릴 때부터 초인超人에 관한 야망과 충동에 사로잡혀 이 세상일에 만족 못한 채, 온통 책/문자의 세계에 빠져 살아온 인간. 반면 조르바는 문자로 기록하거나 기록된 책/문자의 세계로부터 완전히 벗어나 자유로운 본능과 직관을 쫓으며 살아온 인간. '나'의 정확한 나이는 제시되어 있지 않지만, 삼십대 초반으로 추정되며, 카페에서 내가 전하는 조르바의 나이와 첫인상은 아래와 같다.

...키가 크고 몸이 가는 60대 노인 하나가 유리창을 코로 누른 채 찌르는 듯한 시선으로 나를 보고 있었다. 그는 겨드랑이에다 다소 납작해진 보따리를 하나 끼고 있었다.

내게 가장 강렬한 인상을 준 것은 냉소적이면서도 불길같이 섬뜩한 그의 강렬한 시선이었다.

(중략) 그는 나를 가늠해 보는 것 같았다. 자기가 찾아다니던 사람인지 아닌지 보는 것 같았다. 시선이 만나자 그 낯선 사람은 힘차게 팔을 뻗어 문을 열었다. 그러고는 아주 빠른 걸음으로 탁자 사이를 지나 내 앞에 우뚝 섰다.

"여행하시오?" 그가 물었다.

...니코스 카잔차키스, 《그리스인 조르바》

단테의 《신곡》, 그중에서도 '인간의 희망이 최고의 감정 기준이 되는 대목'을 읽고 있던 내 앞에 나타나 대뜸 '여행하시오?'라고 물은 조르바에게 나는 책을 덮고, 그에게 앉으라고 말한 뒤, 샐비어 술을 한잔 권한다. 그러자 그는 콧방귀를 뀌며, 샐비어 대신 럼주를 외친다. 럼주를 홀짝거리는 그에게 내가 무슨 일을 하느냐고 묻자, 그는 타고난 성질과 그간 살아온 바대로 호쾌하고 거칠게 내뱉는다.

... "닥치는 대로 하죠. 발로도 하고, 손으로도 하고 머리로도 하고…….
(중략) 광산에서 일했지요. (중략) 일 참 잘했지요. 전에는 십장을 지냈는데 불만이라고는 하나도 없었지요. 그런데 악마가 끼어들고 말았지요. 지난 토요일 밤에 공연히 한번 그래 보고 싶어서 그날 시찰 나온 우두머리를 붙잡아 팼지 뭡니까?"

(중략) "젊은 양반, 물레방앗간 집 마누라 이야기 아시겠지? 물레방앗간 집 마누라 궁둥짝을 보고 철자법 배우겠다는 생각은 당신도 안 하시

겠지? 물레방앗간 집 마누라 궁둥짝. 인간의 이성이란 그거지 뭐."

...니코스 카잔차키스, 《그리스인 조르바》

조르바가 내뱉은 '인간의 이성'이라는 정의가 그동안 '내'가 읽어온 책에는 없었지만, 그의 말이 마음에 들었고, 그의 얼굴은 주름투성이인데다가 벌레 먹은 나무처럼 풍상에 찌들어 있지만, 내면에서 솟구치는 거침없는 야성의 언어와 몸짓에 점점 매료되어 길동무로 사귀게 된다. 크레타 섬으로 가는 길에 새로 사귄 이 길동무가 '나'를 사로잡은 이유는, 특이한 말과 행색, 몸짓. 여기에 또 하나 있는데, 바로 그의 옆구리에 끼고 있던 보따리 속에 들어 있던 '산투르'라는 악기이다. 산투르는 조르바라는 한 인물의 기질과 성격을 창조하는 데 기여하는 것에 그치지 않고, 이 소설 전체의 분위기와 리듬, 나아가 그리스인의 혼을 일깨우고, 그리스 전체에 흐르는 비범한 소재이다. '알렉시스 조르바…… 껑다린데다가 대가리가 납작 케이크처럼 생겨 먹어 〈빵집 가래삽〉이라고 불리기도 하고, '한때 붉은 호박씨를 팔고 다녔다고 해서 〈파사 템포〉라고 불리기도 하고, 또 '흰곰팡이'라는 별호도 가지고 있는 조르바, 그는 어디에 또 누구와 있든 언제나 산투르와 함께했고, 슬플 때나 기쁠 때나 산투르를 켜며 춤을 춘다.

…"스무 살 때였소. 내가 그때 올림포스 산기슭에 있는 우리 마을에서 처음 산투르 소리를 들었지요. 혼을 쭉 빼놓는 것 같습니다. 사흘 동안 밥을 못 먹었을 정도였으니까. (중략) 있는 걸 몽땅 털어 몇 푼 더 보태

＊ 새벽의 크레타 항(위)
＊ 크노소스 팰리스 호(아래)

* 니코스 카잔차키스 묘, 베네치안 대성곽, 크레타, 그리스(위)
* 뽕나무 우거진 카잔차키스 무덤 입구(아래)

산투르를 하나 샀지요. 지금 당신이 보고 있는 바로 이놈입니다. (중략) 산투르를 다룰 줄 알게 되면서 나는 전혀 딴사람이 되었어요. 기분이 좋지 않을 때나 빈털터리가 될 때는 산투르를 칩니다. 그러면 기운이 생기지요."

...니코스 카잔차키스, 《그리스인 조르바》

'살아 있는 가슴과 커다랗고 푸짐한 언어를 쏟아내는 입과 위대한 야성의 영혼', '곡괭이와 산투르를 함께 다룰 수 있는 손', 나는 조르바야 말로 그동안 찾아왔으나 만날 수 없었던 바로 그 사람임을 깨닫고는, 벅찬 마음으로 갈탄 광산에서 함께 일할 것을 제의한다.

..."당신이 바라는 만큼 일해 주겠소. 거기 가면 나는 당신 사람이니까. 하지만 산투르 말인데, 그건 달라요. 산투르는 짐승이오. 짐승에겐 자유가 있어야 해요. (중략) 처음부터 분명히 말해 놓겠는데, 마음이 내켜야 해요. 분명히 해둡시다. 나에게 윽박지르면 그때는 끝장이에요. 결국 당신은 내가 인간이라는 걸 인정해야 한다 이겁니다."

"인간이라니, 무슨 뜻이지요?"

"자유라는 거지!"

...니코스 카잔차키스, 《그리스인 조르바》

7월 15일 새벽 5시 30분. 피레우스 항을 출발한 크노소스 팰리스 호는 크레타 이클라리온 항에 도착했다. 객실 창으로 바라본 하늘과 바

* 세상에서 가장 아름다운 묘
비명을 읽다 — 나는 아무것도 바
라지 않는다. 나는 아무것도 두
려워하지 않는다. 나는 자유다.

다는 청회색, 시선을 좀더 멀리 던지자 오렌지빛이 감도는 여명이 항구 오른쪽 상아색의 베네치안 성벽을 감싸고 있었다. 배가 항구에 닿자, 반기듯 갈매기들이 활기차게 날고 있었다. 갈매기 날갯짓 속에 동명同名 영화에서 조르바 역할을 맡은 안소니 퀸이 두 팔을 활짝 벌리고 부조키 (그리스식 만돌린) 가락에 추임새를 넣어 춤을 추던 모습이 어른거렸다. 안소니 퀸 주연의 이 영화 덕분에 원작 소설《그리스인 조르바》는 뒤늦게 전세계 독자들에게 알려져, 오늘날 스테디셀러의 반열에 올랐다.

《그리스인 조르바》는 처음부터 끝까지 읽는 정독을 요하지 않는다. 어디를 펼쳐 읽어도 보석처럼 빛나는 문장들과 장면들로 황홀해진다. 소설에서 가장 인상적인 대목들 중 한두 가지 꼽자면, 갈탄광과 새로 벌인 벌목 사업에서 쫄딱 망한 뒤, 파도 치는 해변에서 조르바와 내가 모든 것을 내려놓고 춤을 추는 장면. 그리고 모든 것을 거덜 내고 사라졌던 조르바가 죽은 뒤 세르비아로부터 날아온 편지 속 사연. 편지 말미에 조르바는 자신의 분신인 산투르를 나에게 전해달라고 부탁한다.

2011년 7월 15일 오후 4시 30분. 크레타, 베네치아 인들이 쌓은 메갈로카스트로 대성곽大城郭에 올랐다. 피라미드 형의 기단基壇 가장자리를 둘러싸며 잎 너른 뽕나무들이 심어져 시원한 그늘을 드리우고 있었다. 니코스 카잔차키스는 진정한 자유인 조르바의 살아 있는 심장을 품은 채 대성곽의 돌 기단 위에 잠들어 있었다.《최후의 유혹》으로 그리스 정교회로부터 파문당한 탓에, 그의 묘석에는 석비石碑 대신 가로세로 길주름한 나무 십자가가 엉성하게 세워져 있었다. 그 모습이 꼭 '키가 크고 몸이 마른' 조르바가 갑판 위에서는 놀림거리지만 하늘에서는 왕자인 날개 큰 새 알바트로스처럼 두 팔을 활짝 벌리고 춤을 추고 있는 형상처럼 보였다. 나무 십자가가 길주름하고 앙상한 대신 푸른 하늘과 대기, 그리고 멀리 짙푸른 에게 바다가 좀더 많이 눈에 들어와 보였다. 강렬하게 내리쬐는 태양빛을 등지고 묘석 가까이 몸을 기울였다. 나로서는 해독할 수 없는 그리스어로 비명碑銘이 거기 새겨져 있었다. 성곽을 내려오는 길에 《그리스인 조르바》를 펼쳐보니, 다음과 같은 뜻이었다.

나는 아무것도 바라지 않는다. 나는 아무것도 두려워하지 않는다. 나는 자유다.

베를린, 한국 소설로 들어오다

🐾 배수아, 《북쪽 거실》과 독일 베를린

베를린 행 비행기 티켓을 책상 위에 올려놓고 배수아의 소설을 읽는다. 한국 소설계에서 언제부터 배수아 하면 베를린이 떠오르게 된 것일까. 그러니까 언제부터 배수아의 소설에 베를린이라는 낯선 이국의 도시가 등장하게 된 것일까. 병무청 소속 계약직으로 생계를 이어가며 소설을 쓰던 그녀가 그 자리마저 접고 훌쩍 베를린으로 떠났다는 소식을 지인으로부터 들었던 것이 2000년 여름. 같은 대학 출신이자 동년배 작가였던 나로서는 그녀의 베를린 행 소식이 뜬금없으면서도 흥미로운 생각이 들었다.

1998년 9월, 나는 독일로 떠나는 길에 김포공항에서 그녀를 잠깐 만난 적이 있었다. 그때 그녀는 출국하는 한국 청년들의 서류에 병역 확인 스탬프를 찍어주는 일을 하느라 공항에 파견 근무 나와 있었다. 나는 비행 수속을 모두 끝내고 한 시간 정도 여유가 생기자 그녀의 근무처인 공항 오른쪽 맨 끝 구석에 있던 병무청 창구로 찾아갔다. 문단에서 한두 번 스치기만 했을 뿐, 사적인 관계를 맺지 않았지만 동년배 문우라는 데 의미를 두었다. 그녀는 일주일에 사흘 근무하기 때문에 만날

ⓒ 김태형

* 아시아에서 유럽으로

수도, 그렇지 않을 수도 있었다. 그녀는 처음 나를 알아보지 못했다. 페도라를 눌러쓴 내 모습이 문단 모임에서와는 다른, 후일 그녀의 표현에 의하면, '파리로 누군가를 만나러 가는 여자'처럼 여행자의 차림이었기 때문이었다. 내가 모자를 벗자 그녀는 단박에 만면에 환한 웃음을 지으며, 마치 오래전에 헤어졌던 동창을 만난 듯 내 이름을 길고 진하게 부르며 반겼다. 우리는 얼떨결에 두 손을 맞잡았고, 그리고 공항 식당에 올라가 함께 점심을 먹었다.

그녀는 공항에 파견 근무 나온 지 얼마 되지 않았고, 늘 비행기가 뜨고 내리는 것을 볼 뿐 한 번도 비행기를 타고 이국으로 나가본 적이 없다고 시무룩하게 말했다. 공항이란, 열차역과 마찬가지로, 얼마나 매혹적인 공간인가. 낯선 공기를 머금은 이방인들이 어디로인가로 떠나고 돌아오는 곳. 슬픔과 기쁨, 떠남의 설렘과 귀환의 안도가 공존하는 곳…… 에세이스트 알랭 드 보통은 움직이는 비행기나 배나 기차에서는 누구라도 내적인 대화를 쉽게 이끌어낼 수 있다고 예찬하지 않았던가. 그렇기에 공항에서는 누구나 한 번쯤 사색가가 되고, 시인이 되고, 소설가가 되지 않던가.

일산 호수공원 옆에 살면서 나는 호수공원 너머 한강과 김포 벌판 위로 비행기가 선회하는 모습을 하염없이 바라보며 먼 곳으로의 떠남을 동경하고, 또 그 동경이 쌓이고 쌓이면 주저 없이 떠남을 실천해왔기에 공항에 붙박인 그녀의 기분을 그대로 느낄 수 있었다.

그날 공항에서 배수아와의 만남은 극적이었고, 그런 만큼 짧았지만 긴 여운을 남겼다. 입국장으로 들어서며 나는 그녀와 아쉬움이 뒤섞인

즉흥적인 이별을 했고, 이후 시간은 흘러 우리는 21세기로 진입했다. 그때 나의 유럽 여행은 길지 않았고, 귀국 후 가을 동안 그녀와 두어 번 일산에서 재회했다. 그런데 무엇이 공항에서의 반갑고도 아쉬운 만남을 이어가게 놔두지 않았는지 나는 나대로, 그녀는 그녀대로 이전의 무연했던 상태로 돌아갔고(나는 경주로, 파리로 어린 아들을 끼고 떠돌아다니기 일쑤였다), 문단의 여느 문인들의 소식처럼 지인을 통해 그녀의 소식을 띄엄띄엄 듣게 되었다. 그 소식 중에 내 귀를 번쩍 뜨이게 하는 것이 그녀의 베를린 행이었다. 나는 순간적으로 공항에서의 극적인 만남과 그녀의 얼굴에 어리던 먼 곳에의 동경을 떠올렸다. 그녀는 형광등 불빛이 희미한 공항 구석의 병무청 창구에 붙박여 있기에는 힘든 이방인의 자유로운 피와 작가만의 반항적인 혼을 품고 있었던 것이다. 나는 공항의 만남에서 공유했던 오래된 동창의 친숙함과 낯선 흥분을 '베를린의 배수아'에서 느꼈다. 마치 배수아를 위해 베를린이 기다리고 있었던 것 같았고, 이제 나는 불온한 여행자, 베를린의 이방인 배수아의 소설을 기다리기만 하면 될 것이었다.

...우리는 이바나와 함께 있었다. 나는 K와 함께 있었고 K는 잠과 함께 있었다. K는 잠을 원했고 나는 침묵을 원했다. 길을 걷다가 가끔 멈추어선 채 이바나, 하고 중얼거린다. 사람들이 그런 나를 쳐다본다.

우리가 이바나, 하고 말하는 것은 집시, 라고 불리는 한 마리 개와, 그리고 나머지 분석되지 않은 체험을 의미한다. 그때, 우리는 우리가 태어나고 자란 도시를 떠났고 아는 사람이 없는 방식으로 살기를 원했다. 그것은 이방인이 되는 것이다. 저기, 이해할 수 없는 말을 사용하는 이방인이 간다.

…배수아, 《이바나》

배수아의 베를린뿐만 아니라 21세기 들어서면서 작가에게 장소, 특히 이국의 공간이 갖는 메타포(은유)의 울림은 매우 크다. 지난 세기 작가의 독창성을 규정하는 것은 작가의 태생지에서 연유하는 언어, 곧 삶의 언어(사투리)적인 의미가 컸다. 리얼리스트냐 모더니스트냐의 구별도 따지고 보면 그 작가의 언어 감각과 언어관에서 비롯되었다고 할 수 있다. 1930년대 서울 토박이의 삶과 의식을 서울말로 그려낸 리얼리스트 염상섭과 소설(《삼대》), 1930년대 근대 식민지 수도 경성의 모던 보이로서 근대적인 삶과 형식을 근대어로 창조한 모더니스트 박태원과 이상의 소설들(《소설가 구보 씨의 일일》과 《날개》), 충청도의 순진하면서도 의뭉스러운 심성을 장삼이사張三李四들의 입을 통해 구수하게 불러낸 리얼리스트 이문구의 소설들(《관촌수필》, 《우리 동네 이씨》 등). 이들의 소설들은 인물이 차지하는 비중만큼이나 각각의 공간이 고유한 의미를 내포하고 있다. 이러한 흐름이 초고속 인터넷 매체 환경의 21세기가 시작되면서 공간적으로 큰 변화를 겪게 되는데, 바로 배수아를 비롯하여, 김영하, 김연수, 한유주, 김사과 등 젊은 작가들의 소설에 이방의 공간들이 자연스럽게 등장하게 된 것이다. 이들은 한 곳에 오래 머물지 않고, 세계의 여러 곳으로 이동하며 작업한다.

이러한 형태는 이미 2008년 노벨문학상을 받은 프랑스의 작가 르 클레지오가 선구적이라고 할 수 있다. 영국인 아버지와 프랑스인 어머니

＊카이저 빌헬름 기념교회, 베를린

사이에 출생한 그는 프랑스와 미국, 그리고 자신이 태어난 모리셔스 섬에 집을 가지고 있고, 틈틈이 멕시코와 태국, 한국에서 반 년씩 머무르며 새로운 인간과 환경을 소설의 질료로 사용한다. 나는 르 클레지오를 비롯, 배수아, 김영하, 김연수와 같은 작가군#을 노마드형 작가라고 부르며, 외국 여행의 경험을 소설화한 1990년대까지의 여행 소설들과 구별하여 '여행 서사'라 명명해왔다. 이때 이들의 소설 무대의 이국성은 문화사 및 인류사의 차원으로 확장된다.

"오랫동안, 나는 어머니가 흑인이기를 상상해왔다"로 시작되는 르 클레지오의 《아프리카인》은 문학이 인류학과 만나는 접점을 제시한다. 영국인 아버지가 동아프리카에서 의사로 활동할 때의 유년 시절을 잔잔한 어조로 그려나가는 이 작품은 소설보다는 에세이에 가깝다. 군이 명명하자면, 에세이풍 소설이라고 해야 할 것이다. 이러한 생각을 처음 갖게 된 것은 이청준의 말년 작품집 《꽃 지고 강물 흘러》를 접하고 난 뒤다. 사실과 허구의 경계가 가늠이 안 되는 경지, 소설이라는 장르와 삶의 법칙에서 자유로워진 대가의 경지라고 할까. 이때 작품 전체에 흐르는 정서는 회고적으로, 작가의 시선이 주인공(화자)의 그것과 일치하며, 주인공이 사건을 실어 나르는 거리는 현재와 그 사건의 시간만큼 떨어져 있다. 르 클레지오가 《아프리카인》을 통해 전달하는 방식이 회고적인 이유가 거기에 있다. "아프리카에서 이 나라, 이 도시로 돌아왔을 때, 나는 아무도 알지 못했고, 이방인이 되어 있었다. 그 현실에서 도피하기 위해 나는 어떤 이야기를, 어떤 과거를 혼자 지어냈던 것이다. 그리고 아버지가 은퇴할 나이가 되어 우리와 함께 프랑스로 돌아왔을 때, 나는 아프리카인은 바로 그라는 사실을 알게 되었다."(르 클레지오, 최애영 옮김, 《아프리카인》, 문학동네, 2005)

한편, 말년의 가르시아 마르케스나 이청준, 르 클레지오와 다른 에세이풍 소설이 21세기 한국 소설계에 진입했는데, 바로 배수아의 소설들이다. 그녀의 《에세이스트의 책상》(2003), 《독학자》(2004)가 대표적이며, 이때의 에세이는 인류학보다는 철학에 가까운 중수필(미셀러니)의 문장으로 진행된다. 이러한 배수아 소설의 내적 변화는 공교롭게도 작가의 독일 체류 이후 서서히 선보이다가 최근 적극적으로 펼쳐지고 있는 점이 주목할 만하다.

배수아 이전, 독일로 간 한국 작가들을 나는 알고 있다. 예전 내가 독일을 가려고 했을 때 목적지는 뮌헨이나 쾰른 또는 튀빙겐과 같은 곳이었다. 뮌헨에는 전혜린과 이미륵의 족적이, 쾰른에는 대성당이, 그리고 튀빙겐에는 오랜 동창 녀석이 10년 넘게 철학에 빠져 살고 있기 때문이었다. 특히, 뮌헨은 나 같은 외국 문학도에게는 곧바로 전혜린으로 통했다. 1960년대 아스팔트 킨트로 불리던 전혜린의 폐부 깊숙이 불어넣어주던 불온한 감염의 정서를 뮌헨의 구석구석에서 확인하며 전율하고 싶었다. 그리고 2000년대, 이제 베를린은 배수아로 통하고 있다.

2002년 여름, 동유럽 기행의 출발지로 베를린에 도착해 사흘을 보낸 적이 있다. 그때 나의 관심은 발터 벤야민과 헤겔의 흔적, 그리고 영화 〈베를린 천사의 시〉의 천사가 흑백 필름으로 보여주던 구 동독과 서독의 무너진 장벽의 파편들과 공사중인 도시의 공터들에 있었다. 내가 그들을 돌아보기 직전 베를린에 도착했던 배수아는 이방인의 느낌으로

* 케테 콜비츠, 〈피에타〉,
노이에 바헤, 운터 덴 린덴, 베를린

* 무너진 동서 장벽의 기념 벽, 포츠다머 플라츠, 베를린

곧바로 《이바나》를 썼고, 이어서 《동물원 킨트》를 발표했다. 그리고 그 즈음 공지영은 '베를린 사람들'이라는 부제를 단 〈별들의 들판〉 연작을 쓰고 있었다. 바야흐로 베를린은 한국 소설가들이 사랑하는 장소, 곧 토포필리아topophilia(장소애)로 자리 잡기 시작한 것이다.

《동물원 킨트》, 《이바나》, 〈마짠 쪽으로〉, 〈훌〉, 〈무종〉 등 배수아는 베를린을 근거지로 삼은 뒤 소설의 공간을 독일과 베를린에 집중하고 있다. 1993년 〈1988년의 어두운 방〉으로 데뷔한 배수아는 독일로 떠나기 전까지 분위기가 독특한 이미지를 거느린 반면 자품마다 비문非文이 많은 작가로 평가되곤 했다. 그런데 독일로 떠난 뒤 배수아 소설에서 비문은 거의 찾아볼 수 없게 되었고, 매우 놀랍게도 논리적이고 사색적인 문장으로 변화했다. 작가의 문장이 작품과 함께 진화하고 성장하고 완성되는 장관을 배수아의 소설들은 보여주고 있는 것이다.

...이 글(《독학자》)을 쓰는 동안 나는 독일어를 배우고 있었다. 마지막 기간 동안은 다른 학생들과 함께 작문을 통해 독일어를 공부하는 작문수업을 받았다. 한 주일에 한 번 우리는 선생님이 제시하는 테마에 맞는 작문숙제를 제출해야 했다. 그 말이 의미하는 것은 곧, 내가 원하는 문장과 내가 쓸 수 있는 문장의 간극 사이에서 투쟁을 벌였다는 뜻이다. 극단적으로 말하자면 이 《독학자》는 그 동안의 내 작문숙제에 대해서 내가 독일로 제출할 수 없었던 보충 부분이자 한국어 주석이 된다. 성 안토니우스와 독일어 작문시간. 이 두 가지가 《독학자》를 쓰게 된 가장 강한 모티프가 되었다.

＊ 베를린의 겨울

* 쿠담 거리, 카이저 빌헬름 기념교회 전경, 베를린

배수아의 장편 《북쪽 거실》은 독일도 베를린도 한국도 서울도 모두 지워진, 그러니까 한 인간이 살아가는 데 필요한 최소한의 공간을 가지고 최대한의 몽상을 끌어내는 이채로운 소설이다. 이때 공간(거실)은 현실이 되고, 몽상(북쪽)은 무의식, 꿈, 비현실, 현실 너머가 된다. 소설의 내용을 한마디로 요약하면, 수니라는 인물이 정체불명의 남자를 찾는 이야기. 여기에서 찾는 이유나 목적은 중요하지 않다. 단지 정체불명의 남자에 대한 수니의 상상과 회상이 소설의 골격을 이루고 있을 뿐이다. 일상 언어의 순조롭고도 순차적인 진행을 거부한, 개연성이라고는 찾기 힘든, 잦은 분절과 지루한 지속. 밑도 끝도 없는 배수아식 사변의 극단을 보여주는 《북쪽 거실》은 매 순간 삶을 빈틈없이 계획하려는 현대인들에게 잠시 함정에 빠져든 듯한 엉뚱한 몽상의 여행의 차원에서 체험을 권하고 싶은 소설이다.

…극동아시아의 낯선 이름과 주소가 적혀 있는 이것은 참으로 먼 곳으로 부쳐질 엽서였으니, 세계의 반대편에 있다는 키질이나 샹그릴라보다도 더욱 먼 곳으로, 나는, 우리는, 그리고 그들은, 그들의 꿈은, 그 순간 이루 말할 수 없는 고통에 잠기게 되는데, 이미 그때 내 몸은 흙 속으로 파고드는 중이니, 누구인가, 내 육신을 사랑하는 이는,

이스탄불, 사랑의 성소聖所

🌿 오르한 파묵, 《순수 박물관》과 터키 이스탄불

2008년, 겨울 북이탈리아 밀라노를 거쳐 파리에 잠깐 머물 때의 일이다. 나는 센 강 근처 앙리 4세 대로에 있는 파리 7대학의 M교수 집에서 느긋하게 아침식사를 마치고 퐁피두센터로 향했다. 퐁피두센터는 뉴욕의 모마MOMA와 런던의 테이트모던과 함께 현대 미술의 메카로, 파리에 갈 때면 앙리 마티스나 파블로 피카소 같은 화가들의 회화 작품뿐 아니라 백남준의 비디오 아트 〈달은 가장 오래된 TV〉, 앙리 카르티에 브레송의 사진 〈브뤼셀〉, 자코메티의 청동 조각 〈서 있는 여자〉 등 퐁피두가 자랑하는 상설 작품들과 함께 그때그때 전시하는 특별기획전을 관람하기 위해 따로 시간을 내곤 했다. 그런데 그날 나는 퐁피두에 가긴 간 것일까 싶을 정도로, 특별전에 대한 기억이 전혀 남아 있지 않다. 그 대신 퐁피두 광장으로 들어서는 네 개의 통로 중 하나를 걸어가며 보았던, '마르마라Marmara'라는 낯선 단어와 함께 '이스탄불ISTANBUL'이라는 지명이 선명하게 뇌리에 박혀 있을 뿐이다. 그렇다. 나는 그날 아침, 평소 하지 않던 충동적인 일을 저지르고 말았던 것이다. 퐁피두센터의 회전문을 밀치고 안으로 들어가는 대신 처음 보는 '마르마라'라

* 골든 혼, 이스탄불, 터키(위)
* 보스포루스 해협, 이스탄불, 터키(아래)

는 여행사의 유리문 안으로 발을 들여놓았다. 그리고 다음날, 이스탄불 행 비행기에 올랐다.

여행지에서의 또다른 여행! 몇 해 전 서울에서 만났던 이스탄불의 작가 오르한 파묵을 떠올렸다. 그는 이스탄불을 추억하는 책까지 내지 않았던가. 자정과 아침 사이 뱃고동 소리를 듣고 잠에서 깨어난다던, 파묵. 길게 울리는 뱃고동 소리, 보스포루스를 둘러싼 언덕, 언덕 위에 울려 퍼지는 뱃고동 소리가 힘찰수록 안개가 두껍게 낀다고 했던가. 파묵의 이스탄불, 안개 낀 밤의 보스포루스 해협과 이어지는 마르마라 해와 그 사이에 서서 신호를 보내는 아흐르카프 등대와 그곳에서 일정한 간격으로 구슬프게 울려 퍼지는 나팔 소리를 듣고 싶었다.

이름만으로도, 상상만으로도 매혹적인 도시 이스탄불은 그렇게 돌발적으로 나에게 왔다. 비행기가 샤를 드골 공항을 이륙할 때 나는 비로소 눈을 감고 지금 감행하는 무모한 여행의 근원에 대해 생각했다. 20년 동안 세계의 수많은 곳을 돌아다녔지만, '아직' 이스탄불에 가지 않았다는 것이 이상할 정도였다. 그러나 그럴 만한 이유가 있었다. 플로베르가 친구에게 보내는 편지에서 '이스탄불에는 육 개월 머물러야 한다네'라고 쓴 것처럼, 나는 그저 하루이틀 스쳐지나가는 것이 아닌, 헬레니즘 문화권의 핵심지로 '그곳'을 제대로 답사할 예정이었다. 그러니까 그날 아침 충동적으로 이스탄불 행 비행기 티켓을 끊은 것은 오랫동안 꿈꾸어온 여행 계획에 대한 반칙이었다. 나는 엄청난 속도로 활주로를 질주하는 이스탄불 행 비행기에 앉아서 나의 충동적인 행동에 대한 그럴듯한 사유를 집요하게 좇고 있었다.

밀라노에서부터 파리에 이르기까지 열흘 가까이 머무는 동안 유럽의 하늘은 구름과 비로 축축했고, 몹시 추웠다. M교수의 석조 아파트는 파리 최적의 위치와 운치를 갖췄지만 온기가 부족했고, 나는 본능적으로 남쪽을, 따사로운 햇빛을, 그리고 파란 하늘을 찾고 있었다. 햇빛 천국인 남프랑스에서도, 또 이탈리아나 그리스보다도 남쪽인 이스탄불은 얼마나 따뜻할까. 비행기가 안정적인 균형을 되찾았을 때, 나는 눈을 뜨고 기내 창밖으로 창공을 바라보았다. 오직 이스탄불만을 위한 사흘. 은근한 설렘이 미세한 떨림으로 온몸을 감쌌고, 원래 파리에서 하려고 했던 일들은 까맣게 잊고 처음 가보는 낯선 도시에 대한 기대로 충만해졌다. 그러면서 몇 년 전 서울에서 만났던 오르한 파묵을 생각했다.

2004년 가을, 터키 대사관의 초청으로 한남동의 대사관저에서 오르한 파묵과 저녁식사를 한 적이 있었다. 그런데 나는 여느 외국 작가들과의 저녁식사 때와 다르게 그와 유쾌하게 대화를 나누지 못했다. 그의 소설 《내 이름은 빨강》이 한국에서 출간되었으나 아직 읽지 않은 상태였고, 그의 도시 이스탄불은 마음에 품고만 있었지 가본 적이 없었기 때문이었다. 파묵은 독일인 남성을 연상시키는 큰 키에 서구적인 외모였는데, 놀라울 정도로 영어를 유창하게 잘했다. 나는 그와의 대화보다는 대사 부인이 차려낸 터키 음식을 섬세하게 음미했고, 그는 그날 한국어로 번역 출간된 《눈》이라는 소설의 첫 페이지를 열어 재미있는 일러스트 서명과 함께 선물로 건네주었다. 터키 대사관저에서 오르한 파묵과 헤어진 뒤 나는 인쇄소의 온기가 느껴지는 신작 《눈》을 밀쳐 두고, 그의 한국어 번역 첫 소설인 《내 이름은 빨강》을 읽었다.

* 아흐메드 사원(블루 모스크), 이스탄불, 터키(위)
* 갈라타 다리, 이스탄불, 터키(아래)

이 작품은 16세기 이슬람 세계의 궁정 화단畵壇에서 옛것(전통)과 새것(서구), 개방과 폐쇄를 놓고 벌어지는 권력 암투를 그리고 있는데, 한 그루 나무, 새, 우물 바닥에 누워 있는 시체, 금화, 개, 빨강색 등 10여 가지의 다중 화자가 한 가지 사건을 조명하는 매우 독특한 형식의 소설이다. 파묵의 작품들은 뉴욕과 파리 등 해외에 번역되어 뜨거운 호응을 얻으면서 그를 세계적인 작가의 반열에 올려놓았다. 그리고 그는 터키 대사관저에서 만난 이듬해 '문화들 간의 충돌과 얽힘을 나타내는 새로운 상징들을 발견했다'는 평가와 함께 노벨문학상을 받았다. 파묵은 세계의 독자와 소통할수록 태생지인 터키와 이스탄불을 작품에 적극 무대화하고, 그의 작품을 읽는 독자들은 이스탄불의 골목골목과 보스포루스 해협과 마르마라 해에 친숙해진다. 그리고 급기야 그의 도시 이스탄불을 가슴에 품고 만다.

그런 의미에서 오르한 파묵의 자전에세이 《이스탄불 —도시 그리고 추억》은 허구의 껍질을 벗고 만나는 맨얼굴의 이스탄불, 작가의 추억과 터키 역사가 살아 있는 현장담이다. 그는 이 도시를 세계에 소개하기 위해 현대 소설의 선구자인 프랑스의 귀스타브 플로베르를 끌어들인다. 이스탄불에 여행을 왔을 때, 흘러넘치는 감정으로 감탄하기 잘하는 플로베르는 이 도시의 복잡성과 다양성에 크게 영향을 받아 편지에 콘스탄티노플이 100년 후에 세계의 수도가 될 것이라고 썼다. 그러나 플로베르의 예언은 '오스만 제국이 멸망하여 사라지자, 정반대가 되어' 파묵이 태어났을 때 '이스탄불은, 세상의 외관적 측면에서 2000년 역사에서 가장 나약하고, 가장 가난하고, 가장 변방이자, 가장 고립된 시기'에

처해 있었다. 파묵은 오스만 제국의 몰락의 정서와 가난 그리고 도시를 뒤덮은 폐허가 부여한 슬픔을 이스탄불의 표상으로 받아들이고 살았음을 이 자전 에세이를 통해 아프게 환기한다.

오스만 제국이 스러진 뒤 스며든 깊은 슬픔과 우울의 도시, 이스탄불. 파묵이 자전 에세이 《이스탄불》에서 고백한 것과는 달리 21세기 들어 이 고색창연한 도시는 미묘한 지정학적인 위치와 역사적 아우라를 넘어 바로 그 자신, '소설가 오르한 파묵의 도시'로 부활하고 있다. 이는 우리가 폴 오스터에게는 뉴욕을, 제임스 조이스에게는 더블린을 그리고 박태원에게는 서울을 연상하는 것과 같은 소설의 '노에마noema(존재론적 의식의 대상)'가 된 것이다. 터키 소수 민족에 대한 내분과 폭력을 소설에 적나라하게 폭로했다는 이유로 조국에서 배척당하면서도 그는 옛 제국의 슬픔을 거느린 터키와 이스탄불을 끈질기게 소설에 호출해왔다. 그리고 다시 누구도 시도한 적 없는 흥미로운 이야기를 한국 독자에게 선보였는데, 바로 그의 신작 장편 《순수 박물관》의 세계가 그것이다.

오르한 파묵의 《순수 박물관》은 한마디로 30년에 걸친 한 사내의 사랑 이야기. 소설에서, 아니 세상에서 흔하디흔한 것이 사랑 이야기이다. 그 말은, 뒤집으면, 인간사란 사랑 없이는 성립될 수 없다는 의미이다. 사랑에는 국경도 나이도 문제되지 않는다. 소설은 그 지점을 가장 민감하게 담아왔다. 그런데 세상 도처에 널려 있는 것이 사랑 이야기인 만큼, 작가들은 사랑을 주제로 할 때만큼은 형식이든, 대상(인물)이든 새로움에 도전해야 한다. 매직 리얼리즘의 대가 가브리엘 마르케스는 칠십대 중반에 들어, 평생 자신을 지탱해주었던 수많은 창녀들에 대한

* 천 개의 이슬람 사원(모스크)의 도시 이스탄불의 여명

＊ 이스탄불의 석양

존경으로 《내 슬픈 창녀들의 추억》을 썼고, 박범신은 칠십대 시인의 열일곱 살 소녀에 대한 지고지순한 사랑을 최근작 《은교》로 형상화했다.

이 소설들의 서두는 비슷한 수순으로 비슷한 분위기를 전한다. 오르한 파묵의 《순수 박물관》은 이들과 동일한 세계, 같은 계보에 속한다. "그때가 내 인생에서 가장 행복한 순간이었다는 것을 몰랐다. 알았더라면 그 행복을 지킬 수 있었고, 모든 것이 완전히 다르게 전개될 수 있었을까?" 사랑은 한 번만 오는 것이 아니다. 그러나 사랑의 본질은 같지만, 사랑의 방식과 농도는 늘 같지 않아서, 삶처럼 겪고, 지나가고 난 뒤에야, 그것이 무엇이었는지, 또 그것이 어떠했는지, 그것의 형상과 정도를 알아볼 수 있는 것이다. "내 인생의 가장 행복한 순간이었다는 것을 이해했더라면, 절대로, 그 행복을 놓치지 않았을 것이다"라는 파묵의 회한 어린 문장이 독자의 심장에 그대로 화살이 되어 꽂히는 것은 바로 그러한 사랑의 속성 때문이다.

《순수 박물관》은 노벨상 수상 이후 파묵이 발표한 첫 장편이자, 남녀 간의 사랑에 초점을 맞춘 그의 첫 연애소설이다. 그런데 여기에서 홍미를 끄는 것은 사랑 이야기이되, 누구도 시도하지 않은 기발한 방식을 고안해내고 의미를 창출해낸 점이다. 바로, 서른 살 남자와 열여덟 살 소녀와 44일 동안 나눈 사랑의 추억—사랑의 언어와 사랑의 몸, 사랑의 공간과 그 세부—들을 하나하나 모으고 복원하여 이스탄불 한복판에 박물관을 만들어 '순수'라는 타이틀을 부여하고 있는 것.

결혼을 앞둔 서른 살 남자의 심리란 무엇일까. 케말은 유복한 가정에서 태어나 훌륭한 교육을 받았고, 촉망받는 미래와 그에 어울리는 지적이고 아름다운 명문가의 약혼녀 시벨이 있다. 약혼녀에게 깜짝 선물로 안겨줄 핸드백을 사러 상제리제 부티크에 갔다가 점원으로 일하던 퓌순이라는 먼 친척뻘의 가난한 사촌여동생과 만나고, 그녀가 더 이상 부유한 자신의 집에 일거리를 받으러 오던 친척 아주머니의 어린 딸이 아닌 매혹적인 여성이 되어 있음을 의식하면서 거부할 수 없는 사랑의 화염에 휩싸이게 된다. 어머니 소유의 오래된 빈 아파트에서의 44일 간의 일탈적 사랑. 그러면서도 안정적 결혼에 대한 자연스러운 감정. 케말은 결혼식을 치르는 동안 퓌순에 대한 자신의 마음을 깨닫지만, 그의 시벨과의 행복한 결혼식을 목격한 퓌순은 종적을 감춘다. 이후 그에게 남은 것은 퓌순의 자취를 찾아 헤매고, 퓌순의 집을 드나들며 그녀에 관계된 모든 것을 몰래 수집하며, 퓌순을 일방적으로 바라만 봐야 하는 지독한 사랑의 추억이다. 세상의 모든 사랑은 편집증적 성격을 가지고 있다. 퓌순을 잃기 전까지 케말의 사랑은 터키 상류층 부르주아 남성이 갖는 자기중심적이고 이기적인 쾌락에 가까웠다. 그러나 30년에 걸친 지속적인 사랑의 반추는 그가 속한 특정 부류에서 깨어나 진실한 사랑을 갈구하는 순수한 인간/남성으로 변모해가는 과정을 감동적으로 보여준다.

오르한 파묵은 이스탄불을, 퓌순을 향한 케말의 30년에 걸친 지순한 사랑의 성소聖所로 만들고, 독자들을 그곳, 소설 속 퓌순이 살았던 집이자 작가가 실제 개관할 '순수 박물관'(2012년 개관 예정)으로 초대한다. 파묵에 따르면, 이 박물관은 소설의 주인공 '퓌순과 나의 모든 인생'이고, '모든 경험'이다. 파묵은 50년 후 대학생들, 일본인 관광객들, 독신여성, 연인 들이 찾아올 것을 기대한다. 그들은 '퓌순의 옷, 소금통, 시계, 식당 메뉴판, 예전 이스탄불 사진, 어린 시절 가지고 놀던 것과 똑같은 장난감 등 물건들'을 들여다볼 것이라는 것. 그리고 그것이야말로 이스탄불의 또 하나의 역사, 이야기가 되리라는 것.

이제 독자들이 파묵의 《이스탄불—도시 그리고 추억》을 거쳐 《순수박물관》으로 들어가는 일은 시간 문제다.

행복의 추구, 한 청년의 일생

🖋 스탕달, 《적과 흑》과 프랑스 그르노블 그리고 브장송

만약 당신에게 프랑스 어디로든 갈 수 있는 비행기 티켓이 주어진다면, 어디로 떠나고 싶은가. 예술의 도시 파리? 포도주의 고장 보르도? 지중해의 휴양 도시 니스 또는 칸? 대부분은 파리를 또는 니스를 선택할 것이다. 물론, 탁월하고도 당연한 결정이다. 만약, 파리도 니스도 돌아보았다면, 그리고 프랑스라는 나라에 대해 어느 정도 알고 있다고 생각한다면, 그럼에도 비행기 티켓이 주어진다면, 당신은 어디를 선택할 것인가. 한여름 열대야에 이리저리 뒤척이는 밤, 시원한 소나기처럼 지나갈 이런 몽상 하나쯤 반갑지 않을까. 예를 들면 이런 곳.

...베리에르라고 하는 작은 도시는 프랑슈 콩테 지방에서 가장 예쁜 곳의 하나로 통할 만하다. 붉은 기와가 덮인 뾰족한 지붕의 하얀 집들이 언덕 경사면 위로 펼쳐져 있고, 울창한 밤나무 숲은 언덕의 굴곡을 드러내고 있다. 예전에 스페인 사람들이 지었으나 지금은 폐허가 된 요새 아래로는 두Douds 강이 까마득히 흐르고 있다.

...스탕달, 《적과 흑》

또는 이런 곳.

...쥘리앵은 산악지방이 보여줄 수 있는 가장 아름다운 경치 한복판에서 즐겁게 산길을 오르고 있었다. 베르지 북쪽의 큰 산맥을 가로질러야 했다. (중략) 나그네의 시선은 남쪽을 향하여 흐르는 두 강 줄기를 가로막는 그리 높지 않은 언덕 위를 거쳐 부르고뉴와 보졸레의 비옥한 평야에까지 다다랐다. 이 젊은 야심가의 영혼이 아무리 이런 종류의 아름다움에 무감각하다 하더라도, 그는 그토록 광활하고 그토록 장엄한 풍경을 바라보기 위하여 때때로 발걸음을 멈추지 않을 수 없었다.

...스탕달, 《적과 흑》

몇 년 전 《타임》지에서 여름 특집호를 기획하면서 유럽에서 가장 신비로운 도시, 그러니까 가장 가보고 싶은 도시에 대한 설문조사를 했다. 가장 많은 응답자들이 뽑은 도시는, 흥미롭게도 파리도 니스도 아닌 프랑스 중부, 론 알프스 지방의 산악 도시 그르노블이었다. 그르노블이라니, 한국인에게는 처음 들어보는 생소한 도시라고 할 수 있다. 그러나 한국의 불문학자들 중 그르노블 3대학 출신이 제법 많다. 한국의 프랑스 문학 전공자들이 한때 파리를 제치고 이곳으로 몰려든 이유는 무엇일까. 팡테옹 언덕에 있는 법대를 중심으로 파리 시내에 퍼져 있던 대학들의 총칭인 소르본 대학이 1970년대 개혁에 의해 해체되면서 일련번호로 단과대를 구분하게 된 것처럼 그르노블 대학도 마찬가지. 문과대학인 그르노블 3대학은 스탕달 대학으로 불린다. 19세기 프랑스의 대표적인 소설가 스탕달이 바로 이곳 그르노블 출신이다.

2010년 7월, 파리 몽파르나스 역의 유럽 카에서 신형 스투롸엥 피카소 한 대를 빌려 그르노블을 향해 떠났다. 가고 오는 길에 퐁텐블로, 브장송, 보졸레, 스트라스부르 등 스탕달의 소설《적과 흑》의 주인공 쥘리앵 소렐의 행적을 좇아볼 생각이었다. 그르노블에는 20년 만에 두 번째 방문이었다. 예전이나 지금이나 나를 그곳으로 이끈 것은《타임》에서 손꼽은 유럽에서 가장 신비한 도시로서가 아니라 스탕달의《적과 흑》의 무대로서였다.

그르노블에 진입해서 곧장 알프스 산록의 눈이 녹아 흘러내리는 이제르 강변의 그르네트 광장을 찾았다. 광장 가 '유럽 호텔'에 체크인을 하고 창문을 열어젖히니 한여름 관광객들로 가득한 광장이 발아래 펼쳐졌다. 툭 트인 광장 너머 하늘을 바라보았다. 특유의 직각의 산 능선과 뾰족한 봉우리가 보였다. 광장을 가로질러 가면 장 자크 루소 골목(당시에는 비외 제주이트 골목)이 나오고, 거기 14번지에는 앙리 베일이 1783년 태어났다는 기념판이 돌로 새겨져 있었다. 앙리 베일은 평생 다양한 가명을 사용했던 스탕달의 본명이다. 광장 왼편 그랑드 거리를 통과하면,《적과 흑》이 씌어지는 데 결정적인 모티브가 된 '베르테 사건'의 재판이 열렸던 최고재판소가 나온다.

…중죄재판소의 한 평범한 사건을 가지고 스탕달은 역사적 심리와 역사철학에 관한 깊은 연구를 이루어놓았다. 대혁명이 형성해놓은 사회에서 행위의 은밀한 동기와 영혼의 내면적 성질에 대해 그는《인간극》(100편

＊ 프랑스 중부 부르고뉴 보졸레 지역의 포도밭 전경

가까운 소설들로 구성된 발자크의 총체 소설—필자 주) 전체와 맞먹는 것을 우리에게 가르쳐준다.

…귀스타브 랑송

문학사가 귀스타브 랑송이 지적한 '한 평범한 사건'이란 그르노블 인근 부랑그라는 인구 2만 명 정도의 소도시에서 실제 있었던 일. 1828년 2월 23일 그르네트 광장에서 신학생 앙투안 베르테가 처형되었다. 보도된 기사의 간략한 내용은 이렇다. 앙투완 베르테는 가난한 집안에서 태어났지만 출중한 재능을 사제에게 인정받아 신학교에 들어갔다가 몸이 약해 학업을 중단하고 사제의 알선으로 마을의 지주 미슈 씨 댁의 가정교사로 들어간다. 하지만 부인과의 연정으로 남편에게 해고되고, 우여곡절 끝에 그르노블의 코르동 씨 댁의 가정교사로 들어가지만 거기에서도 그 집 딸과 관계를 맺어 쫓겨나고 만다. 절망한 청년은 자신의 불행이 미슈 부인의 투서에 있다고 믿고, 부인이 다니는 교회로 달려가 미사를 보는 부인을 향해 권총으로 발포하고, 살인 미수로 체포된다.

신문 사회면에 실린 이 치정 사건을 읽은 그르노블의 유명한 변호사의 아들이었던 스탕달은 청년의 '격정'에 깊은 인상을 받게 된다. 이 이야기는 소설의 중요한 골격으로 수용되는데, 소설의 주인공 쥘리앵 소렐이 출세(신부가 되느냐 군인이 되느냐)를 위해 불태워야 했던 사랑 또는 욕망의 대상인 두 여인, 곧 레날 부인과 마틸드 중 레날 부인과의 관계로 표출된다. 작가는 소설 속에 이 사건을 변형시켜 스쳐지나가듯 삽입하고 있는데 그 대목을 보면 이렇다.

* 그르네트 광장, 그르노블(위)   * 생탕드레 성당과 재판소가 있는 광장(아래)

＊ 그르노블 재판소의 외부와 내부

...기도대 위에서 쥘리앵은 읽으라고 거기 펼쳐놓은 듯한 인쇄된 종이 한 장을 눈여겨보았다. 그는 눈길을 돌려 다음의 문장을 보았다.

'브장송에서 집행된 루이 장렐의 최후의 순간과 처형 상보詳報……'

종이는 찢겨 있었다. 뒷면에서는 문장의 첫 단어가 눈에 들어왔다.

'첫걸음.'

'누가 이 종이를 여기 갖다 놓았을까?' 하고 쥘리앵은 생각했다. "가엾고 불쌍한 사람, 이 사람은 내 성姓과 끝 글자가 같네……" 그는 한숨을 쉬며 이렇게 덧붙여 말하고서 종이를 구겨버렸다.

...스탕달, 《적과 흑》

베리에르 시장의 아내인 레날 부인과의 사랑이 순수하고 정적인 심리전이라면, 파리 라몰 후작의 외동딸 마틸드와의 사랑은 변덕스럽고 역동적인 심리전이라고 할 수 있는데, 이 이야기 역시 실제 있었던 치정 사건을 모티브로 창작된 것이다. 일명 1829년에 일어난 '라 파르그 사건'. 라 파르그라는 가난한 가구세공사 청년이 질투로 변심한 애인의 목을 잘라 죽인 사건을 가리킨다. 라 파르그는 베르테처럼 처형되지 않고 5년형을 언도받는데, 마르세유에서 이 기사를 접한 스탕달은 가난하지만 훌륭한 교육을 받고도 '무서운 정열'의 희생자가 된 라 파르그라는 청년에게 고무되어 일사천리로 소설의 초고를 써내려간다. 레날 부인은 미슈 부인의 분신으로, 마틸드는 '베르테 사건'의 코르동 양과 '라 파르크 사건'의 여주인공, 그리고 당시 스탕달 주변에 출몰했던 파리 사교계의 정열적인 여인들이 투영되어 형상화된다. 《적과 흑》은 쥘리앵 소렐과 레날 부인, 그리고 마틸드 양이 실제 모델을 가진, 남의 불행을 훔쳐보는 재미가 충만한 통속 연애소설로 읽기에 모자람이 없다. 그러나 작가가 이들을 주인공으로 선택한 이유는 정작 다른 데 있다. '1830년대의 연대기'라는 부제가 말해주듯, 그리고 서머싯 몸이 지적하듯, 가난하지만 우수한 두뇌, 강한 의지력, 대담한 용기를 품은 쥘리앵 소렐이라는 희대의 풍운아를 통해 작가는 '1830년의 있는 그대로의 프랑스'를 그리는 데 목표가 있었다.

……'우리는 소설에서만 진실(진리는 이미 존재하지 않는다)에 도달할 수 있을 뿐이다.' 요즘 나날이 확신을 더해가는데, 어디서든 소설 이외에서 그것을 찾는 것은 건방진 생각이다. 그러므로……(원문은 여기에서 중단된 것으로 기록되어 있다 ― 인용자 주)

……스탕달 소장본의 《적과 흑》 1페이지 기록에서

그러므로……. 스탕달은 '진실'을 향한 혁명가의 소명으로 소설을 써야만 했던 것. 절망과 한탄이 묻어 있는 작가의 이 고백은 대혁명이 남긴 열기와 그 후 이어지는 격변의 시간을 거치면서 진실은 더 이상 찾아볼 수 없게 되었음을 드러낸 것이다. 작가의 화두는 극심한 혼란기에 살아가는 인간들의 진실은 어디에 있는지, 그리고 그것에 다가가는 방법에 있었던 것. 변방 코르시카 섬 출신의 나폴레옹이 장교가 되고 황제가 되기까지의 파란만장한 역정을 가슴 깊이 품고 출세의 야욕에 불타는 쥘리앵 소렐의 위선은 작가가 그토록 심혈을 기울여 도달하고 싶었던 진실의 역설인 셈. 정열과 진실의 추구, 그것은 궁극적으로 스탕달의 신념이었던 지고한 행복의 추구를 의미한다.

그르노블에서의 이틀, 그르네트 광장을 떠나 '있는 그대로'의 진실을 위해 프랑슈콩테의 요새 도시 브장송으로 향했다. 레날 부인과 헤어진 뒤 신부의 부푼 꿈을 안고 브장송의 신학교를 향해 떠나던, 야망에 사로잡힌 불온한 청년 쥘리앵 소렐의 복잡미묘한 마음을 헤아리며. 브장송에서 성벽을 서성이는 아름다운 청년을, 혹시 만날 수 있지 않을까 하는, 즐거운 몽상을 하며.

...멀리 보이는 산마루 위로 검은 성벽이 눈에 띄었다. 브장송 성채였다. 그는 한숨을 내쉬며 말했다. 만일 내가 이 고상한 전쟁도시를 지키는 연대의 소위로 이곳에 왔다면 내겐 이곳이 얼마나 다른 모습으로 보였을까!

브장송은 프랑스에서 가장 예쁜 도시 중 하나일뿐더러 용기와 재주 있는 사람들이 많이 모이는 곳이기도 하다.

(중략) 도개교를 건넜다. 1674년 포위공격 때의 역사로 머리가 가득 찬 그는 신학교에 틀어박히기 전에 성벽과 성채를 보고 싶었다.

(중략) 큰길에 있는 커다란 카페 앞을 지날 때, 그는 몇 시간 동안이나 성벽의 높이며 참호의 깊이, 대포의 무시무시한 모습에 정신을 쏟았다. 그는 놀라서 꼼짝 않고 있었다.

...스탕달, 《적과 흑》

* 브장송 밤거리와 두Douds 강

* 세계문화유산 시타델 요새와 시타델에서 내려다본 브장송 전경

소설을 말할 때 이야기하고 싶은 것

🐟 조너선 사포란 포어 외, 《픽션》과 맨해튼 센트럴 파크

이야기 하나 : 닉 혼비의 〈작은 나라〉를 읽다가 두 눈을 의심하다!

여러 작가의 작품을 모은 《픽션》의 첫 번째 이야기인 닉 혼비의 〈작은
나라〉는, 놀랍게도, 몇 달 전 인터넷 매체에 발표한 〈헤이맨, 승리만은
제발!〉이라는 나의 짧은 소설과 묘하게 겹치는 부분이 있다. 닉 혼비의
〈작은 나라〉는 축구 경기에서 단 한 번도 승리를 하지 못한 '챔피나'라
는 나라의 축구팀 이야기로, 스테판이라는 열네 살 소년이 주인공이다.
챔피나는 지도에도 나와 있지 않은 세상에서 가장 작은 나라. 프랑스어
'들판champ'에서 유래했을 정도로 '들판만 한 나라'이다. 이 나라 축구
대표선수인 스테판의 아버지가 어쩌다 다리가 부러지는 바람에 스테판
이 강제로 아버지를 대신하게 된 것. 스테판은 책과 글쓰기에만 관심이
있고 축구를 경멸하는 소년. 그런 그가 대표선수로 참가하게 된 데에는
매우 시시하지만 절대적인 국가법에 의해서인데, 세상에서 가장 작은
그 나라의 대통령이 바로 그의 어머니였고, 법을 시행하는 어머니와 국
무위원은 아버지를 비롯하여 선수들이다. 스테판은 이들의 국가법과도

같은 명령에 의해 강제로 징발되었던 것이다.

챔피나의 상대국은 주로 세계에서 작기로 둘째가라면 서러워하는 산마리노나 바티칸. 프랑스나 이탈리아와 맞붙으면 10대 0으로 지는 이 국가들이 챔피나와 맞붙으면 30대 빵으로 이기곤 했다. 웃기는 것은 챔피나 사람들 아무도 패배를 슬퍼하지 않는다는 것이다. 오히려 심하게 졌기 때문에 지도 위에 챔피나가 등장할지도 모른다는 기대를 할 뿐이다. 축구 국가대표로 뛰지 않으면, 챔피나에서 누리는 권리들을 박탈한다는 대통령(어머니)의 명에 의해 대표팀에 투입되기는 했어도 스테판은 절대 경기를 하지 않겠다고 다짐하고 가만히 서서 선수들을 지켜보기만 했다. 늘 그렇듯이 챔피나는 열세 골을 내주고 전반전을 마쳤다. 그런데 자신을 제외한 선수들이 정신없이 경기장을 뛰어다니는 것을 지켜보던 중 스테판은 한 가지 중요한 사실을 발견했다. 골을 넣는 선수와 골을 넣도록 패스해주는 선수의 움직임에 대해 마치 체스판을 들여다보듯 분석을 하게 된 것이다. 그는 작전 타임 중에 강제로 주어진 발언권으로 팀원들에게 그가 본 사실을 이야기하면서 자기도 모르게 감독의 역할을 하게 되고, 그의 작전 지시에 따라 뛴 결과 챔피나는 전반전에 심하게 지던 것이 후반전에는 세 골밖에 내주지 않는 쾌거를 이룸으로써, 역사상 처음으로 승리 이상의 쾌감을 맛본다.

한편, 나의 짧은 소설 〈헤이맨, 승리만은 제발!〉은 어떤가. 이 작품은 D대학 문창과 축구팀 '헤이맨'의 우스꽝스러운 패전기敗戰記이다. 헤이맨은 여학생 중심의 학과 특성상 열한 명의 축구팀을 구성하기에는 남학생 부족난으로 조교까지 꾸어와 겨우 구성한데다가, 선수들 대부분

* 맨해튼, 뉴욕

이 자나 깨나 책과 뒹굴며 시 쓰고 소설 쓰는 골방 샌님들이다. 이들은 문창과다운 축구는 '지기 위해 뛴다'라는 해괴한 논리를 내세워 학과 창립 이래 단 한 번도 승리를 하지 않은(?) 자랑스러운 기록을 가지고 있다. 그런데, 어쩌다가, 어리바리한 복학생이 얼떨결에 실수로 한 골을 넣는 바람에 무승부라는 반갑지 않은 결과를 맞았고, 어쩔 수 없이 승부를 가리기 위해 페널티 킥을 차는 과정에서 신입생 출신 골키퍼가 역시 판단 실수로 골문을 향해 날아오는 골을 신들린 듯이 모조리 막아버리는 바람에 기록적인 첫 승을 올리게 된다. 그러나 승리를 기뻐하는 사람은 단 한 명도 없이 오히려 문창과다운 축구의 미학을 저버린 골키퍼를 향해 달려가 몰매를 선물한다.

소설은 스토리가 전부는 아니다. 작품에는 작가 고유의 문장이 있고, 체취가 있다. 영화와 소설을 종횡무진 오가는 영국 작가 닉 혼비의 〈작은 나라〉는 지도에도 나와 있지 않을 정도로 세상에서 가장 작은 나라라는 독특한 공간 설정 아래 축구 경기를 매개로 스테판이라는 책읽기를 좋아하는 소년이 축구에 대한 경멸과 거부를 해소해가는 과정이 웃음을 자아내면서도 전체적으로 깔끔하게 형상화되어 있다.

이야기 둘: 여름 밤 뉴욕 맨해튼의 센트럴 파크는 반딧불이 세상입니다!

어둠이 질 무렵, 뉴욕 맨해튼의 센트럴 파크 잔디밭에 누워 한여름 밤 뉴욕 필하모닉 오케스트라가 뉴요커들에게 선사하는 아름다운 음악을 들었다. 그레이트 론Great lawn의 거대한 풀밭에는 이른 오후부터 사람들이 몰려들기 시작해 콘서트가 시작될 무렵에는 수만 명의 뉴요커들로 인산인해를 이루었다. 시원한 저음의 바리톤의 노래가 끝나자, 말러의 교향곡이 공원의 밤하늘로 울려 퍼졌다. 콘서트가 끝날 무렵 한두 방울 빗방울이 떨어지기 시작했고, 나는 허공을 향해 두 손바닥을 활짝 펼친 채 어둡고도 푸르른 센트럴 파크의 숲속을 거닐었다. 그런데 몇 발자국 떼지 않아, 내 손과 가슴, 다리와 얼굴을 가로지르며 작은 생명체들이 반짝반짝 빛을 내었다. 나도 모르게 어린 시절로 돌아가 나무와 나무 사이, 어둠과 어둠 사이, 반딧불이들과 숨바꼭질을 하며 밤이 깊어가는 줄도 몰랐다. 뉴욕 필하모닉의 콘서트가 끝나면서 센트럴 파크 허공을 수놓던 불꽃들이 모두 반딧불이로 환생한 것 같았다.

뉴욕에서 돌아와 막 출간된 《픽션》을 펼쳐들었다. 수록된 열한 편 중 우선 첫 번째와 마지막 작품을 읽었다. 제목들이 모두 호기심을 끌었지만, 마지막에 수록된, 9·11 사건을 배경으로 하여 추리 형식으로 아버지를 찾아가는 이야기인 《엄청나게 시끄럽고 믿을 수 없이 가까운》이라는 매혹적인 장편소설을 발표했던 젊은 작가 조너선 사프란 포어의 단편이 몹시 궁금했다. 그런데 작품을 펼치자마자 나는 신기하게도 센트럴 파크의 뉴욕 필하모닉과 밤이 깊어가는 줄도 모르고 홀려 다녔던 반딧불이와 만났다.

...축제 기간에 장식용으로만 사용되던 병 속 반딧불이는 이제 집집마다 들어앉아 조명을 대신했다.

＊ 뉴욕 필의 센트럴 파크 여름 음악회(위)
＊ 뉴욕 시민들의 휴식처 센트럴 파크(아래)

* 브루클린 브리지, 맨해튼에서 브루클린으로

(중략) 공원을 옮기는 동안 아이들은 공원에 누워 있을 수 있었다. 이것은 일종의 특권이었다. 아무도 이 특권이 왜 필요한지, 이 특권을 부여받은 게 왜 아이들인지 알지 못했지만. 그날 밤 역사상 가장 큰 불꽃놀이가 뉴욕의 하늘을 밝혔고 뉴욕 필하모닉 오케스트라가 밤새 연주를 펼쳤다.

...조너선 사프란 포어, 〈여섯 번째 마을〉

조너선 사프란 포어의 〈여섯 번째 마을〉은 현실에는 존재하지 않는 뉴욕시의 사라진 여섯 번째 마을에 대한 이야기다. 뉴욕시는 현재 다섯 개의 구로 이루어져 있는데, 소설에 따르면 원래는 여섯 구가 있었다고 한다. 그 여섯 번째 마을에 대한 표식은 센트럴 파크 어딘가에 있는데, 센트럴 파크는 바로 여섯 번째 마을에 있었고, 그 마을이 사라지면서 맨해튼으로 옮겨졌다는 것이다.

...명백한 증거는 없다.

믿고 싶어하지 않는 사람을 믿게 할 만한 것은 아무것도 없다.

하지만 좀 어수룩한 사람들이라면 구미가 확 당길 단서란 무궁무진하다. 센트럴 파크의 기묘한 화석 기록, 그 저수지엔 맞지 않는 피에치 지수, 동물원에 있는 저수지(이것은 공원을 끌어당길 때 거대한 갈고리가 남긴 구멍과 일치했다).

입구에서 회전목마 쪽으로 정동 방향 딱 스물네 걸음 자리에 나무가 한 그루 있는데, 줄기에 두 이름이 새겨져 있다. 전화번호부에도, 인구 조사에도 없는 이름이다. 병원이나 세무 기록이나 투표 자료에도 없다.

그들이 존재했었다는 증거는 나무에 새긴 이름 말곤 없다.

...조너선 사프란 포어, 〈여섯 번째 마을〉

라틴어 픽티오fictio에서 유래한 픽션fiction이 '가공할 인물과 공간에 대한 이야기'를 의미하듯이, 조너선 사포란 포어가 지어낸 뉴욕의 비밀 이야기는 순수하면서도 환상적이다.

이야기 셋 : 보다 유연하고 유쾌한 세상을 꿈꾸는 아버지와 아들들을 위하여!

2000년대 벽두, 뉴욕과 서울, 도쿄의 소설 시장을 강타한 것은, 두말할 것도 없이, 현대 도시의 젊은 남녀의 욕망을 짧은 문장과 짧은 분량으로 그려낸 감각적인 소설들이다. 21세기 초고속 인터넷 매체 환경에서 소설은 새로운 변신을 꾀하는 중이다. 한국의 대표적인 문학 매체와 인터넷 매체가 공존을 꿈꾸면서 밀월 관계를 도모하고 있고, 본격소설과 장르소설, 또는 방외소설 간의 가로지르기가 활발하게 진행중이다. 한국의 젊은 소설가들은 작품 속에 무협과 추리, 엽기, 판타지, 하드고어, 하드보일드 등 장르소설적인 요소를 적극적으로 차용하면서 소설 장르에 대한 실험과 변형을 시도하고 있다.

《픽션》은 한국 소설계가 처한 작금의 상황과 같은 동시대적인 현장성을 제공하고 있다. '이보다 더 재미있는 소설은 없다'는 듯 자신만만하게 추천 서문을 쓴, 세계적 베스트셀러 《위험한 대결》의 작가 레모니 스

＊ 타임 스퀘어, 42번가 맨해튼

니켓을 비롯, 폴 오스터의 명맥을 잇는 현대 미국(뉴욕) 소설의 기대주 조너선 사프란 포어, 현존하는 10대 포스트모던 작가로 SF, 판타지 소설가이자 만화가인 닐 게이먼, E. M. 포스터 수상작가로 영국에서 가장 인기 있는 닉 혼비 등 이 책의 작가들은 '소설'이라는 이름 아래 작품을 쓰지만, 그들의 작품들이 위치하는 세계는 각기 다르다. 그럼에도 불구하고 놀라운 것은 한 편 한 편 지니고 있는 탄탄한 스토리이다.

조너선 사프란 포어가 〈여섯 번째 마을〉에 창조한 뉴욕과 센트럴 파크의 비밀 이야기, 닉 혼비가 〈작은 나라〉에서 창조한 지도에 나와 있지 않을 만큼 세상에서 가장 작을 뿐더러 겨우 축구팀을 만들 수 있을 정도로 몇 안 되는 국민들이 사는 나라의 소년의 운명적인 축구 이야기, 닐 게이먼이 〈태양새〉에 창조한 기상천외한 미식가 이야기, 클레멘트 프로이트가 〈그림블〉에 창조한 못 말리는 부모와 어른들의 끊이지 않는 메모 이야기 등 당대 최고 일러스트들의 개성 넘치는 삽화와 함께 한 편 한 편 작품을 음미하다 보면, 푸른 하늘에 흘러가는 구름을 바라볼 때처럼, 또는 강가의 미루나무 이파리가 흔들리는 것을 바라볼 때처럼 행복한 충만감이 가슴과 눈과 귀에 가득 차오른다. 듀엣 연주처럼 소설가와 일러스트 작가가 펼쳐 보이는 이야기 잔치 속에는 재치와 유머, 순수와 환상이 넘치지도 모자라지도 않게 균형을 이루고 있다. 작품마다 소년의 눈으로 보는 세계와 그 소년이 20~30년 후 부모가 되어보는 세계가 절묘하게 조화를 이루는 지점을 공유하고 있다. 소설이나 문학을 그다지 좋아하지 않거나 관계가 없다고 생각하는 아들과 아버지들에게 일독을 권하고 싶다.

그는 걷는다, 고로 존재한다

제임스 조이스, 《더블린 사람들》과 아일랜드 더블린

북대서양의 섬나라 아일랜드 수도 더블린 한복판에 가면 한 남자가 낮이나 밤이나 지팡이를 짚고 걸어가는 형상으로 서 있다. 마른 체구의 그는 중절모를 쓰고, 현미경 알과 같은 둥근 안경을 끼고 턱을 짐짓 도도하게 치켜들었으며 걸음걸이가 삐딱한 자세이다. 모든 사물의 이면을 꼼꼼히 보는 눈과 면도날같이 날카로운 신경의 소유자, 그는 소설가이다.

더블린에서는 이 작가가 출간한 소설의 주인공의 이름을 딴 '블룸스데이Bloomsday' 축제가 매년 6월에 열리는데, 아이러니하게도 이 작가는 이 도시의 거주자들 이름을 제목으로 내세운 소설을 쓴 이래 죽을 때까지 이 도시로부터 배척당했다. 그도 그럴 것이 이 작가는 도대체 어떻게 된 것인지, 이 도시, 그러니까 세계의 의미심장한 수도들 중 하나인 더블린을 줄기차게 소설의 무대로 삼았지만, 자랑이라고는 약에 쓰려야 찾아볼 수 없이 비난과 비판에 치중했다. 자기 몸의 태생지이자 정신의 성장지인 더블린을 그는 마비의 공간, 심지어 제 새끼를 잡아먹는 돼지처럼 더러운 도시라고 욕설을 내뱉듯 퍼붓고는, 자신의 조국은 대

* 조이스가 자주 찾던 카페 킬모어, 얼 스트리트, 더블린   * 킬모어 카페 앞의 임스 조이스 동상, 더블린

JAMES JOYCE
MUSEUM
OPENING HOURS
MARCH-OCTOBER
Monday - Saturday:
10:00 - 13:00 & 14:00 - 17:00
SUNDAY & PUBLIC
HOLIDAYS:
14:00 - 18:00
NOVEMBER-FEBRUARY
OPEN BY ARRANGEMENT
Telephone 280 9265

* 더블린 시내의 제임스 조이스의 집과 더블린 근교 샌디코브 해변 마텔로 탑의 제임스 조이스 박물관

＊ 펍의 본고장 더블린, 아일랜드

영제국이라 불리는 잉글랜드의 식민지인 아일랜드가 아닌 '예술'임을 공표하며 자발적 망명자로 평생 유럽과 미국을 떠돌며 살았다.

생전 지은 업을 죽어서 영원히 되사는 것일까. 조국 아일랜드로부터, 태생지 더블린으로부터 그토록 멀리 떠나고자 했으나 그는 어제도 오늘도 이 도시의 심장 오코넬 대로 옆 킬모어 카페 앞을 걸어가는 모습 그대로 '더블린 사람들'에 의해 사로잡혀 있다. 그의 이름은 제임스 조이스, 나는 2005년 한여름과 한겨울, 두 차례에 걸쳐 지구의 반 바퀴를 돌아 그를 찾아갔다. 그의 주위에는 그의 소설 주인공들처럼 언제나 걸어오고 걸어가는 사람들로 붐볐다.

…시가지는 8월의 따사로운 노을에 잠기고, 거리에는 여름을 연상시키는 훈훈한 바람이 감돌았다. 일요일의 휴식을 위해 셔터를 내린 거리는 화사한 옷차림의 군중들로 북적였다. 찬란한 진주 같은 가로등은 전신주 꼭대기로부터 그 밑에서 끊임없이 모양과 색채가 변하는 살아 있는 사람들의 직물 속으로 빛을 던졌고, 따뜻한 회색의 저녁 공기 속으로는 사람들의 끊임없는 웅얼거림 소리가 퍼져 나갔다.

…제임스 조이스, 〈두 한량〉

문학과 상관없이 살아가는 대부분의 사람들은 소설을 단순히 '이야기'로 여긴다. 자신이 파란만장한 삶을 살았다고 생각하는 사람들 중 거의 모두가 소설을 안 쓸 뿐이지, 쓴다면 몇 권쯤은 너끈히 될 것으로 믿는다. 여기에서 한 단계 더 나아가, 소설은 이야기이되 곧이곧대로

＊ 리피 강 전경, 더블린(위)
＊《율리시즈》의 주인공 제오폴드 블룸의 이름을 딴 블룸즈 브리지, 더블린(아래)

사실이라기보다 어느 부분 '과장하면서 덧댄 이야기', 즉 '꾸며낸 이야기'로 인식하는데, 과장인 줄 뻔히 알면서도 속아 넘어가주는 단계까지 이르면 어떤 식으로든 '환상illusion'이 솟아나게 마련이다. 이 환상의 창출이야말로 한 편의 소설로서의 핵심 '장치'가 성공적으로 안착되었다는 증표이다.

제임스 조이스의 《더블린 사람들》의 소설들은 단순한 '이야기'의 차원과 '환상'의 창조 사이에 존재한다. 더블린이라는 도시, 그곳에 살며 떠도는 군상들을 현미경적으로 세밀하게, 그러나 어떠한 환상의 인위적인 장치도 부리지 않고 담담하게 고증하고 있기 때문이다. '고증'이라고 했거니와 제임스 조이스의 《더블린 사람들》은 이야기와 환상의 차원 너머의 새로운 이정표를 세우고 있다. 곧 소설로서의 '고현학考現學'의 세계가 그것이다. 옛것을 연구하는 학문을 고고학考古學이라고 한다면, 현대modern, 그러니까 현재 우리 삶의 양식과 체계의 근간이 된 근대의 산물modernity을 연구하는 학문이 고현학이다. 고현학의 대상은 산업혁명 이후 20세기 초 자본제 생산 체제하의 도시, 거리, 병원, 영화관, 카페, 서점 등등이다. 15편의 단편과 중편으로 구성된 조이스의 첫 소설집 《더블린 사람들》(1914)은 모든 작품이 거리의 소설이라고 할 수 있을 정도로 주인공들은 도시의 곳곳을 걷고, 그 걷기를 통해서 존재한다. 작가는 이들의 거리 배회에 따라 근대 더블린의 세태를 전한다.

…하루의 일과가 끝날 시간이 되자 그는 자리에서 일어나 동료들에게 공손하게 작별 인사를 건넸다. 그는 깔끔하고 단정한 옷차림으로 킹즈

인의 중세풍 아치문을 빠져나와서 빠른 걸음으로 헨리에터가街를 걸어 내려갔다.

(중략) 한 걸음 한 걸음 발을 옮길 때마다 그는 단조롭고 비예술적인 생활을 정리하고 런던에 점점 가까이 다가서는 느낌이 들었다. 한 줄기의 빛이 그의 마음의 지평에 아롱지기 시작했다. 그는 나이가 그리 많지 않았다. 서른둘이었다.

(중략) 그는 생각에 너무 골몰한 나머지 거리를 지나쳤기 때문에 되돌아가야만 했다. 콜리스 식당 근처에 갔을 때 아까처럼 가슴이 울렁거리기 시작하여 그는 엉거주춤 문 앞에서 걸음을 멈추었다.

...제임스 조이스, 〈작은 구름 한 점〉

고현학으로서의 조이스 소설의 백미는 그의 위대한 장편《율리시즈》(1922)이다. 자전적 성장소설인《젊은 예술가의 초상》(1916)을 발표함으로써 예술을 조국으로 삼고 자발적 유배자가 되어 파리로 떠난 작가답게, 조이스는 이 세기의 역작《율리시즈》의 첫 페이지 헌사로 "나는《율리시즈》속에 굉장히 많은 수수께끼와 퀴즈를 감추어두었기에, 앞으로 수세기 동안 대학교수들은 내가 뜻하는 바를 거론하기에 분주할 것이다. 이것이 자신의 불멸을 보장하는 유일한 길이다"라고 기세등등하게 쓰기까지 한다. 그는 고대 호메로스의 서사시《오딧세이아》의 '10여 년에 걸친 방랑의 이야기'를 레오폴트 블룸이라는 광고쟁이 사내를 주인공으로 내세워 '더블린에서의 하루 방랑기'로 압축해버리는데, 20세기 모더니즘의 시작이자 끝이라 불리는 이 장편은 1904년 6월 16일의

* 더블린 근교 샌디코브 마텔로 탑 가는 길(위)
* 더블린 시민들의 자랑 스티븐 그린 공원(아래)

하루 떠돌기이지만 1,000쪽에 이르는 방대한 분량이다.

소설이 시작되는 해변의 탑, 소학교, 수많은 거리들, 목욕탕, 장례 행렬과 묘지, 신문사, 국립도서관, 호텔, 주점, 산부인과 병원, 역마차 오두막 등 주인공 사내가 걸어가는 더블린 거리 풍경과 들르는 곳들과 만나는 사람들의 기록이 《율리시즈》인 셈인데, 우리는 여기에서 익숙하게 한국의 소설을 떠올리게 된다. 1930년대 근대 경성의 모던 보이, 박태원의 〈소설가 구보씨의 일일〉(1934). 동경에 유학을 다녀온 구보 씨는 어머니 집에 얹혀사는 신세로 아침에 대학 노트를 옆구리에 끼고 집을 나서서는 광교통으로 해서 경성 시내 곳곳을 걸어 다니다가 저녁이 되어 집으로 들어와 그날 외출에서 들르고 만난 일들을 기록한다. 그것이 곧 소설 〈소설가 구보씨의 일일〉이다.

...어머니는 아들이 제 방에서 나와, 마루 끝에 놓인 구두를 신고, 기둥못에 걸린 단장을 떼어 들고, 그리고 문간으로 향하여 나가는 소리를 들었다.

"어디, 가니?"

대답은 들리지 않았다.

(중략) 구보는 집을 나와 천변 길을 광교로 향하여 걸어가며, 어머니에게 단 한마디 "네―" 하고 대답 못했던 것을 뉘우쳐 본다.

(중략) 구보는 마침내 다리 모퉁이에까지 이르렀다. 그의 일있는 듯싶게 꾸미는 걸음걸이는 그곳에서 멈추어진다. 그는 어딜 갈까, 생각하여 본다.

(중략) 구보는, 약간 자신이 있는 듯싶은 걸음걸이로 전차 선로를 두 번 횡단하여 화신상회 앞으로 간다. 그리고 저도 모를 사이에 그의 발은 백화점 안으로 들어서기조차 하였다.

...박태원, 〈소설가 구보씨의 일일〉

제임스 조이스의 《더블린 사람들》은 이어 발표된 《젊은 예술가의 초상》과 《율리시즈》의 원점에 해당된다. 혹자에 따라 대작을 쓰기 위한 스케치(습작)로 불리기도 한다. 조이스는 《율리시즈》로 도시 세태 기록의 고현학과 현기증 나는 패러디와 압축술로서의 환상, 나아가 자신의 조국을 800년 가까이 식민지로 삼은 영국의 자랑인 셰익스피어 문학의 2만 단어를 뛰어넘은 4만 단어 구사로 소설의 제국을 세웠음이 분명하다. 그러나 《더블린 사람들》에 수록된 15편의 단편과 중편은 모두 '고현학으로서의 도시 걷기 소설의 출발점에 그치지 않고 '에피퍼니 Epiphany(現顯)'이라는 단편소설의 독특한 미학의 출발점이기도 하다.

현현이란 원래 가톨릭 종교 용어로 주현절主顯節(교회에서 행하는 1월 6일의 축일. 예수가 30회 생일에 세례 요한에게 세례를 받고 하나님의 아들로 공증 받았음을 기념하는 날)을 가리킨다. 그러나 이것이 문학 용어로 자리를 옮기면, 복잡하게 얽힌 사태의 핵심이 오롯이 잡히는 순간, 또는 한 편의 작품이 거느린 상象이 문득 파악되는 순간을 의미한다. 보다 쉽게 우리의 현실에서 겪는 현상으로 표현하자면, 너무 강한 빛 속에, 또는 너무 깜깜한 어둠 속에 들어가면 분간할 수 없이 먹먹해졌다가 시간이 흐르면서 사물의 형체가 명료하게 눈에 잡히는 순간으로 이해할 수 있다(다음 인용 굵은 강조 문장 참고).《더블린 사람들》이 20세기 초 단편소설 양식에 대한 새로운 실험으로 읽히는 것은, 바로 작가가 현현의 미학을 단편소설의 핵심 장치로 삼고 있기 때문이다. 이웃집 친구 누나를 향한 소년의 풋풋하고도 혼란한 성장통을 그린 단편 〈애러비〉는 에피퍼니를 통한 격조 높은 단편 미학의 정수를 보여준다.

1930년대 우리의 구보씨처럼 《더블린 사람들》을 옆구리에 끼고 만보객漫步客이 되어 서울의 청계천변을 걸어보는 것은 어떨까. 만약 겨울도 봄도 아닌 2월에서 3월 사이라면 무겁고 혼탁한 마음을 말갛게 헤쳐나가는 하나의 좋은 방편이 될 것이다.

…나는 그곳에 머물러 있어봐야 아무 소용이 없다는 것을 알면서도, 그녀의 물건에 대한 나의 관심이 사실임을 좀 더 보여 주기 위해 그 상점 앞에서 계속 서성거렸다. 그런 다음 나는 천천히 돌아서서 바자의 한가운데를 걸어 내려갔다. 나는 주머니 속에 있는 동전 두 닢을 6펜스짜리 동전 위에 떨어뜨렸다. 회랑의 한쪽 끝에서 불을 끈다는 목소리가 들려왔다. **홀 위쪽은 이제 완전히 깜깜해졌다.**

그 어둠 속을 뚫어져라 쳐다보고 있노라니 나 자신이 허영에 쫓겨 농락당하는 한 마리 짐승 같다는 생각이 들었다. 그러자 나의 두 눈은 번민과 분노로 불타올랐다.

…제임스 조이스, 〈애러비〉

얼굴의 이면, 익명의 양면

🌿 조엘 에글로프, 《다른 사람으로 오해받는 남자》와 프랑스 파리

파리 북부 몽마르트르 언덕에는 에펠탑과 함께 파리를 상징하는 백색 돔의 사크레쾨르聖心 대성당이 있고, 성당을 중심으로 수많은 길들이 거미줄 형상으로 얽히고설켜 있다. 파리의 길은 규모에 따라 아브뉴avenue(大路) 또는 불바르boulvard(大路)로 표기하고 보통의 길 또는 거리를 뤼rue로 표기한다. 언덕 아래 콩코르드 광장으로부터 시작되는 샹젤리제 대로나 센 강 좌안 지역을 관통하는 생제르맹 대로와는 달리 몽마르트르에는 언덕 아래 피갈 대로를 제외하고는 대부분 뤼보다도 작은 통로passage 급의 좁은 골목들이 산재해 있다. 몽마르트르의 풍차 방앗간(물랭 루주)를 아름답게 그린 르누아르를 비롯 반 고흐, 피카소, 툴루즈 로트레크, 모딜리아니, 달리 등 예술의 수도 파리에 모여든 수많은 화가들이 이 길들을 화폭에 담았다면, 마르셀 에메는 소설 《벽으로 드나드는 남자》에 몇몇 거리들을 생생하게 호명해낸다.

무엇보다, 파리 몽마르트르 오르샹 가 75번지 2호의 4층에는 뒤티유월이라는 매우 선량한 남자가 살고 있다. 그 남자는 특이한 능력이 하나 있는데, 그는 '마치 열린 문으로 드나들 듯이 아무런 장애를 느끼

지 않고 벽을 뚫고 나가는' 것이다. 부끄럽게도 나는 명색이 불문학도를 자처하고 살았으면서도 이 괴상한 이름의 유령 같은 사내를 만나기 전까지는 마르셀 에메를 잘 알지 못했다. 아니 몇 번 스치기만 했을 뿐, 전적으로 외면하고 읽지 않았다. 그런 의미에서 한국에서 마르셀 에메의 소설은 21세기가 되어서야 독자들과 새롭게 만나고 있는 느낌마저 든다.

20세기 초 전쟁 상황에서 사르트르와 카뮈가 실존의 문제를 소설 속에서 심각하게 문제 삼고 있을 때, 마르셀 에메는 초월 또는 환상이라는 전혀 다른 방식으로 이 문제를 건드린다. 소설의 주인공 뒤티유월은 등기청 하급 직원으로 삶에 어떤 변화나 모험을 원하지 않는 평범하기 짝이 없는 인물이다. 어느 날 그는 병원에 갔다가 의사로부터 자신에게 벽으로 드나드는 초능력이 있음을 전해 듣는다. 평범하게 살기를 원하는 그는 그 특이한 능력을 사용하기는커녕 별 관심을 보이지 않는다. 그러다가 자신을 괴롭히는 상사를 골탕 먹이기 위해 그 특별한 능력을 사용하기 시작한다. 상사 골탕 먹이기만큼 재미있는 것이 또 있겠는가? 골탕 먹이기에 맛들인 그는 마침내 파리의 대도大盜가 되어 은행을 터는가 하면, 감옥 안팎을 자유롭게 드나들면서 세인의 관심을 한 몸에 얻는다. 그러나 원래 아무 변화 없이 평범하게 사는 것을 원했던 그인지라 그 대단한 놀이도 심드렁해져서 몽마르트르 언덕의 이 길 저 길을 배회한다. 그때 언덕을 힘없이 걸어가던 한 아름다운 여인을 발견하고 첫눈에 사랑에 빠져 그 신묘한 능력을 다시 사용하기 시작한다. 그녀와의 사랑을 위해 너무 과도하게 드나든 나머지 결국 그는 벽을 통과하는 중에 그만 기운이 떨어져 벽과 한 몸이 되어버린다.

이렇게 소설의 줄거리를 따라가다 보면, 2009년 개봉된 영화 〈퍼블릭 에너미〉가 자연스럽게 연상된다. 영화에서는 배우 조니 뎁의 포스가 넘치는 갱스터가 주인공이라면 소설에서는 어느 한 군데 멋지게 묘사된 곳이 없는, 따분하기 짝이 없게 생긴 등기청 하급 직원이 주인공이다. 영화나 소설의 결말은 주인공의 죽음으로 끝난다. 그런데 영화에서는 의적 갱스터 주인공답게 가장 장렬한 최후를 인상적으로 보여주는데, 소설에서는 사랑을 나누고 허겁지겁 연인의 방을 통과하다가 벽에 갇혀버리고 마는 우스꽝스러운 모습으로 그려진다.

노르뱅 거리 지척에 몽마르트르 공동묘지가 있다. 그곳은 소설가 스탕달, 작곡가 베를리오즈, 소설가 공쿠르, 영화감독 트뤼포 등 세계적인 명사들이 묻혀 있는 파리의 4대 공동묘지 중 하나이다. 에메는 이 노르뱅 거리를 걸어 내려가는 사람들은 무덤 속에서나 들려오는 듯한 기괴한 바람의 탄식을 듣게 되는데, 그것은 바로 '늑대인간' 뒤티유월의 번쩍했던 행로와 그 끝을 함께했던 짧았던 사랑을 한탄하는 소리라고 능청스럽게 전하며 이야기를 끝낸다.

노르뱅 거리에 가면, 벽과 한 몸이 되어버린 '벽으로 드나드는 남자'가 재현되어 있다. 그리고 이 벽이 위치한 광장은 아예 마르셀 에메 광장으로 명명되어 있다. 언덕에 무슨 광장인가 의아해 할 수도 있지만, 파리나 로마, 프라하 등 유럽의 유서 깊은 도시들에서는 길과 길이 만나고 갈라지는 지점은 모두 광장place이 된다. 카프카 생가生家가 있는 거리에는 카프카 광장이, 발자크가 태어났거나 살았던 거리에는 발자

* 사크레쾨르 대성당, 몽마르트르, 파리

＊자신의 소설 주인공처럼 벽과 한 몸이 되어버린 마르셀 에메 동상, 몽마르트르, 파리

크 광장이, 루소가 산책했던 거리에는 루소 광장이 있는 셈이다.

...파리는 광장의 도시이다. 바스티유 광장, 콩코르드 광장, 방돔 광장, 루아얄 광장, 에투알 광장, 앵발리드 광장, 보주 광장, 퐁뇌프 광장, 생미셸 광장, 소르본 광장, 도핀 광장, 이탈리아 광장, 레퓌블리크 광장, 피갈 광장……. 그러나 이곳 가파른 몽마르트르 언덕 곳곳에 숨통처럼 터놓은 작은 광장들을 보아야 비로소 그 실체를 인정하게 된다. 언덕을 에돌아 올라오는 르픽 거리가 끝나갈 즈음 오른쪽에서 불쑥 나타났던 오르샹 거리에 들어서면 그 중간쯤에 마르셀 에메 광장이 있다. 그곳에는 한옥 안마당 정도 크기의 그 광장 말고도 그 길 끝의 노르뱅 거리와 이어지는 테르트르 광장과 더불어 인근에 10개가량 더 있다.

...함정임, 《인생의 사용》

2008년 겨울, 몽마르트르에 살고 있는 문우를 만나 노르뱅 거리의 마르셀 에메 광장을 찾아갔다. 이 친구는 신장 190센티미터가 넘는 거구에, 뒤티유월처럼 어수룩한 표정으로 몽마르트르의 비탈진 골목길들을 느릿느릿 산책하기를 좋아하는 사십대 초반의 남자이다. 최근《다른 사람으로 오해받는 남자》라는 평범한 듯 흥미로운 소설을 한국어 번역으로 선보인 프랑스의 주목받는 작가 조엘 에글로프가 바로 그다.

그를 처음 만난 것은 2006년 제1회 서울 젊은 작가 축제에서. 프랑스 남성의 평균 키를 훌쩍 넘긴 큰 키에 건장한 풍채, 이목구비가 뚜렷한 외모였으나 그는 내면의 심성으로부터 비롯되는 매우 순박한 표정을 짓고 있어서 전 세계에서 모인 20여 명의 젊은 남녀 작가 중에 가장 푸근하고 선량한 작가로 각인되었다. 그때 이미 그는 한국 독자들에게 《장의사 강그리옹》과 《해를 본 사람들》이라는 두 권의 소설을 선보이고 있었는데, 축제 중에 열린 심포지엄과 인터뷰를 통해 드러난 그의 이력이 세인들의 눈길을 끌었다.

소설을 쓰기 전에 그는 스트라스부르대학 역사학과를 나와 파리 영화학교에서 영화를 공부했고, 시나리오 작가로 조감독 생활도 했다. 영화 쪽에서 많은 시간을 보냈지만 그가 정작 인정을 받은 것은 소설 장르에서이다. 그의 첫 소설 《장의사 강그리옹》은 현대에서 사라져가는 직종 중 하나인 장의업葬儀業을 가업家業이자 생업生業, 나아가 누군가 죽기를 바라야 하는 사업死業으로 삼은 '장의사 에드몽 강그리옹과 그의 아들'을 중심으로 삶과 죽음 사이에 놓인 아이러니를 경쾌하면서도 능청스러운 문체로 펼쳐 보인다.

...그는 시체를 덮고 있던 나뭇조각을 천천히 들어올렸다. 그러다가 마주 보기가 두렵던 얼굴이 나타나는 순간, 그만 나뭇조각이 손에서 미끄러져 시체의 얼굴 위로 꽝, 소리를 내며 떨어졌다.

「빌어먹을! 시체의 코를 깬 것 같아요.」

몰로가 소리쳤다.

「사고도 골고루 치는구만. 서둘러.」

몰로는 호흡을 가다듬었다. 그는 망설이지 않고 나무판을 들어 옆으로 밀었다.

* 몽마르트르 노르뱅 거리

* 파리 5구 위세트 거리

* 센 강 예술교

* 파리 5구 그랑시에르 거리

남자는 노랗지도 푸르지도 험상궂지도 않았다. 안색은 순수한 백색이었고 놀라우리만큼 평온한 표정이었다. 한쪽 콧구멍에서 가느다란 핏줄기가 흘러나왔다. 몰로는 조르주를 쳐다보았다.

「이게… 정상인가요?…」

...조엘 에글로프, 《장의사 강그리옹》

조엘 에글로프는 첫 소설 《장의사 강그리옹》으로 알랭 푸르니에 상과 '영화로 만들기에 가장 적합한 소설에 주는 상'을 동시에 수상했다. 그것은 결국 영화로 대중들과 소통하고자 했던 그의 이미지 위주의 서사가 문자 위주의 문학 서사로 전환되는 계기를 던져주었다. 그는 1999년에 발표한 이 작품 이후, 《해를 본 사람들》, 《내가 바닥에 주저앉아 했던 짓》, 《도살장 사람들》 그리고 《다른 사람으로 오해받는 남자》까지 2, 3년 간격으로 한 편씩 발표하면서 몽마르트 언덕의 비탈진 골목길을 걷는 매우 느린 발걸음에 소설의 보폭을 맞추고 있다. 그는 현대의 무시무시한 속도를 거스를 줄 아는 여유와 균형감을 갖춘 작가로 그의 시선에 포착된 인간들 또한 한 템포 늦은 속도로 삶을 관조하고 있다. 이러한 관조는 때로 블랙유머를 자아내기도 하고, 어수룩하면서 우스꽝스러운 현대인들의 내면을 들추어내 보여주기도 하는데, 바로 여기에서 그의 소설의 존재 이유이자 가치인 '소설적 희비극'이 창출된다. 이를 확인하기 위해서는 《다른 사람으로 오해받는 남자》의 대략의 줄거리를 살펴볼 필요가 있다.

주인공은 외모가 너무 평범해서 다른 사람으로 자주 오해를 받는다.

어느 날 같은 에피소드가 반복되자 그는 아예 오해받은 그 사람이 되어 그 사람 행세를 해버리게 되고, 결국은 집과 이름뿐만 아니라 자신이 거느린 모든 것을 상실한다. 이 소설 또한 이전의 그의 소설들에 등장하는 평범한 주인공들의 범주에서 크게 벗어나지 않는다. 이번 작품에서 눈여겨볼 점은 현대인의 삶의 본질을 투시하는 작가의 시선이 얼굴의 이면, 곧 익명의 양면성을 꿰뚫고 있는 것이다. 내가 누구인지, 나는 나를 어떻게 알고 살아가고 있는지, 나를 둘러싼 타인들은 나를 어떻게 생각하고 있는지, 그리하여 나의 정체성은 무엇인지 이 소설은 무덤덤한 듯 불쑥 정곡을 찌르는 페이소스pathos를 던지고 있는 것이다.

…날이 갈수록 다른 사람으로 오해받는 일이 자주 일어난다. 나와 마주치는 사람들은 예전에 언제, 어디에서, 어떤 상황에서, 어떤 계기로 만났는지 기억하지 못하면서도 나를 어디에서인가 예전에 보았다는 느낌에 빠진다. 얼굴도 도무지 모르고 이름도 마찬가지지만 나도 예의상 아는 척하며 기꺼이 기억을 되살리려고 애썼고 우리는 함께 인연을 맺었을 법한 장소와 상황을 이것저것 떠올려본다. 한참 후에야 우리 사이에 공통된 어떤 기억도 찾을 수 없다는 것을 확인하는 데 이르면 서너 번 어깨를 으쓱거리거나 몇 차례 머쓱한 미소를 나누고, 나는 그가 생각했던 사람이 아니어서 미안하다고 비굴한 사과를 한다. 그런 다음 우리는 좋은 하루를 보내라고 인사하고 각자의 길로 걸음을 계속한다.

(중략) 가끔 나를 오인한 사람이 범상치 않고 오히려 평범함과는 정반대로 보이는 인물인 경우도 있다. 그런 사람은 기꺼이 사귀고 싶다. 나

자신이 아니라 차라리 오인된 사람이었다면 비록 잠깐일망정 무엇인가 덕을 볼 수도 있을 것 같다. 게다가 이토록 다정하게 다가오는 사람을 실망시킬 만큼 나는 매정하지도 않고 이런 드물고 드문 재회의 기쁨을 그에게서 앗아갈 권리가 내게 없다고 느낀 나머지 근처 술집으로 가서 카운터에 팔을 괴고 이를테면 소식이 끊겼던 그 세월 동안 서로 어떻게 변했는지 자세한 이야기를 나누게 된다.

...조엘 에글로프, 《다른 사람으로 오해받는 남자》

허기, 사모思母의 한 형식

☞ 르 클레지오, 《허기의 간주곡》과 프랑스 니스

2011년 1월 21일, 남프랑스 니스로 향하면서 비행기 티켓과 함께 가방에 세 권의 소설책을 넣었다. 니스 출신 소설가 르 클레지오의 《조서》와 《아프리카인》, 그리고 《허기의 간주곡》. 마치 르 클레지오를 만나러 가는 것처럼 설레고 행복했다.

소설가가 된 청춘 시절부터 지금까지 세월을 뛰어넘어 기리는 몇몇 작가들이 있다. 스물세 살에 오로지 문장으로 세상에 이름을 드높인 천재들, 알베르 카뮈와 앙드레 지드와 르 클레지오. 천둥벌거숭이처럼 남루하고 몽매했던 나를 번쩍 눈 뜨게 하고, 급기야 문학의 도저한 심연 속으로 끌어들인 것은 그들, 스물세 살 영혼들이 자의식의 용광로 속에서 빚어낸 화기火氣의 문장들, 청춘의 문장들이었다.

...봄철에 티파사에는 신神들이 내려와 산다. 태양 속에서, 압생트의 향기 속에서, 은빛으로 철갑을 두른 바다며, 야생의 푸른 하늘, 꽃으로 뒤덮인 폐허, 돌더미 속에 굵은 거품을 일으키며 끓는 빛 속에서 신들은 말한다. 어떤 시간에는 들판이 햇빛 때문에 캄캄해진다. 두 눈으로 그 무엇

인가를 보려고 애를 쓰지만 눈에 잡히는 것이란 속눈썹가에 매달려 떨리는 빛과 색채의 작은 덩어리들뿐이다.

...알베르 카뮈, 〈티파사에서의 결혼〉

　스물세 살 카뮈가 쓴 아름다운 산문 〈티파사에서의 결혼〉을 읽고 나서야 나는, '어떤 시간에는 들판이 햇빛 때문에 캄캄해지는' 순간을 온몸으로 체득할 수 있었고, 그것은 거꾸로 영화관의 두터운 휘장을 들치고 들어가 처음 어둠과 맞닥트릴 때 일어나는 캄캄한 현상과 다르지 않다는 것을 감지할 수 있었고, 그것을 다르게 현현顯現이라 부른다는 것을 인식할 수 있었다. 눈이 멀 정도의 부심, 이후 명료해지는 세계(사물)의 선線과 실루엣들.

　한편, 스물세 살의 르 클레지오는 어떤가? 그가 쓴 생애 첫 번째 작가의 말이 의미심장하게 다가온다. 《조서》의 첫 장에서 밝힌 바에 따르면, 그는 데뷔 당시 '비밀스러운 야심'을 갖고 있었다. 언젠가 소설을 쓰는 것. 그런데 그가 인정하는 자신의 소설이란, 소설 주인공이 마지막 장에서 죽거나 또는 파킨슨씨병에 걸리는 것으로 처리하지 않는 것. 만약 그렇게 간다면 그는 쓰레기 같은 숱한 익명의 편지에 휩싸여 숨이 막혀버릴 것이라고 고백하면서, 그런 맥락에서 보면, 자신의 첫 소설 《조서》는 아주 성공작은 아니라고 밝혔다. 왜냐하면, 《조서》의 세계를 보면, '지나친 신중성과 기교주의와 수다의 과오를 범'했을지 모르며, 소설 언어들은 '탈현실주의에서 현학적 예언'으로 가득 차 있을 것으로 스스로 돌아봤다. 이것은 반성이 아니라 새로운 시대의 도전장처럼 여겨졌다. 그는 패기와 도전 정신으로 무장한 신인 작가의 결의로 '훗날 정말로 감동적인 소설을 완성하리라는 것에 절망하지 않는다는 결구로 글을 마무리했다.

곧 스물세 살의 카뮈의 문장과 르 클레지오의 문장 사이에는 벼랑 하나 만큼의 간극이 보이는데, 정신병원에서 탈출을 했는지 군대에서 탈영했는지 알 수 없는 '아담 폴로'라는 떠돌이 청년을 니스 해변에 등장시켜 소설사에 전례 없는 '조서 형식'으로 세상에 투고投稿한 그의 첫 소설을 읽는 일이란 작가만큼이나 독자 역시 새로운 모험의 길을 감행하는 집중력과 에너지가 필요하다. 그러나 두 작가는 세상에서 가장 아름다운 미문의 작가들이라는 점에서는 차이가 없다. 그것은 《조서》의 첫 몇 문장—"어느 무더운 여름날, 한 남자가 열린 창문 앞에 앉아 있었다. 그는 키가 크고 등이 약간 굽었으며, 이름은 아담, 아담 폴로였다. 그는 거지처럼 구석진 벽에 몇 시간이고 계속 앉아서 햇빛의 반점을 쫓고 있었다."—만 읽어보아도 진가가 나타난다.

신중성과 기교주의와 수다, 한마디로 자의식 과잉의 소설이 한 작가의 데뷔작이 되었을 때에는, 주제와 형식이 단단하게 결합된 '완벽한 소설'— 귀스타브 플로베르의 《마담 보바리》와 같은 — 에서 찾아볼 수 없는 다이너마이트급의 폭발력과 흡입력을 내장하고 있기 마련이다. 패기와 치기가 넘치는 신인의 문장, 곧 화기火氣의 문장이 그것이다. 그것은 신인 시절에만 누릴 수 있는 특장이며, 시간이 흐르면서 소설 속으로 육화되어야 하는 열기이자 그림자이고 장식음이다.

《조서》이후 다른 명작들을 발표했지만 르 클레지오를 읽을 때면 언제나 스물세 살에 발표한 그의 첫 소설로 돌아가고야 마는 이유가 여기에 있다. 신인의 패기로 르 클레지오는 자신의 첫 주인공에게 인류 최초의 남자 아담의 이름을, 그리고 그의 생존 조건을 정신병자 혹은 탈영병이라는 현대인의 불안정한 상태로 설정했던 것은 아닐까. 그는 알베르 카뮈가 창조한 20세기의 현대인, 《이방인》의 뫼르소에 버금가는, 아니 그를 뛰어넘을 새로운 인간형을 제시해야 했던 것.

무엇이 특별한가. 《조서》의 주인공 아담 폴로라는 청년은 해변 언덕의 방치된 집 '창 아래에 두 개의 의자를 놓고, 정오의 태양 아래 누워 잠들'면서, 미셸에게 편지를 쓴다. 편지의 내용이란 자다 깨다, 아니 졸다 깨다 하는 그의 의식 속에 나타났다 사라지는 단조로운 바닷가 풍경을 기술한 것이다. 예를 들면, "4시경 만일 태양이 낮게 비치거나 비스듬히 비치면 난 몸을 더 길게 뻗곤 해." 이때 태양은 창문의 4분의 3만큼에 걸려 있다든지, 자기는 그걸 바라본다든지, 태양은 아주 둥글게 바다 위에, 수평선 위에 똑바로 떠 있다든지 등등. 그런데 시시콜콜하게 사건이랄 것도 없는 평범한 해변가 하루의 흐름에 대한 기술이, 어느 순간, 나를, 아니 문학사를 긴장시키는데, 바로 이런 문장이다. "매 순간마다 창 앞에서 침묵을 지키며 나는 태양이 내 것이지 다른 누구의 것도 아니라는 생각을 하곤 해."

나는 이 대목에서 마치 카뮈의 뫼르소를 처음 만났을 때처럼 흠칫 놀라며 소설의 앞뒤 문맥을 유의해서 살피는데, 그 순간 또 하나의 놀라운 문장이 기다렸다는 듯이 눈에 들어온다. "이상한 건 처음부터 아무도 나에게 주의를 기울이지 않는 것이었어." 신이 인간에게 보낸 아들

* 영국인 산책로의 낮과 밤, 프랑스 니스

의 이름과 같은 이 소설의 주인공 청년 아담은, 친구가 별로 없었고, 여자들도 몰랐던 인물. 소설의 맥락을 살펴보면, 자의적으로 그들과의 관계를 차단한 상태임을 알 수 있다. 왜냐하면 친구들이나 여자들은 하릴없이 해변 언덕에 비스듬히 누워 하루의 흐르는 빛이나 관찰하는 "바보 같은 짓은 이제 그만 두고 도시로 돌아와서 아무 일도 없었던 것처럼 예전같이 모든 것을 다시 시작하라고 말할 게 뻔한 사람들이기 때문". 그리고 예전의 모든 것이란, "카페라든가 영화, 철도여행 등등".

1857년 노르망디 출신의 귀스타브 플로베르가 소설사상 최초의 현대인으로 욕망의 화신 마담 보바리를 창조했다면, 또 1942년 북아프리카 알제리 출신의 가난한 청년 알베르 카뮈가 20세기 현대인의 전형 뫼르소를 창조했다면, 1963년 니스 출신의 혼혈 청년 르 클레지오는 아담 폴로를 등장시켜 소설사에 또 한 명의 새로운 현대인을 추가한다. 누구는 욕망 때문에, 또 누구는 태양 빛 때문에 생生을 죽음으로 바꾸어야 했다면, 르 클레지오의 이 청년은 태양을 자신의 것으로 여기며, 세상 아무도 자신에게 주의를 기울이지 않는 해변의 떠돌이 삶을 선택한다. 인류가 취할 수 있는 모든 예술적 실험이 끝난 20세기 중반, 더 이상 새로운 인간, 새로운 소설, 새로운 미학을 기대할 수 없는 시기에 처한 작가의 허무와 이후에 나타날 새로운 현대인의 삶의 형식을 르 클레지오는 이 작품을 통해 표출했다고 볼 수 있다. 21세기는 국가 간의 경계가 희미해지고, 중심과 주변의 개념이 전복되고, 언제 어디에서든 소통이 가능한 동시성의 시대이다. 이는 어디에서나 글을 쓰고 송고가 가능한 노마드 작가 시대를 열었다. 주목할 것은 이러한 노마드 작가 군群의 선두에 르 클레지오가 위치해 있다는 것이다. 우리는 이 작가의 노마드적 기질을《조서》의 아담 폴로를 통해 만날 수 있는데, 이후 그가 지속적으로 발표한 작품들의 경향은 그것을 확증해준다.

소설가들이란 근원을 좇는 족속들이다. 우선 나 자신의 뿌리를 좇고, 나아가 종족의 뿌리를 좇고, 더 나아가 인류의 뿌리를 좇는다. 르 클레지오는 영국인 아버지와 프랑스인 어머니 사이에 태어나 모로코인 여성과 결혼한 뒤 프랑스와 미국과 인도양의 모리셔스 섬을 오가며 살고 있다. 이러한 근원을 가진 작가란 프랑스라는 한 국가와 언어에 귀속되는 것이 아니고, 인류사적 흐름 속에 존재한다고 보아야 할 것이다.《조서》는 르 클레지오의 작가로서의 출사표, 곧 작가의 원점(초상)에 해당된다. 이 원점을 지탱시켜준 두 개의 기둥이 있는데, 2004년에 한국에 소개된《아프리카인》과 2010년에 번역 출간된《허기의 간주곡》이 그것이다. 전자는 아프리카 나이지리아에서 일생을 보냈던 영국인 아버지의 삶을 추억하는 글이고, 후자는 평탄한 어린 시절을 거쳐 전쟁을 겪으며 파란만장한 곡절을 겪어야 했던 어머니의 삶을 '에텔'이라는 여성의 성장담으로 복원한 사모곡이다. 그가 소설 속에서 밝힌 창작 동기는 '스무 살이라는 어린 나이에 뜻하지 않게 억척스러운 삶의 주인공이 되어야 했던 한 여인을 기리'는 것에 있다.

나는 르 클레지오의 새 소설을 접할 때면 마치 내 소설의 첫 부분을 써나가듯 약간 상기된 마음으로 긴장하곤 했다. 그런데《허기의 간주곡》의 첫 문장을 읽으며 내 눈을 의심했다. "나는 허기를 잘 알고 있다." 20년 동안 내가 읽어온 르 클레지오의 문장이 맞는 걸까. 아니면, 그와

＊밤의 메세나 광장, 니스, 프랑스

엇비슷한 연배로 전쟁과 가난을 원체험으로 지닌 한국 작가 황석영이나 김원일의 문장일까. 나는 눈을 비비고 다시 첫 대목을 읽기 시작했다. "나는 허기를 잘 알고 있다." 그것을 겪어보았기에, "전쟁이 끝나갈무렵, 어린아이였던 나는 다른 아이들과 함께 미군 트럭들을 쫓아 도로를 달려가면서, 군인들이 기세 좋게 던져주는 추잉검, 초콜릿, 빵 꾸러미를 잡으려고 두 손을 내밀었다." 전후 세대 작가들의 작품 속에 빈번히 등장하던, 너무나 낯익은 장면이 아닌가. 그뿐인가. 이런 대목에서는 아예 현기증이 날 지경이었다. "아이였을 때는 정어리 깡통에 든 기름을 마실 정도로 기름진 음식에 굶주려 있어서, 몸이 튼튼해지는 음식이라며 할머니가 떠주시는 간유를 숟가락까지 쪽쪽 빨아가며 핥아먹었다. 그리고 짭짤한 게 너무 먹고 싶어서 부엌에 놓아둔 식품저장용 항아리 뚜껑을 열고 거무튀튀한 왕소금을 자주 한 움큼씩 집어 먹었다."

이렇듯《허기의 간주곡》은 한국의 장년 이상의 독자들에게 익숙한데, 작가와는 달리 허기의 체험이 없는 나에게는 두 가지 점에서 놀라운 감동을 전해준다. 하나는 마치 인류의 자발적인 고아처럼 40년 가까이 세계를 떠돌던 작가의 펜 끝이 불러낸 헛것(주인공)이 자신의 기원인 어머니라는 점이고, 이 어머니를 환기하고 형상화한 장소가 한국이라는 점이다.

이 작품이 잉태된 것은 이화여대의 석좌교수로 한국에 체류하던 2008년 무렵이고, 그는 이 대학에서 제공한 사저私邸에 머물며 이 작품 집필 도중 노벨문학상 소식을 접했다. 2000년대 들어 그는 그 어느 나라보다 한국의 초청을 많이 받았고, 한국 작가들과 교유했으며, 한국의 역사와 한국인의 정서에 교감했다. 그 때문인지, 《허기의 간주곡》은 이청준의 보석 같은 작품 〈눈길〉과 김원일의 《마당 깊은 집》이 감싸고 있는 어떤 세계를 연상시키고, 거기에서 만난 우리의 여인들, 어머니들의 초상을 되돌아보게 한다. 단지 어머니와 한국이 대상화되었다는 것이 그다지 놀라운 일이 아니다. 이제 한국은 전 세계에 하나의 문화적(한류코드), 기술적(IT와 자동차) 현상을 넘어 하나의 상징으로 자리잡아가고 있기 때문이다. 놀라움이 감동으로, 나아가 미학으로 생명력을 획득하려면 작가의 미적 감각과 그것의 발현이 개입된다. 곧, 거부할 수 없는, 한번 들으면, 또는 한번 환기하면 몇 날 며칠 귓가에 맴도는 볼레로(4분의 3박자의 빠른 춤곡) 같은, 또는 제목의 '리토르넬르(간주곡)' 같은 음악 용어의 적극적 사용!

한번 이 소설 속에 빠지면, 리듬에 맞춰 점점 세게 훈련된 볼레로의 소절들처럼 긴장감으로 견딜 수 없을 정도가 된다. 격렬해지면서 고조되고, 고조되면서 되풀이되는 악절. 르 클레지오는 이 악절이야말로 그가 소설에서 당신이라고 부른 어머니 세대라고 본다. 그에게 〈볼레로〉는 여타의 음악들처럼 하나의 작품에 그치지 않지만, 그것은 어느 세대를 설명하는 '하나의 예언', 어떤 분노, 어떤 허기를 이야기해주는 것이다.

소설이 예술이냐, 상품이냐의 경계를 오갈 때, 소설은 예술도 상품도 아닌 인류학적인 글쓰기(이야기)라는 진리에 도달한 작가들이 있다. 이청준의 말년의 글쓰기(에세이풍 소설)가 그렇고, 르 클레지오의 중년 이후, 어쩌면 첫 소설 《조서》 이후의 모든 작품이 그러한 경향을 띠고 있다. 이 소설의 마지막 부분의 "나는 스무 살이라는 어린 나이에 뜻하지

* 밤의 메세나 광장, 니스, 프랑스

않게 억척스런 삶의 주인공이 되어야 했던 한 여인을 기리며 이 이야기를 썼다"는 마지막 문장에서 그것을 확인할 수 있다. 르 클레지오는 이 소설을 집필할 당시(68세, 작가 경력 45년 차) 노벨문학상 수상자로 지목되는 것에 관계없이 평생 자신의 삶을 문학에 헌신한 대가의 경지에 들어서 있었다. 그런 그가 팽팽하게 당겨진 줄처럼 풀지 않고는 견딜 수 없어 불러낸 대상이 어머니이고, 무대는 그의 어머니와 그 자신의 태생지인 파리와 니스라는 것, 그 핵심에 '리듬에 맞춰 점점 더 세게 연주하도록 훈련된, 되풀이되는' 볼레로가 있고, '격렬함 속에서 끝났을 때 돌연 뒤따르는 침묵의' 리토르넬르(간주곡)가 있다는 것, 그리고 그 모든 것을 한 편의 소설로 집약시키고 있는 곳이 한국이라는 것이 이 겨울, 수없이 가보았던 파리, 그리고 수차례 들렀던 니스를 향해 떠나면서 처음인 양 가슴이 두근거리고 설레는 이유라고 하면 너무 과장된 표현일까.

세상 사람들이 한 번쯤 가보기를 꿈꾸는 미항美港, 그러나 그곳에서 태어난 르 클레지오가 '오합지졸의 도시, 매서운 바람에 무방비로 노출되는 도시'라고 부른 니스로 향하는 비행기 안에서 차마 다 읽어버리기 아까울 정도로 아름다운 문장으로 축조된 소설을 가슴에 안고 잠시 상상을 해본다. 고도성장의 이면에 전쟁과 가난의 상흔을 곳곳에 거느리고 있는 나라, 세계에서 유일한 분단국 수도 서울이 이 작가에게 이제는 아득해진 유년의 '허기'와 신산했던 '어머니'의 삶을 '간간이', 그러면서도 뒤풀이되는 볼레로의 리듬으로 '격렬하게' 자극하지 않았을까, 이 소설의 제목처럼!

정오의 태양 아래

▷ 알베르 카뮈의 묘를 찾아서, 프랑스 루르마랭

2011년 1월 28일, 남프랑스 체류 엿새째. 세잔과 반 고흐의 족적이 뚜렷한 엑상 프로방스와 아를을 떠나 루르마랭을 향해 달렸다. 루르마랭은 프로방스 지방 뤼베롱 산악 지대에 있는 작은 마을이다. 인근 도시 아비뇽에서 하루 세 번 버스가 다니는 이 한적한 산촌을 세계에 알린 것은 〈이방인〉의 작가 알베르 카뮈. 노벨문학상을 받은 뒤 카뮈는 속악한 세인의 관심을 피해 글에 집중할 곳을 찾으며 프로방스 보클뤼즈 지방을 9월 한 달 간 돌아보다가 집 한 채를 발견하고는 파리를 떠나 루르마랭에 정착했다. 때는 1958년, 노벨문학상을 받은 지 1년이 지난 시점이었고, 1960년 교통사고로 47세의 나이에 세상을 뜨기 2년 전이었다. 사르트르와 보들레르, 베케트 등이 영면한 파리의 몽파르나스 묘지에서부터 카프카의 프라하 유대인 묘지, 폴 발레리가 묻혀 있는 지중해안의 작은 항구 세트의 '해변의 묘지'에 이르기까지 유럽 예술 묘지 기행서를 출간한 바 있는 나로서는, 이번에 카뮈의 안식처를 찾아가는 길이 늦은 감이 없지 않았다.

아를에서 생 레미 드 프로방스를 지나 루르마랭 가는 길. 태양이 정수리 위에서 납빛으로 번쩍일 즈음 나는 어언 열여덟 살 적부터 일편단심 짝사랑해온 작가, 카뮈의 영원의 거처에 도달할 것이었다. 자동차는 반 고흐가 화구畫具를 메고 '씨 뿌리는 남자'를 지나 '사이프러스 나무' 흔들리는 벌판으로 나가곤 했던 생 레미 드 프로방스를 뒤로하고 태양이 움직이는 쪽으로 따라 달렸다. 김승옥의 〈무진기행〉의 첫 문장처럼, 또 황석영의 〈삼포 가는 길〉의 첫 문장처럼, 열여덟 살의 나를 전율시킨 카뮈의 〈이방인〉의 첫 문장을 나는 잊은 적이 없었다. 그리고 스물세 살의 나를 압도해버린, 역시 스물세 살의 카뮈가 쓴, 세상에서 가장 아름다운 산문 중 하나인 〈티파사에서의 봄〉의 첫 문장을 나는 언제나 첫사랑의 밀어처럼 가슴속 깊이 간직하고 있었다.

"봄철에 티파사에는 신들이 내려와 산다……." 세계적인 알베르 카뮈 전공자 김화영은 이 한 문장에 매료되어 카뮈 연구를 시작했음을 토로하지 않았던가. 진정 나는 확인하고 싶었다. 신들이 내려와 사는 곳, 그곳은 도대체 어떤 형상일까. 부르주아 계층의 사르트르와는 달리 북아프리카 알제리의 극빈층 출신인 카뮈를 세계적인 작가의 반열에 올린 것은 그가 유년기를 보낸 알제리 티파사의 바람과 태양과 돌과 꽃. 루르마랭에 가면 티파사를 느낄 수 있을까. 내 눈은 드넓은 고원의 올리브 나무 군락과 사이프러스 나무를 한순간도 놓치지 않고 훑고 지나갔다. 로리 마을을 지나자 도로 표지판에 루르마랭이라는 글자가 나타났다. 그 순간 나는 마치 카뮈의 모습이라도 본 듯 가슴이 요동치기 시작했다. 태양을 좇아 달려온 길, 나는 뛰는 가슴을 누그러뜨리며 카뮈의 문학을 키워준 팔 할, 그의 고향 예찬 〈티파사에서의 봄〉을 나직이

* 루르마랭 가는 길(위) * 고원의 루르마랭 풍경(아래)

＊ 사이프러스 나무들이 늘어서 있는 루르마랭 묘지

읊조렸다.

…봄철에 티파사에는 신神들이 내려와 산다. 태양 속에서, 압생트의 향기 속에서, 은빛으로 철갑을 두른 바다며, 야생의 푸른 하늘, 꽃으로 뒤덮인 폐허, 돌더미 속에서 굵은 거품을 일으키며 끓는 빛 속에서 신들은 말한다. 어떤 시간에는 들판이 햇빛 때문에 캄캄해진다. 두 눈으로 그 무엇인가를 보려고 애를 쓰지만 눈에 잡히는 것이란 속눈썹가에 매달려 떨리는 빛과 색채의 작은 덩어리들뿐이다.

…알베르 카뮈, 〈티파사에서의 결혼〉

이보다 더 아름다운 문장을 앞으로 나는 만날 수 있을까. 작가는 글쓰는 것을 천직天職이자 업業으로 살아가지만, 모든 작가가 미문美文을 구사하는 것은 아니다. 미문, 곧 아름다운 산문을 쓰는 작가로 한국의 이효석과 프랑스의 알베르 카뮈를 꼽는데, 이효석의 〈메밀꽃 필 무렵〉과 카뮈의 〈결혼〉 연작을 읽어보면 그 이유를 알 수 있다. 한 작가의 혼이 깃든 문장은 마음을 부드럽게 순화해주는 보편적인 힘을 지닌 동시에 심미안을 열어주는 충격을 던진다. '어떤 시간에는 들판이 햇빛 때문에 캄캄해진다.' 이 카뮈의 문장으로 나는 자연의 이치와 세상의 겉과 속을 보다 명료하게 볼 수 있었는데, 현현顯現의 세계가 그것이다. 너무 강한 빛 속에, 또는 너무 깜깜한 어둠 속에 들어가면, 분간할 수 없이 먹먹해졌다가 시간이 흐르면서 사물의 형체가 명료하게 눈에 잡히는 순간이 온다. 복잡하게 얽힌 사태의 핵심이 오롯이 잡히는 순간,

또는 한 편의 작품이 거느린 상象이 문득 파악되는 순간이 그것이다.

루르마랭은, 현현의 순간처럼, 성城과 함께 멀리 들판 너머로 모습을 드러냈다. 중세 시대에 지어진 성이 마을과 뚝 떨어져 나지막한 언덕 위에서 마을을 지키듯 내려다보고 있었다. 한겨울 산악 지대였으나 정오의 태양빛 때문인지 봄처럼 따스했다. 성을 지나 마을로 들어서자 플라타너스가 병풍처럼 늘어서 있었고, 마을 한복판의 여행 안내소에는 '카뮈의 발자취를 찾아서'라는 문학 산책을 홍보하고 있었다. 플라타너스길 옆 축구장과 광장의 우체국이 내 눈을 사로잡았다. 한때 축구 선수였던 청년 카뮈, 우체국에서 파리로 편지를 보내던 중년의 카뮈를 상상했다. 광장 한가운데 작은 돌 분수에서 흘러내리는 물줄기에 손을 펴 내밀었다. 졸졸 흐르는 물소리뿐 세상이 정지한 듯 고요했고, 그 순간 잊고 있던 진실을 깨닫듯 루르마랭 공동묘지를 향해서 발길을 돌렸다. 이제 비로소 카뮈를 만나야 했다.

영원한 이방인 카뮈는 27번 국도 옆 공동묘지의 양지바른 곳에 묻혀 있었다. 나는 '알베르 카뮈'라 새겨진 돌 위에 손을 얹으며 형언할 수 없는 슬픔을 느꼈다. 최고의 아름다움은, 그리움과 슬픔을 동반한다는 걸 나는 오랜 시간 수많은 글과 수많은 여행지를 통해 깨달았다. 카뮈가 생의 마지막 2년을 보낸 곳, 그리고 정오의 태양 아래 영원히 잠들어 있는 곳, 루르마랭에서 나는 세상에서 가장 깨끗하고 가장 간절한 슬픔을 느꼈다.

＊ 루르마랭 마을 광장의 우물(위)

＊ 루르마랭 마을 광장(아래)

올리브 나무 사이로 부는 바람

미지의 베랑제씨에게

지금쯤 루르마랭 고원에는 올리브 열매들이 하루하루 단단하게 영글어가고 있겠지요! 며칠 후면 저는 이곳 해운대 달맞이 언덕을 떠나 당신이 살고 있는 남프랑스 뤼베롱 산간의 작은 마을을 찾아갑니다. 난생처음 당신을 만나지만, 마치 오랜 세월 마음을 나누어온 영혼의 지기知己처럼 활짝 웃으며 당신의 두 손을 맞잡을 것입니다. 인생이란 것이 마음먹은 대로 순조롭게 진행되는 것은 아니지만, 때로 살아 있다는 것이, 아니 문학을 업業으로 삼고 있다는 것이 축복처럼 여겨지는 순간이 오지요. 바로 지난겨울 프로방스의 당신으로부터 날아온 편지를 읽는 순간이 그러했습니다.

지난 2월 23일에, Eric Beranger라는 이름의 당신은 'ALBERT CAMUS'라는 제목으로 저에게 편지를 보내왔습니다. 저는 스팸 메일들 중 하나인 줄 알고 즉시 휴지통에 버리려고 했지요. 그런데 CAMUS(카뮈)라는 마지막 글자가 눈에 들어오면서, 찰나적으로, 그날로부터 한 달 전 방문했던 루르마랭의 알베르 카뮈 무덤을 떠올렸고, 그때 묘석 아래 찔러놓고 온 명함을 기억해냈습니다. 저는 떨리는 손으로 서둘러 당신의 편지를 열었습니다.

'친애하는 함씨, 얼마 전 알베르 카뮈의 무덤에 갔다가 당신이 놓고

* 정오의 루르마랭 묘지 전경(위)
* 알베르 카뮈 묘석과 그 아래 놓아둔 명함 편지(아래)

＊루르마랭 묘지(위)　＊고원의 루르마랭(아래)

온 명함을 발견했습니다. 그리고 제가 얼마나 카뮈를 사랑하는지, 그리고 당신의 나라에 대해 얼마나 관심을 가지고 있는지, 당신에게 말하고 싶어 당신의 이메일 주소를 적어왔습니다……'

당신은 누구일까요. 당신은 누구시기에, 한겨울, 알베르 카뮈의 묘를 찾아간 것일까요. 아니, 아니지요. 이 질문은 고스란히 당신이 제게 먼저 던져야 순서가 맞는 것이지요. 그래요, 저는 누구일까요. 누구이기에, 한겨울, 멀고 먼 나라의 산골 마을까지 달려가 카뮈를 만나야 했던 것일까요. 저는 곧바로 답장을 쓰려다가 뛰는 가슴을 진정시키며 책상에서 일어나 잠시 창가에 섰습니다. 천천히 그날, 그 순간을 되새겨보았습니다. 카뮈의 묘에 제가 놓고 온 것은 명함이되 그것이 목적이 아니었습니다. 먼 길을 달려갔지만, 정작 카뮈 앞에 서자 제 손에는 꽃 한 송이 들려 있지 않았습니다. 한겨울 창공에는 정오의 태양이 번쩍이고 있었고, 무덤가에는 사이프러스 나무 몇 그루가 묵묵히 지키고 서 있었습니다. 손으로 묘석을 쓰다듬고, 일어나 돌아가야 했지만, 차마 발길이 떨어지지 않았습니다. 종이 대신 잡히는 명함에 급히 몇 글자 휘갈겨 썼습니다.

'카뮈 선생님, 저는 당신을, 당신의 작품들을 사랑합니다.'

베랑제씨, 당신은 제가 카뮈의 무덤에 고백하고 온 것처럼 카뮈의 작품과 삶을 사랑한다고 편지에 밝혔습니다. 당신은 묘석에 '카뮈'라고 새겨진 그 남자가 영원히 잠들어 있는 루르마랭에서 멀지 않은 로리라는 마을에 살고 있다고 자신을 소개했지요. 그리고 놀랍게도, 당신은 한국을 좋아한다고, 한국의 자연과 한국 음식을 찬미한다고, 그런 한국에 살고 있는 저에게 축복 받은 것이라고 썼습니다. 당신은 첫 번째 편지에서도, 이후 두 번째 편지에서도 프로방스로 간절히 저를 초대했지요. 카뮈를 사랑하는 저를 위해, 당신의 프로방스와 카뮈가 잠들어 있는 아름다운 루르마랭을 속속들이 소개해주겠다고 약속했습니다.

친애하는, 미지의 베랑제씨.

저는 당신의 편지를 받은 그날 이후, 일상이 고되고 외로울 때면, 당신의 편지를 읽고 또 읽었습니다. 그 사이 제가 살고 있는 이곳, 바닷가 언덕의 창밖으로 벚꽃이 몇 날 며칠 난분분하게 휘날렸는가 하면, 때 이른 장맛비가 온종일 창문을 거세게 두드리다 가기도 했습니다. 그리고 바야흐로 며칠 후면, 지난겨울 여행이 가져다준 기적적인 인연을 따라 다시 먼 길을 떠납니다. 제가 살고 있는 해운대 달맞이 언덕은 남프랑스의 자랑인 알프스 산자락 아래 펼쳐진 코트다쥐르처럼 한국에서도 산과 바다로 이루어진 아름다운 경관으로 유명합니다. 해운대의 푸른 솔바람을 안고 당신의 프로방스로 갑니다. 올리브 나무 사이로 부는 지중해의 바람 속을 어서 거닐고 싶습니다.

2011년 7월 1일
해운대 달맞이 언덕에서
함정임 書

＊ 축구장과 그 너머 고성, 루르마랭

나는 만진다, 고로 존재한다

🌿 장 폴 사르트르, 《구토》와 프랑스 르 아브르

언제부터였던가. 나는 만지기 시작했다. 그리하여 살아 있음을 느끼기 시작했다. 오남매의 막내인 나는 세 살까지 어머니의 젖을 먹고, 젖가슴을 만졌다(고 한다). 아니다. 어머니의 젖가슴에 대한 애착은 여고를 졸업하고, 심지어 대학을 졸업할 때까지도 계속되었다. 고된 고3의 야간 자율학습을 마치고 막차에서 내릴 때면 어머니는 깜깜한 버스 정류장을 등불처럼 밝히며 서 계셨고, 나는 어머니의 모습이 눈에 들어오면 매번 돌진하듯 어머니 품속으로 뛰어들곤 했다. 어머니의 젖가슴, 그 따스하고 몰캉한 세계가 그리울 때면 지금도 나는 엄지와 검지로 내 귓불을 지그시 잡아당기곤 한다. 한동안 이런 나의 행위를 막내의 특권에서 나온 버릇이라 여겼는데, 세상의 모든 막내들이 다 나와 같지 않다는 사실을 몇몇에게 확인한 뒤로, 무엇인가 보드랍고 따스한, 따스한 가운데 사라지지 않는 그 무엇의 느낌을 실존의 축복으로 여기는 나만의 기질로 수용하게 되었다.

나는 세상에 존재하는 모든 것을 만지는 것을 좋아한다. 특히, 어머니의 젖가슴에서 비롯된 살에 관계된 것들—살갗, 살점, 살결, 책을 이

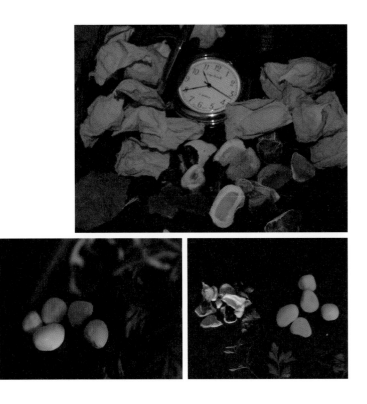

* 꽃과 조약돌, 르 아브르의 추억

✳ 르 아브르 가는 길, 신 노르망디 대교

루는 종이 한 장 한 장, 꽃과 나무의 이파리와 줄기들, 그들이 어우러진 화단의 낮은 생울타리들, 해변의 모래와 조약돌들, 그리고 세상의 모든 존재를 감도는 바람과 바람결들……. 그뿐인가. 무엇보다 나는 내 어머니처럼 아이를 낳아 젖을 물렸고, 그 아이가 내 젖으로 자라는 동안 아이의 눈과 코와 입과 볼과 머리를 만지고 또 만졌다. 그 아이가 두 발로 서서 걸어 다니게 되자 이번에는 아이가 그 옛날 내가 그랬듯 세상에 뒹구는 작은 돌들과 살랑거리는 나뭇잎들과 꽃잎들을 주워 오기 시작하는 것이 아닌가! 그리하여 어느덧 나의 집에는 멀리 베수비오 화산돌과 아일랜드의 조약돌부터 가까이 산책길의 붉은 열매까지 아이와 내가 주워온 세상의 부분들로 가득하다.

예술가들이란 무릇 유년기의 원초적 감각을 좇는 자들이다. 어머니의 젖가슴을 오래오래 소유할 수 있었던 나와 같은 풍요로운 감각의 막내들이 있는가 하면, 일찌감치 동생이나 일에 빼앗겨 결핍된 감각을 다른 무엇—귓불이나 배꼽—으로 대체한 가엾은 장남이나 차녀 또는 또 다른 막내들이 있다. 예술가들에게 이러한 원초적 감각의 경험은 작품으로 고스란히 형상화되는데, 일찍이 아버지를 여의고 외조부 밑에서 자란 장 폴 사르트르는 《구토》라는 소설에서 주인공 사내가 자신의 실존實存을 자각하는 순간을 해변가의 조약돌을 집어 손에 쥐었을 때의 야릇한 느낌으로, 또 공원 벤치 옆에 서 있는 고목의 적나라한 뿌리를 바라보았을 때 눈에 들어온 기묘한 느낌으로 전한다.

《구토》는 실존주의 철학자인 사르트르가 그 사상을 설파하기 위해 쓴 소설이다. 파리 고등사범학교를 졸업한 사르트르는 노르망디 북부 도버 해협 연안의 중심 도시 르 아브르에서 고등학교 교사로 재직한 적이 있는데, 르 아브르는 바로 《구토》의 무대. 주인공 로캉탱은 이 르 아브르의 조약돌 해변에서 한 알의 조약돌을 손에 쥐는 순간 이진과는 다른 실존의 감각을 깨닫게 되고, 바로 이 순간의 자각이 20세기를 풍미한 실존주의 문학의 출발점이라고 할 수 있다.

…다만 내가 말할 수 있는 것은 어느 경우에 있어서나 우리가 사건이라고 부른 것이 전혀 없었다. 토요일에는 아이들이 물수제비를 뜨며 놀고 있었고, 나는 그 아이들처럼 바다에 돌을 던지고 싶었다. 그 순간, 나는 멈칫하며 돌을 떨어트리고 와버렸다.
　(중략) 표면적으로는 그뿐이었다. 내 마음속에 일어났던 것이 명백한 흔적을 남기지는 않았다. 나는 그 무엇을 보았고 그것이 나에게 혐오를 일으켰던 것이다. 그렇지만 그때 내가 본 것이 바다였는지, 또는 해변가에서 주운 돌이었는지 나는 이미 모른다. 돌은 반반했다.
　(중략) 지금까지도 통 알 수가 없다.
　(중략) 하여튼 내가 공포심, 또는 그와 비슷한 감정을 가졌던 것만은 분명하다.

…장 폴 사르트르, 《구토》

실존주의 작가 이전에 실존주의 철학자였던 사르트르는 1939년에 발표한 《구토》에서 어느 날 로캉탱이 해변에서 우연히 조약돌을 집어 들었을 때의 감촉(느낌)의 정체를 풀어나가는 데 주력한다. 로캉탱이라

＊르 아브르 항, 영불해협, 노르망디

＊ 르 아브르 항 전경

는 사내는 길을 걸을 때, 나무든 풀이든 벽이든 가까이에 있는 무엇인
가를 손으로 스치는(만지는) 버릇이 있다. 우연히 해변에서 물수제비를
뜨는 아이들을 보고 자기도 조약돌 하나를 집어 드는데, 그날 그가 집
어 든 자그마한 돌은 이전에 그가 만졌던 돌과는 다른 느낌을 던져준
다. 하찮은 조약돌로부터 알 수 없는 낯선 감정에 휘말린 그는 며칠이
지나도록 그 느낌이 지워지지 않고 불현듯 살아나 자신을 사로잡는 것
에 몰두한다. 그는 조약돌의 생경한 느낌으로부터 차츰 '나는 무엇인
가', 그리하여 자신이 존재하는 '이 세계는, 이 세계에 존재하는 사물은
무엇을 의미하는가'라는 실존적 물음을 던지기 시작하고, 해답 없는 질
문에 절망한다. 그가 손에 쥔 조약돌, 또는 그의 눈을 찌르던 뿌리의 촉
감은 자신의 존재(뿌리)가 송두리째 뽑히는, 그러니까 이제까지 그가

*클로드 모네, 〈르 아브르 항〉, 1874년, 개인 소장

뒤집어쓰고 살았던 의식이 완전히 흔들리는 혁명적인 순간을 매개하는 감각이다.

...다시 걷는다. 바람이 무적霧笛 소리를 실어온다. 나는 고독하다. 그러나 나는 도시로 가는 군대처럼 행진한다. 바다 위에 음악이 울리고 있는 배들이 있다. 유럽의 모든 도시에 불이 켜지고 공산주의자들과 나치스들이 베를린에서 싸우고 있다. 실업자들이 뉴욕의 보도를 점령하고 있고, 여자들은 따뜻한 방 안에서 미용사 앞에 앉아 눈썹 위에 화장을 하고 있다. 그리고 나는 이 쓸쓸한 거리에서 노이쾰른의 어떤 창문에서 나는 총소리, 운반중인 부상자의 피, 딸꾹질, 화장하는 여자들의 정확하고 섬세한 동작, 그 하나하나에 나의 한 걸음 한 걸음이, 그리고 가슴의 고동이

호응하고 있다.

...장 폴 사르트르, 《구토》

감각의 논리(질 들뢰즈)에 따르면, 눈은 판단하고 손은 작업한다. 예술가는 일상적인 대상들에 대해 '눈으로 만지는' 미학을 가능하게 해준다. 사르트르는 우리가 자의적으로 해석하는 세상의 사물—해변의 하찮은 자갈돌이나 공원의 거센 나무뿌리—들이란 사실은 우리의 생각과는 무관하게 '거기 있다être-la'는, 그러니까 철학적으로 표현하면, '그 자체로 존재한다'는 엄연한 사실을 소설을 통해 무섭게 일깨운다.

20세기를 풍미한 실존주의라는 철학적 주제를 소설로 묘파하는 데 그가 사용한 것은 바로 조약돌과 나무뿌리에 대한 손과 눈의 촉각이다. 원초적 감각을 개발할수록, 그러니까 풍요롭든 결핍되었든 유년의 감각적 경험을 되살리려는 노력이 크면 클수록 삶은 의미로 충만해질 것이다. 그리하여 삶의 원초적 감각의 경험을 질료로 하는 예술의 생명력은 영원할 것이다.

페루, 소설의 다른 이름

🐾 **로맹 가리에서 마리오 바르가스 요사까지, 페루**

독자들에게, 아니 여행자들에게 '페루'라는 이름은 특별한 여운을 준다. 특별함이란 '페루'가 남반구, 라틴아메리카의 남태평양 연안에 위치한 국가의 이름으로 다가오기 이전, 프랑스 작가가 쓴 한 편의 단편소설에 의해 형성되고 전파되는 바, 〈새들은 페루에 가서 죽다〉의 세계가 그것이다. 이때의 '페루'는 언젠가는 꼭 가보고 싶은, 아니 가고야 말 '미지'의 영역이고, 그곳에는 레니에라는 실패한 혁명가가 쓸쓸한 바닷가 해벽海壁에 카페를 차리고 '고독'의 아홉 번째 '물결'과 마주하고 있다.

나는 일찍이 세상의 수많은 소설들의 첫 문장을 주목해왔는데, '그는 테라스로 나와 다시 고독에 잠겼다'라고 시작하는 〈새들은 페루에 가서 죽다〉의 첫 문장만큼 진한 여운을 남기는 작품은 만나기 쉽지 않다. 레니에라는 이름의 주인공 사내는 하루 중 몇 번을 테라스에 나와 고독에 잠겨, 물가로 밀려온 고래의 잔해들과 모래밭에 찍힌 이방인의 발자국들, 새똥〔鳥糞石〕으로 이루어진 섬들을 바라보곤 하는데, 하늘과 먼 바다는 납빛처럼 흿빛을 띠고, 그 사이로 고깃배들 같은 것들이 수평선을 가르며 나타났다가 유유히 사라지곤 한다. 이따금 고깃배들의 출현 이외에 그를 둘러싼 환경은 언제나 똑같다. 모래언덕과 바다, 모래 위에 죽어 있는 수많은 새들과 배 한 척, 그리고 녹슨 그물. 카페는 모래언덕 한가운데 말뚝을 박고 세워져 있는데, 빗방울이 떨어지면 금세라도 허물어질 것 같이 보이지만 용케도 무너지지 않고 버티는 것은 1년 강수량이 50밀리미터 이하의 건조한 기후이기 때문이다.

안개도 아니고 스모그도 아닌, 건기乾期의 뿌연 기류 속에 세상 끝에 도달한 레니에라는 사내를 세워놓은 작가 로맹 가리는 《자기 앞의 생生》을 쓴 '에밀 아자르'와 동일인이다. 전직 외교관 출신의, 두 개의 이름으로 프랑스 최고 권위의 문학상인 공쿠르 상을 두 번이나 탄 작가, 로맹 가리(《하늘의 뿌리》, 1945) 또는 에밀 아자르(《자기 앞의 생生》, 1975). 〈새들은 페루에 가서 죽다〉의 원제(Les oiseaux vont mourir au Pérou)는 번역자에 따라 전하는 뉘앙스가 다르다. 널리 읽혔던 김화영의 번역으로는 〈새들은 페루에 가서 죽는다〉(현대문학사 판)이고, 새롭게 재출간된 김남주 번역으로는 〈새들은 페루에 가서 죽다〉(문학동네 판)이다. '죽는다'와 '죽다'의 차이란 무엇일까. 직역을 하자면, '새들은 페루에 죽으러 간다'. 새들이 죽을 목적으로 간다, 페루에? 제목이 주는 묘한 호기심으로 소설을 읽게 되는 경우라고 할까? 아무튼 나는 로맹 가리, 그러니까 에밀 아자르의 두 번째 공쿠르 상 수상작 《자기 앞의 생》이 매혹적인 제목으로 나를 그의 소설 세계로 끌어들인 것처럼, 새와 페루, 그리고 죽음이 일으키는 공명共鳴으로 오랫동안 손 가까이, 눈 닿는 곳에 《새들은 페루에 가서 죽다》를 놓아두었다.

로맹 가리라는 프랑스 작가는 어떻게 페루라는 공간을 소설 속에 끌

＊ 리마 가는 길, 페루

＊ 리마 해변

어왔을까. 그가 이 작품을 쓴 것은 프랑스의 총영사이자 유럽 대사로 전 세계를 돌았던 그가 외교관 직을 그만둔 1961년 이후다. 늘 눈 닿는 곳에 소설이, 정확히는 소설의 제목 〈새들은 페루에 가서 죽다〉가 있었지만, 정작 이 작품의 분위기와 항상 서랍 속에 권총을 넣고 사는, 세상의 끝에 서 있는 실패한 혁명가 레니에라는 사내의 허무의 심연을 어렴풋이나마 감지할 수 있었던 것은 3년 전 여름 페루라는 나라를 열흘 가까이 돌아본 뒤였다. 지상화 유적지 나스카 라인의 나라 페루, 잉카인들의 수도 쿠스코와 사라진 공중 도시 마추픽추의 나라 페루, 영토의 일부가 아마존 정글의 나라 페루…… 새들이 죽으러 간다는 페루…… 그리고 《리고베르트씨의 비밀 노트》의 작가 마리오 바르가스 요사의 페루…….

사실, 페루로 떠나기 전 나는 마리오 바르가스 요사의 두 권의 소설을 만나면서, 로맹 가리의 레니에가 은둔해 사는 페루, 리마가 아닌 마리오 바르가스 요사의 리고베르토씨가 낮에는 보험업자로 밤에는 성도착자로 사는 페루, 리마에 대해 야릇한 흥미를 느끼고 있었다. 페루 아르키파 출생의 마리오 바르가스 요사의 소설 세계란 같은 남미 출신의 가브리엘 가르시아 마르케스(콜롬비아)나 호르헤 루이스 보르헤스(아르헨티나)의 그것과는 사뭇 다른 양상으로 펼쳐졌기 때문이었다. '19세기 브라질의 어느 광적인 종교 집단과 정부 측 공화주의자들 사이의 전쟁을 다루고 있는' 《세상 종말 전쟁》의 스케일과 오스트리아 출신의 표현주의 화가 에곤 실레의 그림을 배면으로 아버지(리고베르토)와 아버지의 새 아내(루크레시아)와 아버지의 아들(폰치토) 간에 기묘한 삼각관계를 펼쳐 보이는 《리고베르토씨의 비밀 노트》의 불온한 현란함은 일찍이 세계 소설사상 '매직 리얼리즘'(마르케스)과 '환상'(보르헤스)의 '새로운 장'을 구축한 남미의 작가들과는 또다른 독보적인 경지를 보여준다.

…문을 두드리는 소리가 들렸다. 루크레시아 부인은 문을 열러 갔다. 문 틈으로 보이는 루크레시아 부인은 산 이시드로 올리바르 공원의 허옇게 말라비틀어진 나무들을 배경으로 서 있는 초상화 속 인물 같았다. 폰치토의 노란색 고수머리와 푸른 눈이 보였다. 순간 눈앞이 아찔했다.

"깜짝 놀랐지, 새엄마." 너무나 귀에 익은 목소리였다. "날 아직도 못마땅하게 생각해? 용서를 구하러 왔어. 용서해주겠지?"

"너야, 너?" 루크레시아 부인은 문손잡이를 붙잡고 벽에 몸을 기대었다. "감히, 이곳에 나타나다니, 부끄러운 줄도 모르니?"

"학교는 땡땡이 쳤어." 소년은 스케치북과 색연필 통을 보여주며 떼를 썼다. "많이 보고 싶었어, 정말이야……."

…마리오 바르가스 요사, 《리고베르토씨의 비밀 노트》

이것은 요사의 장편 《리고베르토씨의 비밀 노트》의 첫 장면, 새엄마를 찾아간 양아들의 대화 장면이다. 사관학교 출신으로 대통령에 출마한 경력이 있고, 소설뿐만이 아니라 시와 비평, 희곡, 방송 드라마 등 다양한 장르를 섭렵하는 소설가답게 요사의 소설은 하나 아닌 층위를 거느리고 있다. 그의 소설적 주제는 크게 두 갈래로 나누어지는데, 하나는 정치사회사적 거대 서사의 '총체성'과 개인의 성적 욕망이라는 미

* 에곤 실레,
  〈초록 스타킹을 신은 여인〉,
  1917년, 개인 소장
* 프랑수아 부셰,
  〈목욕 후의 디아나〉, 1792년,
  루브르 박물관, 파리

小微少 서사의 금기와 그것을 파괴하는 '환상'이 그것이다.

　개인의 성적 환상을 주제로 한 《리고베르토씨의 비밀 노트》를 예로 들어 줄거리를 살펴보면, 아내를 잃은 아버지가 아름다운 루크레시아를 만나 아들과 함께 새 가정을 꾸리지만, 새 아내인 루크레시아와 아들 폰치토 간의 '기묘한' 육체적인 관계로 인해 새 아내와 헤어진다. 그런데 양아들 폰치토는 새엄마가 보고 싶다고 아버지와 별거중인 그녀를 찾아가 갖가지 에피소드를 엮어내는데, 서사의 기본 골격은 크게 두 방향으로 진행된다. 매 회마다 에곤 실레의 그림들 속에 나오는 인물들을 새엄마와 그녀를 시중드는 하녀의 표정과 자세에 얹어놓고 슬쩍 열려진 문의 틈새나 약간 떨어져 비쳐 보이는 거울로 엿보는 관음증적 서사, 그리고 아들과의 부적절한 관계로 인해 헤어졌지만 어쩔 수 없이 여전히 사랑하고, 그리워하는 루크레시아에 대한 성적 환상을 비밀 노트에 부려놓는 망상적 서사가 중층적인 흐름으로 병치된다.

　한국 소설계와는 매우 다른 새로운 양상인 요사의 소설을 독자 대중이 흥미를 가지고 따라가기에는 다소 벅찬 감이 없지 않지만, 요사 소설의 특징이라고 할 수 있는 총체적이고, 중층적인 구조가 때로 분신처럼 떨어져 나와 단선적인 서사의 흐름을 제시하는데, 최근에 출간된《새엄마 찬양》이 바로 그것이다. 이는 전체 중 일부가 한 편의 독립적인 작품의 기능을 갖는 형국인데, 사실 작가의 집필 순서로는《새엄마 찬양》이 있고, 그리고《리고베르토씨의 비밀 노트》가 있는 것이다. 그러니까《새엄마 찬양》은《리고베르토씨의 비밀 노트》의 밑그림인 것이다.

　이제《리고베르토씨의 비밀 노트》의 첫 대목에《새엄마 찬양》의 첫 대목을 놓아보면 흥미롭게 포개지면 펼쳐지는 장면을 목도할 수 있다. 루크레시아 부인은 마흔 살 생일날 아침에 어린아이가 손으로 쓴 편지 한 장이 베개 위에 놓여 있는 것을 본다. 편지에는 이렇게 씌어 있다. "생일 축하해요, 새엄마! 돈이 없어서 선물은 준비 못했지만, 열심히 공부해서 꼭 일등을 할게요. 그게 내 선물이 될 거예요. 새엄마는 이 세상에서 최고예요. 가장 예쁜 사람이고요. 나는 매일 밤 새엄마 꿈을 꿔요." 하루의 시간은 흘러 자정 무렵, 리고베르토씨는 잠자리에 들기 전에 씻으러 욕실로 들어가고, 아이의 편지에 감동한 루크레시아 부인은 아이에게 고맙다는 말을 하고 싶은 충동에 휩싸인다.

　새엄마와의 육체적 관계를 꿈꾸는 소년의 능글맞은 상상과 금기를 넘어서는 요사의 현란한 소설적 에로티시즘을 접한 한국의 독자들은 새엄마와 양아들, 또 아주머니와의 결혼(《나는 훌리 아주머니와 결혼했다》)을 제목으로, 그것을 소설의 주 내용으로 삼은 요사의 허구 세계 앞에서 정서적으로 큰 당혹감을 느낀다. 이것은 라틴아메리카의 특수한 사회, 역사, 문화적인 성격을 전제하지 않았을 때 도출되는 자연스러운 반응들이다. 실패한 혁명가의 은둔지로서의 페루(《새들은 페루에 가서 죽다》), 수백 명의 총을 든 유럽 제국주의자들(특히 스페인과 포르투갈)에 의해 수많은 원주민들이 삶의 터전을 송두리째 내어주어야 했던 라틴아메리카의 비참한 현실(페루, 브라질, 아르헨티나 등등의 20여 개의 국가들), 이질적인 세계(가톨릭)를 강제로 몸과 영혼 속 깊이 받아들이며 살아남은 사람들의 비현실적 사고 체계와 삶의 양상…….

　한마디로 라틴아메리카적인 특성은 외압에 무너진 슬픈 역사가 빚어낸 '이질혼종'의 난투장이라고 할 수 있다. 이러한 이질혼종이 소설과 만나 마르케스의 마술적 리얼리즘이 탄생하고, 요사의 총체적 환상이 펼쳐지며, 코엘료의 빛나는 연금술이 생성된 것이다. 21세기의 장르의 경계를 넘나드는 전방위적인 혼종성hybrism(또는 convergence)이 바로 거기에서 비롯되고 있음은 역사의 아이러니이자 문학의, 나아가 인류의 아이러니라고 할 수 있다. 지금, 그 중심에 요사가 있고, 소설의 다른 이름으로 '페루'가 새롭게 호명되고 있는 것이다.

세상의 끝, 남태평양의 안개 속을 떠돌다

🐾 로맹 가리, 〈새들은 페루에 가서 죽다〉와 페루 리마

리마 가는 길, 허구의 현실 속으로

"여기에서 8마일을 가면 쿠바입니다."

토론토 공항에서 이륙한 지 네다섯 시간쯤 흘렀을까. 에어캐나다 AC080 기내 방송에서 기장의 안내 방송이 나왔다. 2008년 7월 9일 현지 시각 오후 8시 23분. 나는 북미 캐나다의 토론토를 경유, 남미 페루의 리마로 날아가는 중이었다. 쿠바라는 단어가 귀에 닿자, 오랜 비행과 시차 부적응으로 경직되어 있던 몸이 무장해제되듯 이완되며 조금은 시적이고 조금은 몽상적인 기분에 젖어들었다. 부에나비스타 소셜 클럽의 경쾌하면서도 애잔한 라틴 리듬과 카리브 해 연안 도시 아바나의 흔들리는 풍광이 눈앞에 떠올랐다. 그 속에 자크 레니에라는 마흔일곱 살의 사내가 마지막으로 시에라 마드라에서 함께 임무를 수행했다는 카스트로라는 혁명가 이름도 명멸했다. 이제 비행기는 중남미를 통과해, 곧 네루다와 마르케스와 보르헤스의 남미, 무엇보다 마리오 바르가스 요사의 나라 페루로 진입할 터였다. 얼마나 많은 문학도들이 새들이 먼 바다를 날아와 생을 마감한다는 세상 끝 풍경을 상상하며 페루를

꿈꾸었던가. 아, 리마! 페루는 로맹 가리의 소설도 소설이지만, 무엇보다 마르케스와 보르헤스와 더불어 남미 소설을 대표하는 마리오 바르가스 요사의 나라였다.

기내에서 읽으려고 챙겨 간 잡지 〈르푸엥Le Point〉를 펼치니 공교롭게도 요사의 신작 《불가능의유혹La tentation de l'impossible》에 대한 소개와 작가 인터뷰가 실려 있다. 성공한 소설가, 예리한 에세이스트, 매년 노벨 문학상 수상 후보 영순위의 72세의 요사가 빅토르 위고와 그의 《레 미제라블》에 바치는 오마주인가? 짙은 눈썹에 선 굵은 외모, 잡지에 실린 요사의 사진을 아무리 들여다보아도 잉카의 후예 같지는 않다. 정력적인 백인.

몇 년 전, 인문학 출판사인 새물결의 편집자문으로 일하면서 그의 책 출간에 참여했는데, 그때 엿본 그의 이력은 외모만큼이나 꽤나 화려했다. 페루 아레키파에서 태어나 리마에 있는 남미 최고의 산 마르코스 대학에서 법학과 문학을 공부했고, 1992년에는 대선에도 출마했었다. 그의 대표작 《세상 종말 전쟁》(전2권)은 등장인물이 100명이 넘고, 분량도 1,000쪽이 넘는다. 등장인물이 많은 만큼 복선이 복잡하고, 총체소설로 불릴 정도로 서사의 폭이 크고 현란하다. 소설은 19세기 브라질의 광적인 종교집단과 정부공화정 사이의 전쟁이 모체로 카오스의 극치를 보여주는데, 처음 원고를 읽으면서 페루의 작가가 왜 남의 나라(브라질) 역사판에 그토록 열을 올리는가 의문이 들기도 했다. 400년 전 총으로 무장한 16인의 스페인 사람들에 의해 안데스 산맥의 잉카의 후예들은 처참하게 쓰러졌고, 무장한 정복자들이 포르투갈 사람들이었다는 것이

＊ 리마 시내 전경, 페루

다를 뿐 이웃 브라질 역시 페루와 다르지 않다. 요사가 소설로 파헤치는 것은 일차적으로 남미의 현실의 난맥상, 그것을 확대하면 아시아나 유럽이나, 정당하지 못한 폭력의 사용에 대한 고발이라고 할 수 있다.

그런가 하면 그의 《리고베르토씨의 비밀 노트》는 관음증적 섹스 판타지 서사라고 할 수 있다. 편집광인 리마의 보험쟁이 사내 리고베르토씨의 못 말리는 관음증을 열네살 미소년 아들과 재혼한 젊은 아내, 그리고 에곤 실레의 에로틱한 그림들과 중첩시키고 있다. 또 《나는 훌리아 아주머니와 결혼했다》라는 자전소설은 어떤가. 멀쩡한 청년이 연상의 친척뻘 되는 아주머니에 홀딱 반해 좌충우돌 쫓아다니다 결혼에 성공한다는 연애담이다. 〈르푸엥〉의 헤드카피를 다시 읽어본다. '바르가스 요사 : 위고, 여자들과 나'. 정치, 역사, 인종, 예술……. 그리고 끝에는, 결국 끝까지 여자인가!

부산에서 인천, 인천에서 뱅쿠버, 또 뱅쿠버에서 토론토. 북태평양 연안 부산의 나에게 남태평양 연안의 리마는 얼마나 먼가. 총을 앞세워 쳐들어와서는 닥치는 대로 죽이고 차지한 400년 전 유럽의 스페인 정복자들에게 남미는 얼마나 가까웠을까. 그리고 60년 전 유대계 프랑스인 로맹 가리에게는 얼마나 멀었을까. 그는 리마 해안가를 일컬어 세상의 끝이라 하지 않았던가. 모스크바에서 유대계로 태어나 프랑스인으로 살면서 파리에서 법학을 전공했고, 제2차 세계대전에는 비행 중대 대위로 참전하여 수훈을 세우기도 했는데, 무엇보다 세상을 떠들썩하게 한 것은 에밀 아자르라는 가명으로 《자기 앞의 생》을 써서 두 번씩이나 공쿠르 상을 수상한 일과 권총 자살로 생을 마감한 사건이었다.

1950년대 전후 외교관으로 세상을 떠돌던 시절 페루에 온 것일까. 모험을 사랑했던 로맹 가리가 언제 페루에 왔는지를 따지는 일은 중요하지 않다. 나의 궁금증은 어떤 이유로 그가 리마의 해안가를 세상의 끝으로 보았는가에 있었다. 마침 기내 안내 방송으로 착륙 예정 시각을 알리고 있었다. 이제 나는 요술처럼 허구의 현실 속으로 들어갈 것이었다. 설레는 가슴을 지그시 누르며 눈을 감았다. 남태평양 연안의 해안가 모래 절벽 위의 카페……. 테라스에 나와 담배를 피워 무는 한 고독한 사내의 환영幻影을 마지막으로 비행기는 리마에 도착했다.

모든 것이 종말을 고하는 안데스 산맥의 발치, 리마

2008년 7월 10일 현지 시각 0시 05분. 리마 공항은 계절적으로는 초겨울이지만 섭씨 15도 내외의 춥지도 덥지도 않은 날씨였다. 리마는 안데스 산맥 서쪽 사면의 해안가에 위치한 사막 지대로 강우량이 50밀리 안팎. 한반도의 여섯 배 크기로 남미에서 세번째로 큰 영토를 가지고 있는 페루는 안데스 산맥 서쪽의 리마를 중심으로 남쪽으로 사막 지형을 이루고, 15세기 스페인 정복자들의 침략 이전까지 거대한 제국을 형성했던 잉카 제국의 수도 쿠스코와 마추픽추 일대는 3,400미터에 가까운 고산 지대다. 그리고 안데스 동쪽 사면은 아마존 밀림 지역으로 알려져 있다. 그러니까 8일 간의 나의 페루 여정은 안데스 북동쪽 아마존 밀림 지역을 제외한 리마, 나스카를 중심으로 한 남태평양 연안의 사막

＊ 잉카 유적 마추픽추

* 3,399미터 고지의 옛 잉카 수도 쿠스코(위)
* 잉카 이전의 황금신전 빠짜까마 유적(아래)

유적지들과 3,400미터 고지의 쿠스코와 마추픽추의 잉카 유적지로 잡혀 있었다.

길잡이가 되어줄 P씨가 버스에 올라타 반갑게 인사를 했다. 순박한 얼굴의 그는 컴컴한 전등 불빛 때문인지 목소리와 안색이 몹시 지쳐 보였다. 버스가 호텔로 이동하기 전 그는 페루에서 주의해야 할 몇 가지를 당부했다. 무엇보다 혼자 호텔 밖으로 나가 돌아다니지 말 것. 페루에서 소매치기나 강탈 사건은 비일비재하며 무비자국으로 총기 소지가 자유로운 나라이기 때문에, 또 가톨릭 국가라 사형제도가 없어 총살 사건이 종종 일어나기 때문에, 운이 나쁘면, 어이없이 목숨을 잃을 수 있다는 것. 특히 한국인을 대상으로 삼고 있는 무장 강도들이 있다는 것. 실례로 해마다 성공한 한국인 사업가가 한 명씩 그들의 습격으로 죽어갔다는 것. 북미를 거쳐 총 23시간 가까이 날아 남미로 진입하자마자 듣기에는 험한 안내였지만, 그것은 여행자의 안전을 최우선으로 하는 그의 제일의 의무로 누구든 페루에 온 이상 페루식 위험에 대처하는 법을 고취해야 하는 절박함으로 이해할 수밖에 없었다.

P씨를 짓누르고 있는 절박함을 뒤집으면, 희망보다는 절망의 끝에 다다른 페루 사람들의 몸짓일 것이었다. 한국과 시차는 14시간, 시곗바늘을 바꾸어놓기도 전에, 제대로 페루를 밟아보기도 전에 폐부 깊숙이 알 수 없는 슬픔이 차올랐다. 밤이라 어디가 바다인지, 하늘인지 분간이 안 되었다. 남미 비행 노선 중 리마 선은 아르헨티나나 브라질을 시발지로 한 경유지라 자정에서 새벽 1시 사이에 이착륙이 이루어져서 아쉽게도 리마에 대한 첫 인상은 날이 밝을 때까지 유보할 수밖에 없었다.

출발을 알리는 P씨의 신호와 함께 버스 안의 불이 꺼졌다. 관광객을 노리는 무장 강도들의 습격을 피하기 위해 페루에서는 야간 이동시 소등이 원칙다. 캄캄한 버스 안, 모두 오랜 비행으로 잠이 들고, 나는 자꾸 내리 감기는 눈꺼풀을 치켜뜨며 창밖을 응시했다. 버스는 공항로를 벗어나자 주택가 골목을 구불구불 우회했다. 11월에 개최될 APEC(아시아태평양경제협력회의) 준비로 도로마다 공사가 진행중이었다. 30년 전 유년 시절에 보았던 서울 외곽 풍경을 연상시키는 캄캄한 길과 낮고 허름한 집들. 비몽사몽 낯선 어둠 속을 더듬는 동안 버스는 40여 분을 달린 끝에 리마 신도시 미라플로레스 구역의 미라마르 호텔 앞에 정차했다. 두세 시간 눈을 붙이는 둥 마는 둥, 모닝콜 소리에 눈을 비비고 창가로 달려갔다. 같은 날 새벽 5시 30분. 흐린 하늘 아래 리마가 어슴푸레한 안개 속에 깨어나고 있었다.

새들은 모두 바예스타에 가서 깃든다

한 척의 쾌속선이 화살처럼 수면 위를 쏜살같이 날아가자 뿌연 해무海霧 속에 촛대 형상의 지상화地上畵가 눈에 잡혔다. 항공 전문 사진가 얀 아르튀스 베르트랑의 《하늘에서 본 지구》에서 보았던 모습이 아닌가. 남위 13도 48분, 서경 76도 24분. 카라카스 반도의 '가지가 달린 촛대', 통상 칸델라브라. 연구자들은 아득한 옛날 원주민들이 선인장이나 남십자성을 묘사한 것으로 추정했다. 그러면 이곳에서 220킬로미터 떨

＊ 뿌윰한 하늘, 뿌윰한 바다, 리마 신도시 미라플로레스의 아침

* 카라카스 반도의 칸델라브라

어진 곳에 세계의 불가사의 나스카 지상화들이 펼쳐져 있을 것이었다. 강아지, 우주인, 벌새(콘돌) 들을 하늘에서 내려다보기 위해 내일 날이 밝자마자 그곳으로 가서 경비행기를 타기로 되어 있었다. 그전에 들러 보아야 할 곳이 지금 내가 쾌속으로 달려가고 있는 물개섬, 바예스타.

칸델라브라를 지나자 전방 멀리 표면을 석회로 하얗게 씌운 듯한 작은 섬 하나가 시야에 들어왔다. 선착장에서 배에 오를 때 사방에서 휘휘 날던 새들을 보며 비로소 마음이 조금 설렜다. 나는 뱃머리에 바짝 붙어 서서 혹시 로맹 가리의 〈새들은 페루에 가서 죽다〉의 무대를 아느냐고 P씨에게 물었다. 바예스타 섬, 나스카 라인 경비행기 투어, 옛 잉카 수도 쿠스코, 잃어버린 공중 도시 마추픽추, 잉카 이전의 황금신전 빠짜까막 그리고 리마……. 열흘 가까운 페루 여정 중에 정작 리마를 돌아보는 것은 마지막 이틀이었다. 일정을 아무리 들여다보아도 로맹 가리의 소설 무대에 대한 언급은 찾아볼 수 없었다. 11년째 페루에 살고 있으니 그러면 당연히 알 것으로 생각했다. 아니, P씨로부터 '바로 지금 가는 곳이에요!'라는 놀라운 대답을 듣고 싶었던 것인지도 몰랐다. 그는 처음 들어본다는 듯이 갸웃하더니 순박한 표정을 지으며 미안한 듯 웃었다. 페루에서 로맹 가리의 〈새들은 페루에 가서 죽다〉를 모르다니! 그 누구도 페루에 와서 세상의 끝, 새들이 날아와 떼 지어 죽어 간다는 해변을 찾지 않았다는 말인가! 더욱이 알아야 할 것은 모두 알아버린 은퇴한 혁명가 47세의 자크 레니에라는 사내에 대해 궁금하지 않았단 말인가! 어쩌다 우연히 페루 TV를 통해서라도 리마에서 북쪽으로 10킬로미터 떨어진 해안 모래 절벽의 카페를, 거기에서 더 남쪽도 북쪽도 아닌 길이 3킬로미터의 좁은 모래자갈 해변을 본 적이 없단 말인가! 하나 아닌 의문들이 메아리처럼 뇌리를 스쳐갔다. 나는 예상치 못한 반응에 당혹스러웠지만 이내 그처럼 머쓱하게 웃고 말았다. 그가 페루 전문 가이드라지만, 그럴 수 있었다. 일반 여행자들 중 소설에 관심을 가지고 있는 사람이 얼마나 되랴. 그들에게 페루는 오직 나스카라인과 마추픽추의 나라일 뿐이었다. 찰나적으로 스쳐가는 복잡미묘한 나의 심사를 읽었는지 P씨가 애써 덧붙였다.

"저 섬은 물개섬으로 유명한데요, 그런데 새들도 아주 많아요. 펭귄도 있고. 예전에는 더 많았다는데, 요즘은 많이 떠나갔다네요."

새들이 떠나가는 이유에 대해, 그리고 그 새들이 어디로 가는지에 대해 물으려는 찰나, 뒤에서 누군가, "고래다!" 하고 소리쳤다. P씨는 그제야 자신의 영역에 들어선 너그러운 표정으로 고래가 아니라 물개라고 정정했다. 검은 등줄기를 살짝살짝 내보이며 물개들이 일렁이는 물결을 타며 배와 경주를 하듯 섬 쪽으로 날쌔게 내달리고 있었다. 섬에 다가가자 마중하듯 새들이 높이 날아올랐다.

"이 섬은 암벽으로 이루어져 있습니다. 섬 벽을 자세히 보십시오. 맨 위의 흰 색은 무엇일 것 같습니까?"

펭귄 두 마리가 앉아 있는 모습이 카메라 앵글에 잡혔다. 그 뒤, 동굴처럼 뚫린 그늘 속에 물개 두 마리가 휴식중이었다. P씨의 말대로 섬 표면을 눈여겨보았다. 멀리에서 보았을 때 석회로 씌워놓은 듯 하얗게 빛이 났다. 가운데로 배가 통과할 만한 크기의 큰 동굴과 몇 개의 작은 동굴을 거느린 섬은 이끼의 진녹색과 물 젖은 감청색, 노을빛 연어색과

* 조분석으로 뒤덮인 바예스타 섬(위)
* 휴식 중인 물개들(아래)

자갈의 암회색, 그리고 모래의 미색으로 이루어진 기다란 채석덩어리 같았다.

"새똥입니다. 얼마나 많은 새들이 이 섬에 모여 들었을지 상상이 가시죠?"

새똥으로 뒤덮인 섬……. 나는 전광석화처럼 로맹 가리의 소설 첫 장면이 떠올랐다. 새똥, 그러니까 조분석鳥糞石……. 나는 마치 사건의 실마리를 찾은 탐정처럼 탄성을 질렀다. 소설의 첫 문장이 환청처럼 귓전을 때렸다. "그는 테라스로 나와 다시 고독에 잠겼다." 나는 이내, 마치 음송이라도 하듯 다음 구절을 읊조렸다. "물가로 밀려온 고래의 잔해, 사람의 발자국, 조분석으로 이루어진 섬들이 하늘과 흰빛을 다투고 있는 먼 바다에 고깃배 같은 것들이 이따금 새롭게 눈에 띨 뿐, 모래언덕, 바다, 모래 위에 죽어 있는 수많은 새들, 배 한 척, 녹슨 그물은 언제나 똑같았다."

로맹 가리와 그 소설과의 인연은 미처 닿지 않았어도 P씨는 이미 소설의 중요한 대목을 짚고 있는 것이 아닌가.

"지금은 겨울이지만, 여름이 되면, 이 섬은 물개떼들과 새떼들로 뒤덮입니다."

고독의 아홉 번째 물결이 지나간 자리, 그는 어디에도 없었다

저기가 거기(일 거)라고 P씨는 해안가 모래 자갈밭을 가리키며 말했다. 차는 연인들의 '사랑 공원'을 지나 해변 교차로에서 우회전해서는 육교 모양의 초록색 철제 다리 아래를 통과한 참이었다. 미라플로레스, 남태평양 연안의 꽃동네, 리마에서도 신도시로 해벽 위에 자리 잡고 있었다. 전망에 홀려 흘러들어온 사람들은 잦은 해무海霧에 견디다 못해 떠나가고야 마는 동네. P씨는 방금 지나온 교각은 얼핏 평범해 보이지만 사실은 사연 많은 자살 다리라고 소개했다. 11년 전 처음 페루에 왔던 자신도 그 위에서 새의 추락처럼 가볍게 죽음을 결심한 적이 있노라고 고백했다. 건축업으로 중동 건설 현장과 한국에서 사업 수완을 발휘해 꽤 많은 돈을 모았던 P씨를 페루로 유혹한 것은 세상에 둘도 없이 친했던 고등학교 동창. 친구의 페루 투자 사업 제안에 의기투합해 성실한 은행원으로 10년간 모았던 아내의 저축까지 털어 넣었다. 새로운 꿈을 안고 자신만만하게 페루에 도착하자 친구는 물거품처럼 사라지고 없었다. 이역만리 오직 자신을 믿고 따라온 아내와 어린 자식들 얼굴을 차마 볼 수가 없었다. 저 하나 다리 위에서 몸을 날리면 남태평양의 휘몰아치는 물결 속에 모든 것을 깨끗이 끝낼 수 있을 것 같았다. 그는 이야기 끝에 페루에는 자신과 같은 사연을 가진 사람들이 적지 않다고, 그 사람들이 하도 다리 위에서 몸을 날려 떨어지는 통에 당국에서는 자살 방지용 철책을 두르기도 했다고 씁쓸하게 웃었다.

무비자국인 페루는 세상의 온갖 도피자들의 천국. 서울에서든, 파리에서든, 아바나에서든 피치 못할 사정으로 몸을 숨겨야 하는 사람들이 은밀히 찾아드는 곳이 바로 안데스 산맥 아래 페루였다. 피상적인 낭만성으로 페루를 꿈꾸었던 나 자신에게 혐오감이 일었다. 세계의 불가사

* 〈새들은 페루에 가서 죽다〉의 무대로 추정되는 해변

의 지상화들을 새겨놓은 사막의 나스카 라인이며, 3,400미터 고지의 쿠스코와 마추픽추 산정에 삶을 부려야 했던 옛 잉카인들의 흔적을 더듬는 것은 경이보다는 슬픔 그 자체였다. 소설과 같은, 아니 소설보다 더한 절망을 가슴에 품은 P씨에게 로맹 가리의 허구는 어떤 여운을 남길까. 또 함께 동행한 P씨의 동료 N씨의 경우는 어떤가. 강도들의 총격으로 숨진 형의 죽음을 수습하기 위해 페루 땅을 처음 밟게 된 그에게 소설은 어떤 의미일까.

"자, 로맹 가리 소설의 무대 리마 해안에 접어들었습니다."

P씨는 페루 여정의 마지막 코스로 〈새들은 페루에 가서 죽다〉의 무대를 알렸다. 남태평양의 하늘과 바다는 잔뜩 습기를 머금은 채 흐렸다. 바다로 길게 뻗은 방파제 끝에 페루 국기가 펄럭이고 있었다. 물개섬, 아니 새떼들의 천국 바예스타 섬을 방문한 다음날 나스카 라인을 경비행기로 돌아보았고, 리마에서 일박 한 뒤 국내선을 이용해 쿠스코에 가서 사흘 간 마추픽추와 삭사이와망까지 둘러본 뒤 리마로 돌아와 하루는 페루의 시인, 작가들과 학술대회를 열고, 밤에는 교민들과 문학의 밤 행사를 가졌다. 그리고 오늘 자정 너머 리마를 떠나기로 되어 있었다. 돌이켜보면 숨 가쁜 여정이었다. 그런데 그는 어디에서 소설을 읽었던 것일까. 어느덧 자신의 영역처럼 그는 로맹 가리와 소설 무대를 안내하고 있지 않은가.

리마의 가니발에서 강도들에게 납치되어 몹쓸 짓을 당한 뒤 사나운 물결 속에 몸을 던지려던 한 여자가 있었다. 카페 테라스에 나왔던 남자는 우연히 여자를 발견하고 목숨을 구했다. 이름도, 나이도, 태생지

* 리마 해변의 비상하는 새들과 연인들

도 모르지만 그는 자기의 보호막에 날아든 새처럼 가냘프게 파닥이는 그녀를 보살폈다. 날이면 날마다 날아와 모래밭에 떨어져 죽는 새들 중 그녀는 가장 아름다운 한 마리 새였다. 그는 고매한 명분이든 여자든 알아야 할 것은 모두 알아버린 마흔일곱 살의 은퇴한 혁명가였지만, 그녀를 안으며 세상의 끝에 자신과 머물게 함으로써, 종착점에 이른 자신의 삶을 성공적인 것으로 만들고 싶다는 희망의 유혹에 순간적으로 몸을 떨었다. 희망도 잠시 그녀는 뒤따라온 늙은 영국인 남편과 그 일행에 이끌려 해안 절벽 너머로 떠나갔다.

"소설에는 리마에서 북쪽으로 10킬로미터라고 씌어 있을 뿐 정확히 어디라 밝히고 있지 않지만, 정황으로 보아서 저기가 맞을 겁니다."

소설에 따르면, 새들은 리마에서 북쪽으로 10킬로미터 떨어진 이 해변에 와 죽는다. 그런데 아무도 이 고독한 사내에게 이 새들이 왜 여기까지 와서 죽는지, 설명해주지 않는다. 그가 모르기에 독자도 소설이 끝날 때까지, 아니 끝나고 나서도 모르고, 그만큼 그것은 순전히 신비의 영역으로 남는다. 작가는 하나의 힌트로, 이 새들이 더 남쪽도 더 북쪽도 아닌, 길이 3킬로미터의 바로 이곳 좁은 모래사장 위에 떨어지는 것을 들어, 새들도 사람처럼 죽을 때 영혼의 문제에 봉착한다는 것을 암시한다. 인도 사람들이 죽으면서 영혼을 반환하기 위해 떠나는 바라나시 같은 곳으로 떠나듯이 새들이 마지막 혼신의 힘을 다해 이곳으로 떠나오는 것으로 비유하고 있는 것이다.

새들이 죽으면 영혼은 어디로 갈까. 흐린 하늘과 그 아래 울퉁불퉁하게 굴곡진 해벽들과 또 그 아래 파도 치는 물결로 천천히 시선을 돌렸다. 과연 소설에서처럼 모래 절벽 아래 좁은 모래사장이 펼쳐져 있었고 그 옆으로 좁은 길이 뻗어 있었다. '모래언덕 한가운데 말뚝을 박고 세워져' 있다는 레니에의 카페를 얼른 눈으로 더듬었다. 해벽 위에 비죽비죽 솟구친 빌딩들과 절벽 아래 무질서하게 지어진 건물 몇 채가 눈에 띄었다. 그들 중 카페는 찾을 수 없었다. 바다 위를 비상하는 새들도, 모래밭으로 추락하는 새들도, 에메랄드빛 원피스에 초록색 스카프를 끌며 바다로 걸어 들어가던 여자도, 우스꽝스러운 모습으로 자갈밭에 널브러져 있던 리마 사육제의 광대들도 보이지 않았다. 해안 절벽 위를 산뜻하게 떨어져 내리는 청색 홍색 패러글래이더들과 파도 치는 물결을 물개처럼 타고 노는 서퍼들만이 2008년 7월 현재의 풍경을 보여주고 있을 뿐이었다.

'스페인 내전에서, 프랑스의 레지스탕스에서, 쿠바에서 전투를 치른 다음, 모든 것이 종말을 고하는 안데스 산맥 발치의 페루 해변으로 몸을 피한' 은퇴한 혁명가 레니에의 카페는 어디에 있었던 것일까. '마흔일곱이란 알아야 할 것은 모두 알아버린 나이, 고매한 명분이든 여자든 더 이상 아무것도 기대하지 않게 된', '어떤 이들은 하늘가에서 살듯 바닷가에서 살게 된' 그의 아홉 번째 고독의 물결 속에 최후의 희망처럼 걸려들었던 아름다운 새 한 마리는 어디로 날아간 것일까.

모래 자갈밭으로 다가가자 파도가 한 차례 휘몰아쳤다. 해벽 위에는 최신식 가페들과 쇼핑센터인 라르코마르Larco mar가 들어서 있었다. 로맹 가리가 이곳에 온 것은 60여 년 전, 유럽 대사로 세상을 떠돌던 시절이었을 것이다. 그때, 이곳에는 아마, 소설에서처럼 카페 한 채가 세

위져 있을 것이다. 문득, 뒤따라 걸어오던 P씨를 부르기 위해 뒤돌아섰다. 그의 추측이 옳았다는 생각이 들었다. 그는 파도를 타기 위해 준비 중인 자갈밭의 소녀들을 바라보며 웃고 있었다. 새들이 먼 바다를 떠나 왜 이곳에 와서 죽는지 아무도 설명해주지 못했다. 그 이유를 레니에는 그녀가 말해줄 것으로 믿었다. 그는 그녀의 뒤를 따라 영원히 카페에서 사라졌지만, 세상의 끝에서 절망을 희망으로 건져 올리는 사람도 있었다. 나는 하얗게 포말을 일으키며 부딪치는 파도 속에 모습이 완전히 사라지기 직전 모래 언덕 꼭대기에서 걸음을 멈추고 뒤를 돌아 그를 찾던 그녀처럼 그 자리에 잠시 더 서 있었다. 고독의 아홉 번째 물결이 지나간 자리, 그는 어디에도 없었다.

대평원에 남겨진 사랑의 서사시

✍ 카렌 블릭센, 《아웃 오브 아프리카》와 아프리카 케냐 1

2007년 여름, 아프리카로 떠날 때 나에게는 세 편의 소설이 있었다. 카렌 블릭센의 《아웃 오브 아프리카》와 어네스트 헤밍웨이의 《킬리만자로의 눈》, 그리고 르 클레지오의 《아프리카인》. 앞의 두 소설은 동아프리카 케냐의 사바나 평원이 무대이고, 르 클레지오의 소설은 서아프리카 나이지리아의 고립된 어느 마을이 무대이다. 소설 창작자로 또 연구자로 '야생동물 구호를 위한 생태, 자연, 문학' 심포지엄 참석이라는 공적인 목적이 있었지만, 이번 나의 아프리카 행은 사실 그들과의 조우를 위한 오랜 꿈의 실현이었다.

일찍이 아름다운 문체와 깊은 사유로 《사막》과 《하늘빛 사람들》을 쓴 바 있는 르 클레지오는 아프리카에서의 유년 시절의 추억을 《아프리카인》에서 불러냈는데, '오랫동안, 어머니가 흑인이기를 상상해왔다'는 그의 고백은 나를 전율에 휩싸이게 했고, 평생 단 한 편의 소설을 가슴에 품은 채 적도 부근의 만년설봉을 바라보며 죽어가는 소설가 사내의 최후를 그린 헤밍웨이의 걸작 단편 〈킬리만자로의 눈〉은 나를 끊임없이 킬리만자로로 이끌었다. 그리고 결정적으로, 대학 초년 시절 개봉관에서 만났던 메릴 스트립과 로버트 레드퍼드 주연 영화 〈아웃 오브 아프리카〉는 세상에서 가장 낭만적인 사랑을 꿈꿀 때면 언제든 세월의 두꺼운 벽을 뚫고 눈앞에 펼쳐지곤 했다. 그런데 이게 어찌된 일인가. 아프리카에서 돌아오자마자 나는 폐부 깊숙이 간직해 왔던 세 소설들을 밀쳐두고 바람난 계집애처럼 한동안 전혀 새로운 두 소설에 사로잡혔다. 귀국과 함께 도착한 로알드 달의 《개조심》에 수록된 〈아프리카 이야기〉와 영화 개봉과 함께 화제를 모았던 코리네 호프만의 《하얀 마사이》가 문제의 소설들이었다. 평소 나는 쉽게 마음의 대상을 바꾸는 여자는 아니었다. 그렇다면? 다 그놈의 로리암 때문이다, 고 나는 생각했다.*

공교롭게도 여행은 끝났지만 아직 남은 로리암 두 알 중 한 알을 먹는 날, 로알드 달의 소설 〈아프리카 이야기〉가 도착했고, 마지막 한 알을 입에 털어넣는 날 《하얀 마사이》가 손에 잡혔기 때문이었다.

⋆

· · · · · · · · · · · · · ·

* 아프리카로 떠나는 일은 생각보다 번거로웠다. 세관검역소에 가서 황열병 예방 접종을 해야 했고, 떠나기 열흘 전부터 로리암이라는 하얀 알약을 복용해야 했다. 로리암은 말라리아 예방 약인데, 하루에 한 알 먹는 것과 일주일에 한 번 먹는 것이 있었다. 당연히 일주일에 한 번 먹는 것을 선택했는데, 극심한 구토증과 현기증을 감내하는 조건이었다. 그러니까 그것은 떠나기 전부터 겪어내야 하는 일종의 아프리카 체험이었다. 여행 기간이 짧았기 때문에 돌아와서도 두 번 로리암을 몸에 받아들여야 했다. 그러니까 말라리아 예방약을 미리 복용하여 아프리카인처럼 체내 환경을 만들어야만 떠날 수 있는 곳이 아프리카였다.

＊하늘에서 본 아프리카

2007년 8월 4일 새벽 6시경, 비행기가 밤새 인도지나해와 벵골만과 인도양 상공을 날아 아프리카 대륙에 들어섰을 때 내 가슴은 격렬하게 뛰었다. 창밖을 내다보니, 광활한 하늘 아래 끝없이 펼쳐진 흰 구름 사이로 날카로운 광선이 눈을 찔렀다. 적도의 태양빛이었다. 몇 년 전, 3,000미터 상공에서 아프리카 대륙을 찍은 항공 전문 사진가 얀 아르튀스 베르트랑의 《하늘에서 본 지구》에서 눈에 익혔던 장면들을 찾았다. 빽빽한 떼구름 한가운데를 뚫고 산 하나가 우뚝 솟아 있는 것이 시야에 들어왔다. 한눈에 산의 규모가 거대하게 보였다. 혹시 아프리카 최고봉 킬리만자로는 아닐까, 생각했다. 그러나 정상의 설봉雪峰이 감지되지 않았다. 케냐에는 킬리만자로에 못지않은 케냐 산(5,199미터)이 있었고, 아프리카 최고봉 킬리만자로(5,895미터)는 케냐의 국경 지대를 이룰 뿐 이웃 국가 탄자니아에 속해 있었다. 끝없는 흰 구름과 거봉 하나를 지나자 비행기는 풀빛이라고는 찾아볼 수 없이 온통 희뿌연 모래와 자갈색의 평지로 들어섰고, 이내 목적지 나이로비에 착륙할 것이라는 기내 방송이 흘러나왔다. 오전 7시 50분, 아프리카에 첫발을 내딛었다.

❧

8월 나이로비의 아침 공기는 한국의 초가을 날씨처럼 선선했다. 적도가 국토의 중심을 지나가지만, 해발 1,798미터 고원에 자리 잡고 있어서 더위를 느낄 수 없었다. 이곳의 8월은 늦가을, 곧 겨울이 시작되는 시기라 스웨터와 긴팔 옷을 준비해 간 터였다. 나이로비Nairobi는 마사이 어로 '찬 물이 솟는 땅'. 3,400만 케냐 인구는 43개 부족으로 구성되어 있고, 이중 핵심적인 부족이 지구 최후의 전사로 이름을 떨치고 있는 마사이족과 키쿠유족이다. 나이로비 국제공항의 정식 명칭은 케냐 초대 대통령 케냐타의 이름을 딴 케냐타 국제공항. 입국장에서 케냐 비자를 발급받아 공항 밖으로 나가자 7일 동안 함께할 사파리 카가 기다리고 있었다. 운전기사 폴이 얼굴 가득 부드러운 미소를 지으며 영어와 케냐어로 아침 인사를 건네왔다. 나도 그를 따라 굿 모닝, 잠보!

케냐의 공식 언어는 영어, 잠보는 스와힐리어이다. 스와힐리어는 케냐를 중심으로 한 동북아프리카 5개국(에티오피아, 소말리아, 탄자니아, 우간다, 수단)의 공용어이다. 교육 받은 대부분의 케냐 사람들은 영어와 스와힐리어와 자기 부족어를 구사할 줄 안다. 영어는 1963년까지 식민 지배를 받은 영국으로부터 비롯되었는데, 한 나라의 언어는 곧 한 나라의 문화 체계와 불가분의 관계를 맺고 있어서, 현대 케냐의 모든 시스템은 영국식이다. 가장 먼저 눈에 띄는 것이 오른쪽에 자리 잡고 있는 자동차의 핸들. 케냐는 도로 시설 기술은 물론 자동차 제조 기술이 전무해서 도로는 이스라엘 기술자들이 와서 닦아주었고, 차량은 거의 모두가 일제 도요타다.

❦

폴이 운전하는 사파리 카를 타고 아침식사를 위해 시내 진입로로 들어섰다. 가로에 LG 전화기 광고가 펄럭였다. 도심에 들어서기 전에 러시아워 물결에 갇혔다. 그런데 늘 보아오던 차량 행렬과는 다른 풍경이었다. 자동차나 버스가 아닌 낡은 트럭이나 승합차가 거리를 메우고 있었고, 그 안에는 승객들이 짐 보따리를 욱여넣은 듯이 빽빽하게 들어차 있었다. 차는 금세라도 흔들흔들 터질 듯했고, 차를 둘러싸고 시커먼 매연이 자욱했다. 그러나 차 안밖의 누구 하나 찡그리고 있는 사람은 보이지 않았다. 또 하나 놀라운 것은 차도 밖의 사람들이었다. 원색 차림의 엄청나게 많은 사람들이 둘씩 혹은 서너 명씩 엎고 이고 지고 모여 분주하게 걸어갔는데, 그들은 일정한 방향에서 걸어오고 걸어가는 것이 아니라 사방으로 흘러가고 흘러오는 듯 정신이 없었다. 왜 그런가 하고 가만히 살펴보니, 그들에게는 따로 길이 없었다. 그들이 걸어가는 곳이 곧 길이었다. 고개를 숙여야 들어갈 수 있을 정도로 작은 판잣집들이 몇 채 가도에 늘어서 있었고, 그 안과 밖에는 수많은 사람들이 서 있거나 앉아 있거나 움직이고 있었다. 그리고 어디로인가 걸어가는 남자들의 손에는 대부분 나무 막대기가 들려 있기 일쑤였다. 그들 전체는 얼핏 피난민처럼 보였고, 차 내에서 그들을 건너다보던 나는 혼란과 함께 알 수 없는 공포를 느꼈다. 도심이 가까워지자 신문팔이 청년들이 차창 문을 두드렸다. 청년의 눈을 피해 가로수를 올려다보니 육중한 검은 새들이 거리의 주인이라도 되는 듯이 날개를 늘어뜨리고 앉아 있었다.

　나는 창밖의 사람들도 나무 위의 새들도 바라볼 수 없어 고개를 떨구었다. 어떤 뜨겁고 매캐하고 뭉클한 것이 가슴속에서 맺히고 있었다. 10년 전 박완서 선생이 티베트와 네팔을 여행하고 온 뒤 쓴《모독》이라는 책 제목만이 입가에 맴돌았다. 선생에게 그것은 오체투지로 설산과

* 케냐 나이로비의 거리 풍경

* 그레이트 리프트 밸리 전망대

자갈밭을 고행하는 사람들의 만행의 법열을 이방인이 해독한다는 것은 오독일 수 있다는 의미였는데, 나에게 그것은 이고 지고 엎고 사방에서 아침을 여는 나이로비 사람들의 삶에 대한 당혹감을 의미했다. 아프리카로 떠나올 때 품었던 소설들은 구름 저편 세상의 일처럼 아득하기만 했다.

나이로비를 벗어나 마사이 마라를 향해 B3 국도를 달렸다. 얼마 지나지 않아 사파리 카는 아프리카 특유의 빨강, 파랑, 초록의 원색 체크무늬 천이 나무 판잣집을 장식하고 있는 전망대에 멈추어 섰다. 비뚤비뚤 써놓은 푯말을 읽어보니 그 유명한 그레이트 리프트 밸리다! 뜻밖의 선물에 놀라듯, 나도 모르게 탄성이 터져 나왔다. 밟으면 비걱거리는 소리를 내는 판자 바닥을 밟고 툭 트인 평원을 향해 섰다. 나이로비를 통과하면서 가슴에 맺혔던 알 수 없는 공포와 혼란이 일시에 빠져나가는 듯했다.

아프리카, 그것도 케냐에 도착한 이방인들은 나이로비에서 서쪽 마사이 마라로 향하거나, 동남쪽 암보셀리로 향하거나 그레이트 리프트 밸리Great Lift Valley(大地溝帶)를 지나게 된다. 북으로는 서아시아 요르단 협곡으로부터 남으로는 모잠비크의 델라고어 만灣에 이르는 7,000킬로미터에 달하는 세계 최대의 지구대가 케냐 국토의 중심을 통과하고 있는데, 마사이 마라의 야생동물 보호구역으로 가는 길에 나이로비 인

＊ 마사이 마라 평원의 한 그루 나무

근에서 제일 먼저 만나는 이 계곡의 존재가 하나의 복선伏線처럼 의미심장하다. 대지구대를 달리는 동안 산기슭에 불쑥불쑥 솟아 있는 거대한 나무에 눈길이 쏠렸다. 유포르비아 칸델라브룸euphorbia candelabrum(大戟屬)이라는 낯설고 긴 이름의 나무였다. 동아프리카 일대에 서식하는 이 나무는 선인장 유의 가시 달린 교목으로 대형 샹들리에를 거꾸로 놓은 모양에서 칸델라가 들어가 있는 이름을 따온 듯했다. 역광 때문인지 속력을 내어 달리는 차의 요동 때문인지 산자락에 쏟아질 듯이 서 있는 칸델라브룸의 형상이 언뜻언뜻 내가 아주 먼 곳에 와 있다는 사실을 일깨워주었다. 비로소 내 몸 안에서 아프리카가 숨을 쉬기 시작하는 것을 느꼈다.

🍃

마사이 마라는 세계적으로 널리 알려진 야생동물의 천국인 탄자니아의 세렝게티 초원과 인접해 있는 1,588미터 고지의 케냐 쪽 사바나 평원이다. 마라 강을 사이에 두고 두 나라의 경계석이 놓여 있는데, 사파리 카를 타고 드넓은 사바나 고원을 넘나들다 보면 어느덧 마라 강 건너 탄자니아 땅에 들어서 있기도 한다. 물론, 겨울의 건기가 시작되면 물과 풀을 찾아 세렝게티에서 시작해 1,800킬로미터에 이르는 초원을 이동하는 얼룩말과 누, 코끼리 들에게 이 국경선은 무의미하다. 넉넉한 하마와 사나운 악어가 공생하고 있는 황토물의 마라 강을 젖줄로 삼고 있는 탄자니아와 케냐의 마사이족들에게도 국경선이란 현실이 아닌 허구에 불과할지도 모른다.

　숙소인 마사이 마라 히포 로지lodge로 향하는 길에 전형적인 아프리카 사바나의 날씨를 경험했다. 평원 저편에서 불길과 함께 오랫동안 연기가 피어오르고 있는가 하면, 이편 하늘에는 먹구름이 몰려와 밤톨만 한 빗방울이 우두둑 떨어지기도 했다. 초원과 사막의 중간 지대인 사바나 평원에는 사파리 카의 바퀴가 구르는 대로 길이 나 있었고, 먹구름이 삽시간에 쏟아낸 빗물로 길은 군데군데 웅덩이가 지고 개천물이 불어 운전사 폴은 묘기에 가까운 곡예 운전을 선보여야 했다. 폴은 유창한 영어 실력만큼이나 익살스러운 유머 감각으로 마사이 마라에서 숨바꼭질하듯 살아가는 야생동물들을 찾아내어 이방인들을 즐겁게 해주었다. 그가 창밖을 향해 소리칠 때면, 귀여운 톰슨가젤이 내달리거나 하마가 강물 밖으로 얼굴을 드러내고 있었고, 그가 속력을 내어 거침없이 내달릴 때면 멀지 않은 곳에 사자나 치타가 있었다. 나는 그가 외쳐 부르는 수많은 야생동물들보다 평원 위에 서 있는 한 그루 나무에 마음을 빼앗겼다. 아프리카 아카시아였다. 마치 우산을 펼치고 있는 모습이라고 해서 엄브렐러 아카시아라고 불렸다. 저녁 여섯 시경의 늦은 오후였고, 멀리 탄자니아와 국경을 이루는 산자락이 섬처럼 평원 위에 떠 있었다. 유독 한 그루의 나무만이 서 있는 이유는 무엇일까.

❦

　마사이 마라 로지에 머물며 이틀 동안 사파리 게임 드라이브를 끝낸

＊ 먹구름을 뚫고 마사이 마라를 달리다

* 나쿠르 호수에서 만난 코뿔소와 홍학 떼 그리고 펠리컨

뒤 수백만 마리의 플라밍고 떼가 서식하는 나쿠르 호수로 이동했다. 이 호수와 플라밍고 떼는 얀 아르튀스 베르트랑의 《하늘에서 본 지구》에 실린 366편*의 사진 중 손꼽히는 걸작이었다. 나쿠르 심바 로지에 여장을 풀고 호수로 달려갔다. 석양이 호수 가까이 내려앉고 있었다. 호수를 둘러싼 초원의 연둣빛이 마지막 태양빛에 황금빛으로 빛나는 순간이었다. 거뭇거뭇 무리지어 서 있는 버팔로 떼 사이로 펠리컨들이 긴 다리로 사뿐사뿐 걷거나 큰 날개를 펼쳐 푸드득 날아올랐고, 수백만 마리의 홍학 떼가 어스름 저물 녘의 청회색 호수를 붉게 물들이고 있었다. 석양빛이 줄어드는 만큼 대기는 습기로 충만했고, 나는 벚꽃 잎처럼 갯벌에 수북이 떨어져 쌓인 홍학 떼의 깃털을 밟고 걸음을 옮길 때마다 몸속 가득 차오르는 습기를 느꼈다.

석양이 마지막 빛을 거두기 전에 발길을 돌렸다. 그때 돌연 코뿔소를 만났다. 뿔이 둘 달린 회백색의 아프리카 코뿔소였다. 외젠 이오네스코의 부조리극 〈코뿔소〉의 주인공 아닌가. 아니, 연극에서는 끝까지 코뿔소가 등장하지 않는다. 사람들이 본, 또는 보았다는 설說만이 무성할 뿐이다. 사람들은 코가 두 개 달린 아프리카 코뿔소를 보았다는 패와 코가 하나 달린 아시아 코뿔소를 보았다는 패로 갈린다. 코뿔소는 극중인물들만 보았다고 할 뿐 극을 관람하는 관객들은 보지 못한다.

• • • • • • • • • • • • • •

* 얀 아르튀스 베르트랑의 《하늘에서 본 지구》는 매년 《하늘에서 본 지구 365》라는 책자로도 발행되는데, 한국어판이 처음 선보인 2003년의 경우 윤년인 관계로 1편을 추가하여 《하늘에서 본 지구 366》이 되었다.

루마니아 출신의 망명 작가 외젠 이오네스코의 〈코뿔소〉는 외적 상황에 따라 변해가는 나약한 인간들을 상징적으로 코뿔소로 둔갑시킴으로써 군중 심리의 위험성을 고발한 풍자극이다. 파시즘 아래 루마니아 공산 정권의 현실에서 탄생한 부조리극의 결정체라고 할 수 있다. 나무를 사이에 두고 코뿔소 두 마리가 떨어져 있었는데, 사진을 찍으려고 각도를 맞추자 사이좋게 한곳으로 모이더니 한 방향으로 돌아섰다. 카메라 렌즈로 자세히 들여다보니 코뿔소는 주둥이 위에 뿔이 둘 달린 녀석과 뭉툭하게 뿔이 돋지 않은 녀석으로, 어미와 그 새끼 같아 보였다. 뿔이 둘 달린 녀석이 뿔이 돋지 않은 녀석의 엉덩이 가까이 뿔을 대자 껑충 뛰었다. 문득 모두가 코뿔소로 변해버린 세상에서 마지막 인간으로 남은 베랑제가 거리로 내달리며 외치는 절규가 들려오는 듯했다.

　　…부끄러워서 내 모습을 더 이상 볼 수가 없어. 내 모습은 얼마나 추한가! 원래의 자기 모습을 지키려는 사람은 얼마나 불행한가! 아냐, 그럴 순 없어! 난 그들과 대항해서 나 자신을 방어할 거야! 내 총, 총이 어디 있지! 이 세상이 모든 것에 대항해서 나를 방어하겠어! 난 최후의 인간으로 남을 거야……. 난 끝까지 인간으로 남겠어!

　　　　　　　　　　　　　　　　　　　　…외젠 이오네스코, 〈코뿔소〉

❦

　　…아프리카의 고원 위를 날아가노라면 그지없이 놀라운 광경을 발견하

게 된다. 가장 기막힌 놀라움을 마련하는 것은 구름 속에서 연출하는 햇빛의 조화. 우리는 무지개를 뚫고 지나가고, 폭풍의 소용돌이 속으로 휩쓸려든다. 쏟아지는 빗줄기가 세상을 하얗게 빛나게 하며, 우리는 기울어져 쏟아질 것만 같다. 비행기를 타고 느끼는 기분을 이야기하기에는 어휘가 부족하다. 언젠가는 새로운 말을 만들어내야 할 것이다.

...카렌 블릭센, 《아웃 오브 아프리카》

《아웃 오브 아프리카》의 무대는 소설과 영화가 다르다. 소설의 무대는 나이로비 인근 카렌이고, 영화 촬영지는 나이로비 북쪽의 나이바샤 호숫가 숲이다. 소설의 공간은 작가가 커피 제조기를 들여와 농장을 꾸리며 살았던 나이로비 교외의 마을로 그녀의 이름을 따 아예 카렌 빌리지로 불리고 있었다.

동명 소설을 영화화한 〈아웃 오브 아프리카〉는 스무 살 어름의 나에게 평생 잊지 못할 사랑을 심어주었다. 나는 카렌이 들려주는 데니스의 묘사를 외울 정도였다.

...그 사람은 사파리에 축음기까지 가지고 왔지. 세 자루의 총과 한 달치의 일용품과 그리고 모차르트 음악도……

...〈아웃 오브 아프리카〉 중 카렌의 대사

사파리에 축음기를 가져와 모차르트의 클라리넷 협주곡을 들려주는 남자를 세상의 어떤 여자가 사랑하지 않을 수 있을까. 사랑하는 여자를

* 영화 〈아웃 오브 아프리카〉 촬영지와 나이바샤 호수(위)
* 카렌 블릭센 하우스와 커피 제조기(아래)

위해 경비행기 조종을 배워 여자를 태우고 아름다운 아프리카 상공 위를 날아가는 남자를 어떻게 사랑하지 않을 수 있을까. 같은 영혼의 두 남녀가 시원始原의 아프리카 초원에서 만났다. 〈아웃 오브 아프리카〉의 카렌과 데니스가 그들이다. 카렌은 덴마크 출신의 백작 부인으로 미지의 땅에서의 새로운 삶을 꿈꾸며 아프리카로 떠나온 여인. 문학과 음악에 조예가 깊은 데니스는 문명을 떠나 아프리카에서 사냥으로 먹이를 구하며 모험을 즐기는 자유주의자. 시드니 폴락 감독은 아프리카에서 커피 농장을 꾸리며 14년 동안의 삶을 기록한 카렌의 자전소설에서 데니스와의 짧고 눈부신 사랑을 영화에 담았다.

나쿠르 호수에서 홍학 떼와 코뿔소를 본 다음날 아침 인근 나이바샤 호수 건너 초원으로 워킹 사파리를 나갔다. 선한 인상의 마사이족 사공이 뱃길을 돌리며 반도처럼 호수로 길게 뻗어 있는 곳을 가리키며 영화 〈아웃 오브 아프리카〉 촬영지라고 말했다. 길죽하게 비어져 나온 육지는 마치 물에 떠 있는 듯했고, 끝에 흰 날개 펠리컨들이 한 꽃송이처럼 옹송그리고 모여 있었다. 날이 흐렸다. 사공이 노를 저을 때마다 일으키는 물소리가 생생한 동시에 환청인 양 메아리를 일으키며 데니스의 목소리를 실어 날랐다.

"우리가 모두 무엇이든 소유할 수 있다고 생각해요? 아니지요. 단지 스쳐지나갈 뿐이야."

〈아웃 오브 아프리카〉는 아프리카 대평원에 울려 퍼진 사랑의 서사시이다. 동시에 카렌과 데니스의 사랑의 비가哀歌이다. 이 둘 사이에 가로놓인 것이 무소유의 자유이다. 남편과 별거한 채 커피 농장을 경영하던 카렌이 데니스를 만난 것은 사파리에서였다. 그가 사자로부터 그녀를 구해주면서 운명적인 사랑이 시작된 것이다. 세상의 모든 속박을 벗어던진 듯 아프리카 평원을 주유하는 이 사내는 사파리에 축음기와 모차르트 음악을 가져와 그녀를 놀라게 하며 야생동물들의 초원을 사랑의 천국으로 탄생시킨다. 카렌은 실패한 결혼으로 인한 상처로 데니스와의 새로운 삶을 꿈꾸지만, 그는 결혼이라는 제도를 거부하며 자유로운 사랑을 원할 뿐이다. 가치관의 차이로 멀어지려는 순간 카렌의 커피 농장이 불에 타버리고, 곤경에 처한 카렌을 데니스가 도와주면서 둘의 사랑은 재확인되지만, 데니스가 곧 비행기 추락 사고로 죽고 만다. 카렌은 데니스에게 무한한 자유를 주었던 아프리카 초원에 그의 육신을 묻고 고국으로 돌아간다.

나는 모차르트의 클라리넷 협주곡 선율과 함께 초원에 사랑을 묻고 언덕 위에 서 있던 카렌을 20여 년이 지난 지금까지 잊지 못하고 있었다. 〈아웃 오브 아프리카〉를 회상하고 있는 사이 배는 어느덧 초원에 닿았고, 일행들은 벌써 초원 위를 걷고 있었다. 나는 사공의 뒤를 따라 배에서 내렸다. 기린이 고목의 울창한 줄기 사이로 고개를 내밀고 호수를 건너온 이방인들을 구경하고 있었고, 줄기 사이로 보이는 드넓은 초원에는 누 세 마리가 뻗치는 아침 기운을 뿜어내려는 듯 쫓고 쫓기며 연달아 내달렸다.

그 죽음은 무엇을 꿈꾸었는가

🌀 어니스트 헤밍웨이, 〈킬리만자로의 눈〉과 아프리카 케냐 2

...아프리카에서는 아침에 진실이었던 것이 낮에는 거짓이 되는데도 전혀 신경 쓰지 않는다. 이는 태양이 비춘 암염 저편으로 보이는 호수, 녹색 풀로 둘러싸여 선명하게 보이는 호수와 같다.

...어니스트 헤밍웨이

2007년 8월 7일 정오. 아침에 케냐 북서쪽 세계적인 관광지인 나쿠르를 떠나 정오 무렵에 나이로비 시내에 도착했다. 도착 첫날의 공포와 불안감은 거의 사라지고 없었고, 남자들이 손에 들고 다니는 '은구디'라는 소 치는 긴 막대기에도 적응이 되었다. 내 가방 안에는 마사이족 청년들이 박달나무를 깎아 만든 끝이 뭉툭한 이린칸이(스와힐리어로는 오링가)라는 사냥용 막대기가 들어 있고, 목에는 부녀들이 장식한 펜던트가 걸려 있었다. 당장이라도 머리 위로 쏟아져 내릴 것 같던 별무리 아래 보낙불 가를 에워싸던 마사이 청년들의 사자 사냥 의식과 의식 중에 발을 구르며 내지르던 가늘고 높고 단단한 외침이 귓가에 들려오는 듯했다. 마라 강에 공존하던 하마 가족과 악어, 모차르트 클라리넷 선

＊ 나이로비 가는 길에 만난 여인들

율이 울려 퍼질 것만 같던 〈아웃 오브 아프리카〉의 무대 나이바샤 호수와 펠리컨, 석양빛에 더욱 선연한 핑크빛을 발하며 호반湖畔 가를 붉게 물들였던 나쿠르의 수백만 마리 홍학 떼와 풀밭의 코뿔소, 그리고 서로 사진 찍겠다고 내 옆에 줄을 서던 케냐 소년들. 그뿐인가. 고도 1,850미터 평원의 마사이 마라 사바나와 물과 풀을 찾아 대장정을 떠나던 누와 얼룩말 무리, 숙소인 나이바샤 심바 로지와 마사라 마라 히포 로지에서 밤새 문밖에 꼼짝 않고 서 있던 마사이족 형제……

지난 며칠 동안 때로는 애틋하게 또 때로는 신비롭게 내 눈과 마음을 사로잡았던 정경들이 동아프리카 최고 요충지인 나이로비로 진입하면서 아득히 멀어졌고, 도심 하늘에 펄럭이는 유엔 환경기구의 깃발이 21세기 케냐의 현실을 일깨워주었다. 제 몸 크기만 한 짐을 등에 지고 가는 여인들, 극심한 교통 체증에 시달리는 도로의 매캐한 매연, 가로수마다 줄기를 무겁게 짓누르고 앉아 있는 검은 독수리. 사회의 지도층과 신분 상승을 꾀하는 소수의 아프리카 사람들에게 한국의 대학 입시만큼이나 경쟁이 치열하다는 나이로비 대학을 지나 드디어 킬리만자로로 향했다. 지난 4일 나이로비를 기점으로 시작된 여행이 한 고개를 넘기고 다시 새로운 길을 여는 순간이었다.

❧

오후 1시 30분, 나이로비를 출발한 차는 탄자니아 국경 도시인 남망가에 이르도록 다섯 시간을 쉬지 않고 달렸다. 운전사 폴이 선택한

A104 도로는 케냐에서는 몇 안 되는 고속도로급 주요 도로였으나, 2차로에다가 사정이 열악해 폴의 의욕과는 달리 거침없이 속도를 내지 못했다. 맞은편에서 달려오는 차량보다 경계해야 하는 것이 찢어진 천 구멍처럼 곳곳에 뻥 뚫린 아스팔트 바닥. 운전사 폴은 마사이 마라에서 맞닥뜨렸던 폭우와 돌풍을 기묘하게 뚫고 나갔던 신기를 발휘해 얄팍한 도로의 느닷없는 구멍들을 용케 피해가며 속력을 냈다. 구간구간 공사중인 도로에서는 상하행 할 것 없이 우왕좌왕 대여섯 대의 차량이 흙먼지를 일으키며 한꺼번에 달리곤 했다. 지난해 대선 전까지만 해도 케냐는 관광산업과 이동통신 산업으로 급성장하는 21세기 아프리카의 경제 모델로 떠올라 전 국토가 바야흐로 건설 바람을 타고 있었다. 나는 마사이 마라와 암보셀리를 오가며 온몸으로 체득했고, 21세기에는 바야흐로 아프리카의 시대가 열리리라는 것을 예감했다.

거세게 소용돌이치는 흙먼지 터널에 사막 전용(아니 사스 전용) 마스크로 온 얼굴을 가리고서도 나는 달리는 내내 창밖 풍경에서 눈을 떼지 않았다. 킬리만자로로 가는 길이 아닌가. 처음 남서쪽 마사이 마라로 가는 길에서 마주쳤던 유포르비아 칸델라브롬이라는 거대한 나무는 보이지 않았고, 그 대신 길가 덤불 속에 간간이 붉은 흙더미가 나타나기 시작했다. 속력에 따라 가까이에서 또는 멀리에서 다양한 형상으로 다가왔는데, 어느 것은 돌아앉은 여인의 모습으로, 또 어느 것은 소똥을 발라 지은 마사이족의 움막집 모습으로 보였다. 일행들은 각기 다른 추측을 했는데, 누구는 야생 동물의 도피처로, 또 누구는 숯 만드는 화덕의 일종으로 보았다. 차는 어느덧 탄자니아 국경 근처에 다다라 남

＊ 열매처럼 나뭇가지마다 매달린 새집들

망가에서 왼쪽으로 방향을 틀어 암보셀리 국립공원 쪽으로 들어가 한참을 달렸다. 그러는 중에도 흙더미의 정체는 밝혀지지 않았다. 그런데 한 가지 어김없는 사실은 흙더미가 나타나면 멀지 않은 곳에 소 떼를 거느린 마사이족이 서 있거나, 야생동물들의 습격을 피해 소똥으로 이겨 바른, '보마'라 불리는 그들의 움막집들이 원형으로 앉아 있는 마을이 나왔다. 암보셀리 메냐니니 게이트로 들어서도록 아무도 흙더미의 수수께끼를 풀지 못했는데, 운전사 폴의 귀띔에 의하면 그것은, 믿어지지 않게도, 아프리카 흰개미집이었다. 이 거대한 흙더미는 개미들이 살기 위한 집이 아니고 지하 속으로 파내려간 구멍에 공기가 잘 통하도록 지상에 세워놓은 일종의 통풍구, 굴뚝인 셈이었다.*

출입구이자 통풍구인 이 거대한 흙더미로 개미들은 적도 부근의 땡볕을 이기고 시원한 여름을 보낼 수 있는 것이다. 흰개미집과 함께 내 눈을 사로잡은 것은 암보셀리 입구 문 옆에 훤칠하게 서 있는 나무줄기에 매달린 새집들. 마치 수확을 앞둔 가을 열매들처럼 가지마다 주렁주렁 풍성했는데, 그것은 그곳 사바나 평원이 사자, 코끼리, 영양, 표범, 얼룩말, 누뿐 아니라 개미와 새 들의 천국임을 증거하고 있었다.

암보셀리 국립공원의 출입문인 메냐니니 게이트에 차가 멈추었다. 해는 뉘엿뉘엿 지고 있었고, 남망가에서부터 그동안 오매불망 기려왔던 킬리만자로의 드높은 봉우리를 볼 수 있지 않을까 설레던 마음이

....

* 김성호, 〈내가 만난 아프리카〉, 《오마이뉴스》, 2007. 11. 13.

급기야 파동을 일으키고 있었다. 일찍이 사냥광 어니스트 헤밍웨이가 머물렀던, 그리고 이야기의 귀재 로알드 달이 어스름 새벽이면 암소의 젖을 빨아먹고 가는 구렁이의 일화를 〈아프리카 이야기〉에서 흥미진진하게 펼쳐놓았던 아프리카 동남쪽 고원으로 통하는 문이었다. 헤밍웨이와 로알드 달 사이에서 오르락내리락 하던 내 마음과는 달리 입장료 정산을 위해 차에 내린 운전사 폴은 이내 돌아오지 않았다. 그때 숲 속에서 마사이족 여성 두 명이 가슴팍에 아기를 매단 채 다가와 창문을 두드렸다. 그녀들의 손에는 구슬로 만든 울긋불긋한 팔찌며 목걸이 들이 잔뜩 들려 있었다. 창문을 열기도 전에 그녀들은 그것들을 들이밀며 간절히 구매를 요구했고, 그녀들의 바람이 너무도 집요해서 뿌리치기가 곤혹스러웠다. 그녀들의 피부색과 체형에는 매우 잘 어울리는 그야말로 아프리카 원색의 구슬 장식품들이었으나 나에게는 도무지 어울리지 않는 물건들이었고, 단순한 기념품 이외에는 사용처를 찾을 수가 없었다. 그녀들의 손을 뿌리칠수록 모진 여자가 된 기분으로 운전사 폴을 찾았으나 그는 사내들과 긴요한 의논중인 듯 움직일 생각을 하지 않았다.

지칠 줄 모르고 흥정을 되풀이 하는 그녀들에 이어 건장한 사내가 이번에는 상아로 만든 조각상들을 가지고 왔다. 두 귀에 큰 구멍을 뚫어 화려하게 귀걸이를 착용한 것이 의심할 여지없는 마사이족 사내였다. 그가 들고 있는 조가상들은 하나같이 자코메티의 그것들처럼 군더더기 없이 길쭉한 것이 마음에 들었다. 냉큼 손이 가려는 것을 참고 시선을 돌려 폴을 찾았다. 그는 여전히 같은 동족의 몇몇 사내들과 등을 돌린 채 대화를 나누고 있었다. 전혀 마음의 동요를 보이지 않자 조각품 하나에 10달러를 부르던 마사이족 사내는 두 쌍에 5달러를 외치며 창문을 두드렸고, 나는 그럴수록 마음에 드는 조각품을 손에 넣지 않는 고집을 세우며 알 수 없는 내적 압력에 시달리고 있었다. 우리 돈으로 치면 품질이나 희소성에 비해 턱없이 싼 가격이었지만, 그리고 사는 것으로 곤란함에서 벗어나 자유로워질 수 있었지만, 그 물건을 가지고 돌아와 볼 때마다 마사이족에 대한 실망감을 반추하고 싶지 않았다.

마사이 마라의 드넓은 평원을 제압하며 태양 아래 우뚝 서 있던 지구 최후의 전사 마사이족의 위용은 어디로 간 것일까. 순수 자연 생활을 고집하며 문명에서 멀리 떨어져 부족 생활을 영위한다는 그들의 삶은 한갓 여행 상품으로 포장된 허구에 불과하단 말인가. 마사이 마라에서 마사이 빌리지를 방문하면서도 같은 의구심이 들었고, 그것은 끝내 실망감과 허망함으로 번졌다. 사자 사냥을 재연해 보이며 마을 안으로 이끌고 들어가던 마사이 부족의 일원들은 마을 깊숙이 그들을 따라 들어갈수록 끈질기게 자신들이 만든 수공예품을 쥐어주며 달러를 원했다. 마을 입구에서 벌이는 남자들의 환영 댄스, 마을 안 둥근 마당에서 벌이는 여자들의 결혼식 댄스, 그리고 마을 맨 뒤에 마련된 수공예품 판매장. 세상에 알려진 대로 그들의 반문명적 삶에 가졌던 관심과 기대가 마을을 나오며 실망감과 허탈감으로 바뀌었고, 내 손에는 그 흔적인 마사이족 팔찌와 호신용 나무망치, 그리고 아기를 등에 업은 모자상母子像이 들려 있었다.

6시 30분, 드디어 폴이 차 쪽으로 걸어오기 시작했고, 나는 아기에게

* 이방인들의 방문을 환영하려는 마사이 빌리지의 남성들과
전통 결혼 댄스를 선보이기 전의 여성들

＊ 소똥과 풀로 지은 마사이족의 전통 가옥
＊ 마사이족의 유목 생활

젖을 물린 여성에게 푸른 구슬과 검은 구슬로 만든 목걸이, 흑상아로 만든 코끼리 펜던트를 샀다. 차가 문을 통과하는 동안 나는 펜던트에 매달린 코끼리를 쓰다듬으며 그들의 삶을 함부로 규정지을 자격이 있는가 자문했다. 마사이족 청년과 사랑에 빠져 그의 아내가 된 백인 여성 코리네 호프만까지는 아니어도 나는 지난 며칠 간 마사이 마라에서 만났던 마사이족의 삶과 청년들에게 경외감을 가지고 있었다.

...순간 나는 마치 번개라도 맞은 듯한 충격을 받았다. 거기에는 호리호리한 몸매에 짙은 갈색 피부를 지닌 아름다운 남자가 난간에 느슨하게 몸을 기대고 앉아 있었다. 그의 검은 눈은 혼잡한 이 배 안에서 유일한 백인인 우리를 향하고 있었다.

'맙소사!' 나는 속으로 탄성을 질렀다. 이국적인 분위기의 그는 너무나 아름다웠다. 나는 그런 모습을 한 남자를 지금껏 본 적이 없었다.

그 남자는 허리에서 무릎까지 오는 짧은 붉은색 천 하나만을 두르고 있었다. 그 대신 몸에는 많은 치장을 하고 있었다. 남자의 이마에는 색색의 진주를 꿰어 만든 장신구가 반짝거렸다. 길고 붉은 머리카락은 섬세하게 땋아 내렸고, 얼굴에 달린 장식들은 가슴까지 내려왔다. 목과 가슴에는 여러 색의 진주 장식 끈이 서로 엇갈린 채 걸려 있고, 손목에는 여러 개의 팔찌를 차고 있었다. 그의 얼굴은 너무나 아름다워서 마치 여자기 아닐까 생각될 정도였다. 그러나 그의 자세와 당당한 시선, 그리고 힘줄이 불거진 근육들이 그가 남자라는 사실을 말해주었다. 나는 그 남자에게서 눈을 뗄 수가 없었다. 거기 그렇게, 지는 석양빛 아래 앉아 있는 모습이 마치 젊은 신 같았다.

...코리네 호프만, 《하얀 마사이》

카렌 블릭센의 《아웃 오브 아프리카》가 1915년부터 1931년까지 16년 간 아프리카에서의 삶을 바탕으로 씌어진 것처럼 《하얀 마사이》 역시 저자 코리네 호프만의 4년 간의 케냐에서의 사랑을 실화로 한 작품이 다. 애인과 함께 떠났던 케냐의 휴양도시 몸바이의 배 안에서 코리네 는 애인의 외침으로 한 마사이 청년을 바라보게 되는데, 그 한 번의 눈 길이 그녀의 운명을 바꾸어놓았다. 그의 이름은 르케팅가, 마사이 전사 다. 그녀는 과감히 애인을 떠나 무작정 르케팅가를 찾아 6개월 간 헤맨 끝에 그를 찾아 케냐 오지의 마사이 부족으로 들어가 일부다처제에다 가 소의 생피를 마시는 마사이 방식으로 4년을 살았다. 현재는 르케팅 가와 헤어져 딸과 함께 스위스로 돌아가 베스트셀러 《하얀 마사이》를 펴낸 이후 인기 작가의 반열에 올라 있다. 소설을 원작으로 제작된 영 화 〈화이트 마사이〉(2005)에서는 부르키나파소 출생의 재키 이도라는 흑인 배우가 르케팅가 역을 맡았다. 영화에서의 이름은 리말리안, 코리 네는 카롤라로 이름이 바뀌었다. 르케팅가를 향한 코리네의 사랑은 초 월적이며 이상적인, 미친 사랑이다. 사랑이 생명을 잃지 않기 위해서는 인내가 필수이다. 코리네는 인내의 한계에 도달했다. 그 순간 사랑은 현실에서 저편으로 날아가버린다.

코리네와 르케팅가의 비현실적이며 초월적인 사랑과는 다른, 순수한 사랑을 나는 나이바샤에서 만났던 젊은 사공으로부터 느꼈다. 그는 사

＊ 킬리만자로 저편의 석양

＊ 사바나 평원 곳곳에 마련된 경비행장

공이자 호수 관광 안내자이다. 일종의 서비스 업종에 종사하는 그는 자애로운 눈매에 은근한 자부심을 가진 마사이족 젊은이였다. 그는 전혀 장식을 하지 않았고, 부드러운 영어를 구사했다. 그는 사공 일로 버는 돈으로 고향의 아내와 자식들을 부양하고 있었다. 그는 고향에 땅이 있으니 앞날에 대해 걱정하지 않는다고 여유롭게 대답했다. 아내에 대해 긴 말을 하지 않았으나 그의 목소리에 깃들어 있는 자애로움에서 사랑의 핵심 중 하나인 조화와 안정감을 느낄 수가 있었다.

케냐의 마사이족들 중에는 르케팅가도 있고, 교육받은 뱃사공도 있다. 마사이 마라 사파리 중에 오가던 길목에 마주치고는 했던 교복을 입은 마사이족 어린이들은 현재 마사이족의 현실을 대변하고 있었다. 마사이족은 탄자니아와 케냐에 널리 퍼져 살고 있는데, 영국의 제국주의적인 국경 분할로 두 나라로 나뉘어져 있다. 그들의 유목 생활의 터전인 탄자니아의 세렝게티와 케냐의 마사이 마라, 그리고 암보셀리 초원이 국립공원으로 지정되는 바람에 순전한 유목 생활을 영위하지 못한 채 도시로의 유입과 반유목적인 삶을 유지하고 있을 뿐이었다. 그들은 변화된 세계의 생존 법칙에 따라 자신들을 찾은 이방의 관광객들에게 다가가 끈질기게 창문을 두드리며 부족의 자랑이자 전통인 팔찌와 목걸이를 팔아 생계를 잇고 아이들을 교육하며 병을 치료하고 있는 것이었다.

♥

킬리만자로 산록인 암보셀리 국립공원으로 들어서기까지 입구에서

20여 분을 보내고 나서야 사파리 카는 거대한 먼지 꼬리를 일으키며 사바나 평원을 달렸다. 서쪽으로 해가 지고 있었다. 다급해진 나는 폴의 어깨를 두드리며 킬리만자로는 어디에 있는가 물었다. 날이 맑아 석양빛에 물든 만년설봉을 기대했다. 폴은 지는 해를 보라고 하더니, 이내 반대 방향을 가리켰다. 안개인지 구름인지 지평선 끝은 희뿌연 허공뿐 아무것도 보이지 않았다.

…비행기는 아루샤*로 가지 않고 왼쪽으로 돌았다. 분명 연료는 충분하다고 그는 생각했다. 내려다보니 체로 친 듯한 분홍색 구름이 지상에 가까운 공중에 떠돌고 있었다. 그것은 어디선지 모르게 불어오는 눈보라 속의 첫눈과 같았다. 이어 곧 그것은 남쪽에서 날아온 메뚜기 떼란 것을 알았다. 그러자 비행기는 상승하기 시작했고 동쪽으로 날고 있는 듯했다. 그리고는 어두워지더니 비행기는 폭풍우 속으로 들어갔는데 비가 억수같이 퍼부어 폭포 속을 나는 듯했다. 마침내 그곳을 빠져나오자 컴프튼은 고개를 돌려 싱긋 웃고서는 손가락으로 가리켰다. 전방에, 그의 눈에 들어온 것은, 전 세계만큼 넓고 거대하며 높은 그리고 햇빛을 받아 믿을 수 없으리만큼 새하얀 킬리만자로의 네모진 봉우리가 보였다. 그 순간, 그는 자기가 갈 데는 바로 저곳이라는 것을 알았다.

…어니스트 헤밍웨이, 〈킬리만자로의 눈〉

• • • • • • • • • • • • •

* 킬리만자로는 탄자니아와 케냐에 걸쳐 솟아 있으며, 암보셀리는 케냐 중심 캠프이고 아루샤는 탄자니아 쪽 캠프로 비행장이 있고, 거기에서는 산정 등반이 가능하다.

✽ 새벽, 암보셀리 키보 캠프 입구와 사파리카들

✽ 키보 캠프 전경

헤밍웨이의 소설 〈킬리만자로의 눈〉에는 주인공 해리가 평생 가슴에 품었던 눈 이야기들이 나온다. 불가리아 산마루에 쌓여 있던 눈, 가우 엘탈 높은 산지에서 일주일 동안 내리던 눈, 슈룬쯔에서 눈이 아프도록 너무나 환하게 반짝이던 눈, 마드레나 산장에 꼼짝없이 일주일 동안 갇 혀 바라보던 눈보라……. 그리고 마침내는 해리가 죽음에 도달하면서 맞이하는 지상의 마지막 환영幻影, 그것은 적도 부근의 영봉靈峰, 거대 한 킬리만자로 산정에 신비롭게 빛나는 흰 눈의 영상이었다.

과연 해리는 킬리만자로의 '저곳'으로 갔을까. 그의 영상은 이 지점 에서 멈추고, 소설은 끝이 난다. 소설에서 해리가 탄 경비행기와 그것 을 조종하는 컴프튼은 실제가 아닌 그를 죽음으로 인도하는 환각이다. 이 소설의 백미를 꼽으라면 나는 주저하지 않고 이 부분을 지적하곤 한 다. 주인공이 죽음의 경계를 넘어가는 순간을 마치 다른 장면으로 시선 을 돌리게 하듯 감쪽같이 '속이는' 작가의 기술에 나는 매번 속아 넘어 간다. 그래서 매번 소설이 끝나는 동시에 처음으로 돌아가곤 한다. 해 리가 생의 저편으로 넘어가는 대목과 마찬가지로 눈 속에 얼어붙은 표 범의 정체를 묻는 이 소설의 서두는 20세기에 씌어진 수많은 소설들 가 운데 가장 인상적인 대목 중 하나로 꼽힌다.

…킬리만자로는 높이 5,895미터의 눈 덮인 산으로 아프리카 대륙의 최 고봉이라 한다. 그 서쪽 봉우리는 마사이 어語로 느가예 느가이에(신의 집)라고 불린다. 이 서쪽 봉우리 가까이 말라 얼어버린 표범의 시체가 있 다. 이처럼 높은 곳에서 표범은 대체 무엇을 찾고 있었는지 설명해 주는

이는 아무도 없다.

...어니스트 헤밍웨이, 〈킬리만자로의 눈〉

이 작품은 낚시광이자 사냥광인 헤밍웨이가 1935년 아프리카로 수렵 여행을 떠났다가 암보셀리 캠프에서 쓴 뒤 이듬해 발표한 작품이다. 주인공 해리는 헤밍웨이의 다른 소설 속 주인공들과 다름없이 작가의 분신으로 통한다. 집필 당시 헤밍웨이의 나이는 47세. 소설의 주인공은 달콤한 사랑의 밀어로 여자들을 꾀어 인생을 진탕 소비한 중년의 소설가. 실제 헤밍웨이는 세기의 미인들과 사랑을 했고, 네 번 결혼했으며, 전쟁과 경비행기 사고 후유증으로 급격하게 건강 악화에 시달리자 62세에 자살로 생을 마감했다. 헤밍웨이는 카람바, 테킬라, 테킬라처럼 전형적인 남성 우월주의자*로 평가받고 있는데, 당시 그의 소설 동업자였던 버지니아 울프는 이러한 평가를 대변하기라도 하듯 '용감하고, 대담하다'고 평하면서도 '지나치게 남성적으로 행동한다'고 꼬집기도 했다.

소설 〈킬리만자로의 눈〉에서 주인공 해리는 다리가 썩어가는 패혈증으로 킬리만자로 산록에서 결국 죽음을 맞는데, 그의 죽음을 부른 패혈증이란 사실 사소한 실수에서 비롯된 것이다. 어느 날 사파리를 나갔던 그가 풀숲의 영양을 사진에 담기 위해 살금살금 다가가다가 넘어져 가시에 찔린 것이, 상처를 제때 소독하지 않아 걸린 병이다. 모험가이자

. . . .

* 요아힘 숄, 《현대소설》, 박영구 옮김, 해냄 참고

＊ 암보셀리 사바나 평원을 달리는 사파리 카

화려한 여성 편력을 자랑하는 소설가 해리가 킬리만자로까지 온 것은 그가 지난날을 돌아보기에 과거 그곳에서의 추억이 가장 행복했기 때문이고, 결정적으로 그곳에서야말로 그가 평생 쓰려고 벼르고, 아껴두었던 이야기들을 소설로 쓰기 위해서였다.

…쓸 것은 많았다. 그는 세상의 변천을 보아왔다. 사건뿐만이 아니다. 사건도 많이 보아왔고, 사람도 관찰해왔지만, 그보다도 미묘한 변화를 보아왔다. 그리고 시대의 변천에 따라 인간이 어떻게 변해진다는 것을 회상할 수 있다. 그는 변천하는 세상에서 살아왔고 그것을 관찰해왔으므로 거기에 대해 쓰는 것이 그의 의무이기도 했다.

…어니스트 헤밍웨이, 〈킬리만자로의 눈〉

♣

아프리카 최고봉인 킬리만자로는 스와힐리어로는 '빛나는 산'을 뜻한다. 야생동물들의 천국인 초원의 이 '위대한 산'이 유럽에 알려지기 시작한 것은 1848년. 그러나 사람들은 적도 부근에 어마어마한 만년설봉이 존재한다는 사실을 믿지 못하다가 독일의 지리학자 한스 마이어가 1889년 최초로 킬리만자로의 정상에 오르면서 확인된 것으로 전해진다. 적도에 우뚝 솟은 눈부신 빙산의 실체를 등산계와 지리학계를 벗어나 전세계인에게 널리 알린 것은 단연 헤밍웨이의 소설 〈킬리만자로의 표범〉이다. 이 소설 덕분에 이제는 아무도 적도상의 만년설봉을 의심하는 사람은 없다. 소설에서 발전하여 우리는 조용필 덕분에 헤밍웨이의 걸작 〈킬리만자로의 눈〉과 나란히 대중가요 〈킬리만자로의 표범〉을 애창할 정도다.

> ...먹이를 찾아 산기슭을 어슬렁거리는 하이에나를 본 일이 있는가?
>
> 짐승의 썩은 고기만을 찾아다니는 산기슭의 하이에나
>
> 나는 하이에나가 아니라 표범이고 싶다.
>
> 산정 높이 올라가 굶어서 얼어 죽는 눈 덮인 킬리만자로의 그 표범이고 싶다.
>
> ...〈킬리만자로의 표범〉, 양인자 작사, 조용필 노래

소설이거나 노래거나 킬리만자로의 눈과 표범을 아는 사람은 모두 한 가지 의문에 집중된다. 표범이 왜 눈 덮인 킬리만자로의 정상을 꿈꾸었을까. 본능적으로 그것은 가능한 것인가. 소설가는, 어떤 경우, 그 어떤 혁명가보다 세상을 변화시키는 막강한 힘을 발휘하기도 한다. 빅토르 위고의 걸작 〈파리의 노트르담〉의 폭발적인 성공은 방치되다시피 한 노트르담 대성당의 증축을 불러와 역사를 다시 쓰게 한 것으로 유명하다. 헤밍웨이의 〈킬리만자로의 눈〉의 경우도 같은 맥락으로 짚어볼 수 있다. 그런데 안타깝게도 소설의 중요한 상징인 킬리만자로의 만년설이 생태계 파괴로 인한 지구온난화로 녹고 있다는 비보가 들린다. 짧게는 2015년, 길게는 2050년에는 정상에서 눈이 모두 사라질 것이라는 우울한 소식이다. 그러면 미라 상태로 얼어붙은 표범은 어떻게 될까.

＊암보셀리 평원에서 사파리 게임 드라이브 중에 만난 야생동물들
  – 얼룩말과 누. 아침에 사냥에 나선 사자, 사자의 출현에 전속력으로 달리는 누 떼,
    사자의 뒤를 따라가는 하이에나 그리고 초원 위의 늙은 누

* 암보셀리 인콩그 습지 전망대
* 암보셀리의 하트 모양 습지

2008년 8월 8일 목요일. 홍시보다 붉게 초원 너머로 사라졌던 어제의 석양은 밤사이 무슨 일이 있었는지 아침의 해로 끝내 다시 떠오르지 않았다. 일행 중 몇몇은 일출과 함께 사파리 게임 드라이브를 경험하러 새벽부터 캠프를 떠났고, 나는 희뿌옇게 밝아오는 하늘을 바라보며 재만 남은 모닥불 가를 배회했다. 지난밤 마사이 마라에서와 같이 마사이족 소년들이 피어오르는 모닥불 앞에서 사냥 의식을 재연했었다. 선홍색 물감을 이마에서 콧등으로 내려 긋고, 긴 막대기로 힘껏 땅에 꽂으며 펄쩍펄쩍 뛰어오를 때마다 검은 하늘에 다이아몬드처럼 박혀 있던 별들이 우르르 떨어져 내릴 것만 같았다. 그 많은 별들이 어둠 속에 반짝였다면, 어둠이 걷히면 이글이글 핏덩이 같은 태양이 솟아야 했는데, 어찌된 자연인지 킬리만자로 쪽의 하늘은 두터운 안개 휘장에 가린 듯 막막하기만 했다. 어제 석양 무렵, 찰나적으로 보았던 설봉으로 만족해야 하는가.

폴은 아쉬워하는 나를 돌아보며 위로하듯, 이곳에 오는 사람 중에 킬리만자로를 보는 사람은 많지 않다며 희미하게나마 모습을 본 것은 행운이라고 말했다. 그때까지만 해도 나는 내일의 태양을 믿어 의심치 않았고, 눈부신 태양 아래 웅장하게 드러낼 킬리만자로의 실체를 기대했다. 그런데 무슨 조홧속인지 아무리 기다려도 아침의 안개는 걷히지 않았고 어제 지평선 멀리 사라진 태양은 내 눈앞에 다시 떠오르지 않았다. 아쉬운 마음을 누르지 못한 채 암보셀리 사파리 게임 드라이브에 나섰다.

폴에 의하면, 킬리만자로 산록의 암보셀리 국립공원은 일곱 개 지대로 이루어져 있다. 가장 넓은 사바나 평원 지대와 아카시아 숲 지대, 용암 지대, 늪 지대, 초지, 암보셀리 호수 지대, 올도이뇨오로크 경사지가 그것이다. 지명인 암보셀리는 마사이 부족어로 늪 또는 호수를 의미한다. 차는 드넓은 평원을 달려 지평선 끝 작은 언덕을 향해 달렸다. 암보셀리 전망대였다. 과연 그곳에 오르니 평원이 한눈에 들어왔다. 전망대로 오르는 계단에는 인콩그 습지라는 푯말들이 세워져 있었는데, 경사지 아래 초지와 늪 지대를 이루는 물은 킬리만자로 산정의 눈이 녹아내린 것임을 알리고 있었다. 발아래 구르는 불그스름하고 거뭇한 돌들은 모두 구멍 뚫린 화산석. 몇 개를 주워 새알처럼 손에 쥐어보았다. 구름 속에 산도 킬리만자로도 숨었어도 손 안에 열기가 전해지는 듯했다. 킬리만자로 방향으로 가슴을 활짝 펴고 섰다. 언젠가는 오직 그곳을 목적으로, 5,985미터 우후루 산정에 깃발을 꽂기 위해 다시 이 땅을 밟으리라 마음을 다졌다.

♥

킬리만자로 대신 암보셀리 사파리 게임 드라이브에 나섰다가 때마침 아침 사냥에 나선 사자 한 쌍과 마주쳤다. 사자의 출현과 함께 드넓은 사바나 평원이 일시에 숨죽인 듯 고요해졌다. 멀리 떼를 지어 풀을 뜯고 있던 누들은 전기에 감전된 듯 그 자리에 꼼짝 없이 얼어붙었고, 사방으로 긴장감이 감돌았다. 암사자가 사파리 차들이 낸 자갈길을 우아하고도 격조 있는 걸음걸이로 건너자 수사자가 어슬렁거리며 그 뒤를 따랐다. 신기한 것은 멀리 땅 속에 붙박여 있듯 꼼짝 않던 누 떼들 중 두 마리가 무리로부터 떨어져 나와 파수병처럼 왼쪽과 오른쪽을 지키고 있는 광경이었다. 정지되어 있는 누 떼들과 어슬렁거리며 이른 아침의 정적을 깨는 사자들의 산책. 사자의 한 걸음 한 걸음마다 일격의 결정적 순간 탐색이 배어 있었고, 두 마리의 누 역시 사자의 원초적 리듬에 신경을 집중하고 있었다.

동족들을 살리고자 희생타로 나선 두 마리의 누는 초원에서 나고 자라 늙어 결국은 사자의 밥이 되었다가, 대머리독수리에게 깨끗이 살이 발린 뒤 새하얀 뼈의 형해로 바람 부는 초원 위에 남을 것이었다. 지난 며칠 간 사파리에서 본 누의 형해들이 그들, 두 마리 파수꾼의 내일을 가르쳐주었다. 어떤 신호가 있었던지 누 떼들이 전속력으로 달리기 시작했다. 사자에게 눈을 돌리자 눈 깜짝할 사이 누 떼와 간격을 좁히고 있었다. 한바탕 회오리가 지나간 초원 위로 못생긴 짐승 하나가 주위를 살피며 나타났다. 대머리독수리와 함께 초원의 시체 처리반 하이에나였다.

마사이 마라에서 또 암보셀리에서 사파리 여행의 정식 명칭은 사파리 게임 드라이브. 세계 각지에서 사파리 여행을 온 사람들이 8인승 사파리 전용차를 타고 야생동물들을 찾아 사바나 평원을 누비지만 누구나 사자와 표범을 만나는 것은 아니다. 내가 그날 아침 마주친 야생동

✽ 일몰의 킬리만자로, 케냐

물의 살벌한 먹이사슬 현장은 말 그대로 게임의 일종, 차를 타고 그 현장을 찾아다니는 숨바꼭질 놀이와 같았다. 한 마리의 야생 사자가 발견되면 사방에 흩어져 달리던 사파리 차들이 순식간에 달려와 집결했다. 사자거나 치타거나 사시사철 찾아오는 이방인들에게 익숙해 어느덧 자태를 뽐내며 호기심 가득한 인간들의 시선을 즐기는 듯했다. 그들의 포즈에 카메라 앵글을 맞추면서도 그다지 신기하거나 즐겁지만은 않았다. 정작 내 마음은 다른 데 가 있었다. 한바탕 회오리가 일어나고 있는 곳에서는 사자에게 잡힌 누가 피를 흘리고 있을 것이다. 그 너머 하늘과 초원이 나누어지는 틈새로 한 줄기 빛이 새어나오고 있었다. 초원은 이내 평정을 되찾았다. 하늘이 열리고 초원의 빛이 밝아질수록 킬리만자로의 설봉은 선명히 드러날 것이다. 하얗게 빛나는 영봉 아래 누의 형해는 날로 흙이 되고 마침내는 공기와 바람, 초원의 일부가 되어갈 것이다.

그날 오후 나는 한 마리 누의 영상을 마지막으로 킬리만자로 산록을 떠났다. 생애 최고의 소설을 쓰기 위해 도달했던 아프리카 고원에서 킬리만자로의 만년설을 마지막 장면으로 눈에 담고 죽어가는 주인공 해리의 독백적인 회고를 가슴에 묻은 채……

…죽음은 그에게로 다가오고 있었다. 그러나 그것은 형상을 가지고 있지 않았다. 다만 공간을 차지하고 있었을 뿐이었다.

…어니스트 헤밍웨이, 〈킬리만자로의 눈〉

석양빛에 더욱 선연한 핑크빛을 발하며 호반 가를 붉게 물들였던 수백만 마리 홍학 떼의 나쿠르 호수, 모차르트의 클라리넷 선율이 귓가에 들려올 것처럼 고요하고 평온하기 그지없던 〈아웃 오브 아프리카〉의 무대 나이바샤 호수와 산야, 거대한 회오리를 일으키며 사자에 쫓겨 전력 질주하던 암보셀리의 누 떼들, 그리고 지는 석양빛에 환각인 양 모습을 드러내보이던 킬리만자로의 희미하나 빛나는 실루엣. 지난해 여름 나에게 야생의 자연을 보여주었던 케냐는 2008년 1월 현재 부족 간 내전으로 생지옥으로 변했다.* 하루 빨리 평화와 안정을 찾고 인간과 자연의 아름다운 세상을 지켜가기를 바랄 뿐이다.

• • • • • • • • • • • • •

* 2007년 12월 27일에 치러진 대통령 선거 결과로 촉발된 케냐 사태는 키쿠유족 출신의 음와이 키바키 대통령이 재선을 선포하자, 야당인 오렌지민주운동의 루오족 출신의 라일라 오딩가가 부정선거로 규정하면서 촉발되었다. 반정부 폭력 시위와 함께 두 부족 간의 해묵은 갈등이 유혈 참극으로 번져 부족 간 보복전이 계속되면서 수도 나이로비를 비롯한 인근 빈민 구역 키베라, 세계적인 휴양지 나쿠르, 나이바샤 등지가 생지옥으로 변했다.

2

소설의
황홀,
황홀의
소설

더없는 행복 그리고 인생

🖋 캐서린 맨스필드, 《가든파티》

뉴질랜드 출신의 여성 작가 캐서린 맨스필드는 100년 전 이렇게 말했다. "내가 쓰는 모든 것, 나의 존재인 모든 것이 바다의 가장자리에 놓여 있다. 그것은 일종의 놀이다."

글쓰기를 일종의 놀이로 삼고 생을 바쳤던 작가들이 있다. 그들은 길지 않은 생을 살았고, 그동안 짧고 굵은 작품들을 남겼다. 한국의 이상李箱(1920~37)이 그랬고, 영국의 에밀리 브론테(1818~48)가 그랬고, 뉴질랜드의 캐서린 맨스필드(1888~1923)가 그랬다. 그들은 서른 살 전후에 요절했다. 스물일곱 살의 모던 보이 이상은 도쿄 한복판에 있는 도쿄대 부속병원에서 한 조각의 멜론을 먹고 싶다고 외치며 죽어갔고, 에밀리 브론테는 태어나 자란 워더링 하이츠의 교회 목사관 2층 침실에서 생애 단 한 편의 소설을 남기고 눈을 감았고, 남태평양의 섬 출신 캐서린 맨스필드는 '거리를 배회하다 온 사향고양이'의 불온하고도 매혹적인 '열정과 공명'을 영국 문단에 던진 채 프랑스의 퐁텐블로에서 숨을 거뒀다.

이상, 에밀리 브론테, 캐서린 맨스필드의 목숨을 앗아간 것은 공교롭게도 모두 폐결핵 균이었다. 19세기에서부터 20세기 초까지 천재 문인의 상징은 창백한 안색에 요절이라는 공동 분모를 거느리고 있는데 수잔 손택은 이 점을 놓치지 않고 '은유로서의 질병Illness as Metaphor'이라는 날카로운 비평을 쓰기도 했다. 수잔 손택에 의하면, 20세기 초까지 작품 속 주인공의 죽음은 폐결핵이 낭만적인 은유로 작용했고, 이후에는 암과 에이즈가 그 자리를 대신하고 있다. 수잔 손택이 작품의 주인공에게 내려진 결핵을 빠른 속도로 삶을 진행시키는 낭만적인 질병으로 간주한 것과는 달리 이상, 에밀리 브론테, 캐서린 맨스필드와 같은 요절 작가에게 찾아온 질병은 변방의 병적인 외로움과 광기를 거느리고 있다. 단 한 편의 소설을 쓰고 서른 살에 생을 마감한 에밀리 브론테의 《폭풍의 언덕》에 울려 퍼진 황야의 울부짖음이 그것을 말해준다.

…워더링 하이츠란 히스 클리프씨의 집 이름이다. '워더링'이란 이 지방에서 쓰는 함축성 있는 형용사로, 폭풍이 불면 위치상 정면으로 바람을 받아야 하는 이 집의 혼란한 대기를 표현하는 말이다. 정말 이 집 사람들은 줄곧 그 꼭대기에서 일 년 내내 그 맑고 상쾌한 바람을 쐬고 있을 것이다. 집 옆으로 제대로 자라지 못한 전나무 몇 그루가 지나치게 기울어진 것이다. 태양으로부터 자비를 갈망하듯이 모두 한쪽으로만 가지를 뻗고 늘어선 앙상한 가시나무를 보아도 등성이를 넘어 불어오는 북풍이 얼마나 거센지 짐작할 수 있으리라.

…에밀리 브론테, 《폭풍의 언덕》

조금이라도 햇볕을 더 받겠다는 듯 가지란 가지가 한 곳으로 뻗은 형상은 뉴질랜드에서 영국으로 옮겨온 캐서린 맨스필드의 소설 쓰기를 연상시킨다. 그녀는 주류 사회로의 편입에 필사적이었고, 그것은 소설 쓰기로 표출되었다. 그런 그녀에 대해 끌리면서도 견제했던 버지니아 울프는 맨스필드에 대해 '거리를 배회하다 온 사향고양이 냄새를 풍긴다'고 전했고, 처음에는 평범한 모습과 세련되지 않은 싸구려 말들에 충격을 받았지만, 결국 '대단히 지성적이고 난해한 모습'의 친구로 우정을 표했다.

울프가 주로 의식의 흐름 기법의 장편소설의 형식에 주력했다면, 맨스필드는 단편소설의 형식을 집중적으로 실험했다. 20세기 초 유럽에서 새로운 문학을 표방한 모더니즘 소설가들, 버지니아 울프나 제임스 조이스가 장편소설 작가라는 점을 환기하면, 19세기 대표적인 단편 작가인 안톤 체호프나 알퐁스 도데, 기 드 모파상의 정교한 소설(콩트) 세계와는 차별화된 새로운 형식의 단편 장르의 창출이라는 캐서린 맨스필드의 역할은 독보적이라고 할 수 있다. 제임스 조이스가 자신의 유일한 단편집 《더블린 사람들》에서 오로지 더블린과 더블린 사람들을 등장시킨다면, 캐서린 맨스필드는 《가든파티》에 수록된 열다섯 편의 단편들 중 대부분의 작품 속에 태생지 뉴질랜드의 항구와 만과 거리와 정원들을 생생하게 담고 있다.

...아주 이른 아침이었다. 태양은 아직 떠오르지 않았고, 하얀 바다 안개에 크레센트 만이 완전히 사라지고, 뒤쪽의 나무숲으로 뒤덮인 큰 언덕

들마저 숨 막힐 듯 가려졌다. 언덕이 어디에서 끝나고 방목장과 방갈로가 어디에서 시작되는지 확인할 길이 없었다. 모랫길과 맞은편의 방목장과 방갈로도 사라졌다. 그 너머의 불그스레한 풀로 뒤덮인 하얀 모래언덕도 보이지 않았다.

(중략) 이슬이 이미 무겁게 내려앉아 풀이 파랗게 변했다. 수풀에는 큼지막한 이슬방울들이 바닥에 떨어지지 않고 그대로 걸려 있었다. 은빛 솜털 같은 토이 토이의 긴 가지가 축 처지고, 방갈로 정원의 금잔화와 패랭이꽃은 이슬을 머금고 고개를 푹 숙였다.

(중략) 마치 어둠 속에서 바다가 부드럽게 몰려오고 거대한 파도가 물결치고 또 물결치는 듯했다. 어디까지 온 것일까? 한밤중에 깨어났다면 커다란 물고기 한 마리가 창가에서 퍼덕이다가 돌아가는 모습을 볼 수 있었을지도 모른다……

…캐서린 맨스필드, 〈만灣에서〉

〈만에서〉라는 이 작품은 캐서린 맨스필드가 죽기 1년 전인 1922년에 출간한 《가든파티와 그 밖의 소설들》에 수록된 단편이다. 웰링턴 외곽의 작은 해변 마을 카로리를 배경으로 한 작품으로, 작가가 네 살 때 살았던 공간이다. 작가가 직접적으로 소설의 무대로 뉴질랜드를 언급하지는 않았지만, 식민지 정착자들의 용어인 '미개간지', '방갈로'를 통해 영국의 식민지로 짐작할 수 있다. 이번에 새롭게 출간된 《가든파티》의 서문을 쓴 맨스필드 연구자 로나 세이지에 따르면, 작가는 말년에 '발견되지 않은 우리나라가 구세계의 눈으로 뛰어 들어가게 만들고' 싶고,

'그것은 틀림없이 신비로울 것이고, 숨을 들이마셔야 한다'고 말했다.

...어쨌거나 날씨는 더할 나위 없었다. 가든파티를 위해 특별히 날씨를 주문했다 해도 그보다 완벽한 날은 없었을 것이다. 바람도 불지 않고 따사로운 데다가 하늘에는 구름 한 점 없었다. 초여름이면 가끔씩 그렇듯 하늘에 밝은 금색의 아지랑이가 약간 드리워져 있을 뿐이었다. 정원사가 새벽부터 잔디를 깎고 말끔히 치운 덕에 잔디는 물론이고 예전에 데이지가 둥글납작하게 자랐던 자리까지 반짝거리는 것 같았다. 장미에 대해 말하자면, 다들 가든파티에서 손님들을 감동시킬 꽃은 장미뿐이라고 여기는 모양이었다. 수백 송이, 문자 그대로 수백 송이가 하룻밤 사이에 만개했다.

...캐서린 맨스필드, 〈가든파티〉

캐서린 맨스필드는 뉴질랜드 웰링턴에서 자수성가한 은행가의 딸로 자랐다. 열여섯 살에 영국 런던의 사립 명문 퀸스 칼리지에 유학했고, 열아홉 살에 학업을 마치고 뉴질랜드로 돌아갔지만, 곧 영국으로 돌아온다. 유학 시절 문학과 예술에 심취한 그녀는 예전의 뉴질랜드 소녀로 살 수 없게 된 것이다. 다섯 남매의 둘째 딸이었던 맨스필드는 어린 시절부터 자아와 세계에 대한 범상치 않은 감수성을 표출했고, 그러한 기질은 단편 〈가든파티〉의 주인공 로라에 투영되어 있다. 위에서 묘사한 대로 가든파티는 날씨마저 주문한 것처럼 완벽하게 좋아 예정대로 저녁이 되면 손님들을 맞을 것이었다. 로라는 완벽한 파티를 위해 정원을 꾸미는 인부들 사이를 친밀하게 오가며 노동의 신선한 에너지를 좋게 느끼는가 하면, 어머니를 비롯한 가족들의 이기적인 부르주아적인 태도에 혼란을 겪기도 한다. 가든파티가 열리기 직전, 인부들을 통해 뜻밖의 소식에 접하게 되는데, 저택이 서 있는 언덕 입구 빈촌에서 젊은 남자가 죽었다는 것이다. 로라는 자신들과는 아무 상관없는 남자의 죽음이지만, 가든파티를 여는 것은 문제가 있다고 생각하고 어머니와 가족들에게 생각을 전한다. 그러나 오빠 로리만 제외하고, 모두 가든파티와 죽음과는 별개의 문제라고 생각하고 예정대로 파티를 연다.

파티는 성대하게 끝이 나고, 음식은 넘쳐 나 있다. 로라를 의식한 어머니가 남은 음식을 바구니에 챙겨 초상집에 위로차 가져다 주라고 한다. 평소 병균이라도 옮을까 자식들에게 빈촌에는 얼씬도 하지 못하게 한 어머니이다. 로라는 두려운 마음으로 어머니가 안겨준 음식 바구니를 들고 죽은 남자의 집을 방문하고, 죽은 남자의 아내를 만나고, 죽은 남자의 시신을 본다. 그리고 돌아오는 길 골목 모퉁이에서 오빠 로리와 마주치는데, 작가는 이 마지막 남매의 대사를 위해 소설을 쓴 것처럼 형언할 수 없는 여운을 남긴다.

…"……아, 로리 오빠!"

로라가 그의 팔을 잡으며 몸을 기댔다.

"우는 건 아니지?"

오빠가 물었다.

로라가 고개를 저었다. 그녀는 울고 있었다.

(중략)

"무서웠어?"

"아니."

로라가 흐느꼈다.

(중략)

"인생이, 인생이……."

그녀가 더듬었다. 하지만 인생이 어떤 것인지 설명할 수 없었다. 그래도 상관없었다. 로리는 무슨 뜻인지 이해했다.

"정말, 그렇지?"

로리가 말했다.

…캐서린 맨스필드, 〈가든파티〉

캐서린 맨스필드라는 이름을 현대소설사에 각인시킨 그녀의 대표작은 1921년에 출간한 《행복과 그 밖의 소설들》에 수록된 〈행복〉이라는 단편이다. 1917년 폐결핵에 걸린 뒤 유럽의 각지를 전전하며 소설을 써온 그녀에게 1921년과 1922년은 마치 〈행복〉에서 신비롭게 형상화한, 달빛이 흐르는 정원에 만개한 벚꽃의 형상처럼 단편들이 폭발한 시기이다.

〈행복〉의 여주인공 버더 영은 부유하고 성실한 남편과 사랑스러운 아기, 그리고 멋진 배나무가 있는 정원이 있는 집에서 살고 있는 서른 살 즈음의 여자. 세상에 더 바랄 것이 없는, 더할 수 없는 행복감에 들떠 있는 그녀는 행복감 뒤에 뒤따르는 알 수 없는 불안감을 떨치며 저녁 파티를 준비한다. 그녀가 초대한 사람들은 평소 가깝게 지내던 시인과 노부부, 그리고 동성이지만 왠지 끌리는 펄 휠튼 양이다. 한 가지 마음에 걸리는 것은 은발의 매력적인 펄 휠튼 양에 대한 남편의 냉소적이고 신랄한 태도이다. 그녀는 차차 남편이 휠튼 양의 매력을 알게 되리라 대수롭지 않게 생각한다. 신비로운 정원, 달빛은 만개한 배나무를 비추고, 파티는 끝이 난다. 초대자들이 하나둘 떠나고 마지막으로 시인과 펄 휠튼이 떠날 차례. 평소와 달리 남편이 휠튼을 배웅하겠다고 나선다. 그녀는 마지막 남은 시인과 마지막 인사를 하기 위해 거실로 돌아오면서 무심코 현관에서 배웅중인 남편과 펄 휠튼을 바라보는데, 둘 사이에 흐르는 이상한 기류와 몸짓에 그 자리에 얼어붙는다. 그토록 경멸했던 휠튼 양을 남편은 뜨겁게 포옹하고 있었고, 그녀의 입술은 내일의 사랑을 기약하고 있었던 것이다.

맨스필드가 우리에게 내놓은 '행복'이란, 만개한 꽃은 시드는 수순에 들어간다는, 꽉 찬 보름달은 이울어지는 흐름을 따를 수밖에 없다는, 깨닫고 싶지 않은 진실의 역설적 표현이다. 그것은 인생의 다른 얼굴이기도 하다.

환상으로 떠나는 파리 여행

✍ 이탈로 칼비노 편, 《세계의 환상 소설》

파리 동쪽 페르 라셰즈 공동묘지에 가면, 발자크에서 짐 모리슨까지 세계 예술사에 빛나는 문인과 예술가 들을 만날 수 있다. 이곳 말고 파리에는 두 곳의 대형 묘지가 도심에 자리 잡고 있다. 센 강 남쪽 몽파르나스 지역 한복판에 푸른 공원처럼 펼쳐져 있는 몽파르나스 공동묘지에는 사르트르와 보들레르, 모파상 등이 묻혀 있고, 센 강 북쪽 몽마르트르 언덕의 서쪽 경사면의 몽마르트르 공동묘지에는 스탕달을 비롯하여 음악가 베를리오즈, 영화감독 프랑수아 트뤼포 그리고 독일 시인 하이네 등이 묻혀 있다. 파리에 가면 몽파르나스 묘지에 산책 삼아 가서 사르트르와 보부아르, 모파상의 묘지 앞 벤치에 앉아 있다 오곤 했다. 그런데 지난 7월 파리 행 비행기를 탈 때부터 페르 라셰즈 묘지를 생각했고, 열흘 넘게 《적과 흑》의 무대들을 돌아보고 파리로 돌아온 다음날 오후 지하철 2번 선을 탔다.

페르 라셰즈 역에서 내려 묘원으로 들어가 짐 모리슨과 에디트 피아프의 묘지를 둘러본 뒤, 그 즈음 프랑스 전역을 강타하고 있던 미국 영화 〈인셉션〉의 배경음악으로 되풀이되어 흘러나오던 그녀의 〈아니, 난

* 길 하나 사이에 마주 보고 있는 네르발 묘와 발자크 묘, 페르라셰즈 공동묘지, 파리

후회하지 않아〉를 흥얼거리며 언덕길을 걸어 내려갔다. 두 사람을 만나기 위해서였다. 19세기 총체소설 《인간 희극》의 작가 오노레 드 발자크와 역시 19세기 신비로운 시와 소설을 쓴 낭만주의 시인 제라르 드 네르발. 둘은 길을 사이에 두고 마주 보고 있었다. 역사가를 자처하며 19세기 유럽의 풍속사를 소설로 기록하고자 했던 야심가 발자크는 장편 《잃어버린 환상》에서 뤼시앙이라는 기자와 루스토라는 비평가를 등장시켜 꿈과 현실 사이에 놓인 괴리와 절망을 '환상'의 상실로 포착해 그려내면서 100편에 가까운 단편과 중편, 장편으로 구성된 《인간 희극》의 대미를 장식한다. 이때, 발자크가 제목으로 삼은 '환상'이라는 용어는 다양한 차원에서 새삼 주목을 요한다.

소설을 지칭하는 용어는 그것에 대한 오랜 전통을 가진 나라마다 조금씩 다르다. 픽션fiction 또는 로망roman 또는 노블novel이 그것이다. 허구라는 의미의 픽션은 환상의 동의어로 통한다. 이때의 환상은 현실에 존재하지 않거나(비현실), 현실을 넘어선 어떤 것(초현실)을 뜻하는 판타지fantasy가 아니다. 환영幻影 또는 헛것을 의미하는 환상illusion이다. 환상이 낳은 병이라는 '보바리즘'의 출처인 플로베르의 장편소설 《마담 보바리》의 여주인공 엠마 보바리에서 알리바이를 찾을 수 있다. 소녀 시절 삼류 소설에서 읽은 파리 상류 귀부인들의 삶을 좇느라 욕망의 노예가 되어 파멸해간 가련한 여자의 삶이 소설의 내용이다. 이탈로 칼비노가 말하고 있는 '환상'은 엠마가 사로잡힌 그것과 종류가 다르다. 이탈로 칼비노가 《세계의 환상 소설》로 독자들에게 소개하고 있는 것은 모든 소설의 속성 중 하나인 환상이 아닌, 소설 세계를 이루는 다양한

층위 중 '하나의 장르로서의 환상'을 가리킨다.

이탈로 칼비노는 남미의 가브리엘 마르케스, 호르헤 보르헤스와 더불어 세계 3대 환상 소설의 대가로 불린다. 《세계의 환상 소설》은 이미 《보이지 않는 도시들》, 《나무 위의 남작》 등 이탈리아 특유의 환상 소설을 출간해 세계적으로 독자를 확보하고 있는 칼비노가 19세부터 20세기 초에 이르는 소설들에서 특유의 분류법으로 환상 소설들을 선별해 묶어 낸 것이다. 나는 그의 섬세하고도 예리한 안내를 따라가다가 살짝 샛길로 빠져 파리를 무대로 펼쳐지는 세 편의 소설과 또 다른 환상의 세계에 빠졌다. 제라르 드 네르발의 〈마법에 걸린 손〉과 오귀스트 드 비예르 드 릴라당의 〈진실보다 더 진실한〉, 그리고 기 드 모파상의 〈밤〉이 그것이다. 이탈로 칼비노는 환상 소설들을 두 가지로 분류한다. '보이는 것'과 '보이지 않는 것', 곧 '시각적인 환상'과 '일상적인 환상'. 그에 따르면, 네르발의 〈마법에 걸린 손〉은 전자의 경우에, 릴라당의 〈진실보다 더 진실한〉과 모파상의 〈밤〉은 후자의 경우에 해당된다. 파리를 무대로 삼고 있다는 공통점이 있지만, 이들이 실어 나르는 서사의 내용과 분위기는 사뭇 다르다.

우선, 네르발은 파리 센 강 한복판 도핀 광장과 광장 끝에 놓여 있는 퐁네프를 환상의 공간으로 제시한다. 낭만파 시인이자 작가인 네르발의 눈에 도핀 광장은 무리지어 웅장하게 지어진 17세기 건물들로 세상에서 가장 아름다운 광경 중 하나이고, '돌림띠와 귓돌로 중간중간 테를 두른 벽돌 건물의 정면을 바라보거나, 해 질 무렵 눈부신 햇빛으로 붉게 물든 높디높은 창문들을 볼 때면, 흰 담비 털이 달린 붉은 법복을

* 앙리 4세 기마상, 퐁네프 다리, 센 강, 파리

입은 판사들이 앉아 있는 법정에 서 있을 때와 똑같은 경외심'을 불러 일으킨다. 법복 입은 판사들이나 법정과 높은 창문들을 묘사하는 네르발의 문장을 해독하기 위해서는 이 광장의 일부를 최고재판소의 건물이 차지하고 있다는 사실을 인지할 필요가 있다. 그러니까 센 강 한복판에 떠 있는 두 개의 섬, 시테섬과 생루이 섬은 몇 개의 다리로 섬과 섬이 이어지고 강 좌안과 우안이 연결되는 형국이다. 이 시테 섬의 북쪽 끝에 퐁네프 다리가 놓여 있고, 다리는 도핀 광장을 통해 섬 내부로 이어진다.

네르발의 〈마법에 걸린 손〉에 등장하는 여러 무대 중 하나인 이 퐁네프는 앙리 4세 때 건설되어 그의 치세 기간 중 가장 중요한 기념비로 꼽힌다. 실제, 이 다리 한가운데에 앙리 4세 기마상이 늠름한 모습으로 도핀 광장을 향해 서 있다. 앙리 4세는 프랑스 역사상 정복과 치세에 밝은 왕으로 퐁네프의 건설을 주도한 인물. 당시 어마어마한 규모였던 이 신축 다리(퐁네프란 프랑스어로 신교新橋라는 뜻)는 오늘날 센 강에 놓인 크고 작은 다리들 중 가장 사랑을 많이 받는 구교舊橋이다. 이 다리가 완공되자 사람들은 흥분에 휩싸여 다리로 모여들었다. 〈마법의 손〉이 그려보이는 대로, 열두 아치로 센 강을 가로지르는 이 멋진 새 다리를 통해 수도의 세 구역이 더욱 긴밀하게 연결되는가 하면 수많은 파리 시민이 만나는 장소가 탄생된 것이다. 퐁네프는 이때부터 마술사, 연고 장수, 소매치기 들이 모이는 곳이 되었고, 군중이라는 이름의 무리가 이 다리를 통과해 파리의 수많은 거리와 광장들을 떠돌아다니게 된 것이다.

마치 몇 세기 전으로 시간 여행을 떠난 듯한 착각이 들 정도로 세밀하게 파리를 그리는 이 소설은 파리 센 강에 떠 있는 두 개의 섬 중 시테 섬의 명소 퐁네프 다리와 다리 중간과 접해 있는 도핀 광장을 무대로 외스타슈 부트루라는 재단사의 기이한 손 사건을 다룬다. 간략한 줄거리를 보면 이렇다.

군인과의 결투에 처한 재단사 부트루는 연금술사에게 마법을 청하고, 이 마법으로 군인을 처단한다. 하지만 곧 경찰에 쫓겨 도핀 광장의 고명한 판사를 찾아가게 되는데, 도움을 청하러 간 그의 의지와는 상관없이 마법에 걸린 손이 판사를 공격한다. 이에 그는 교수형을 받고 감옥에 갇히는데, 이때 집시가 재단사를 찾아와 손을 요구한다. 그런데 사형이 집행될 때 재단사로부터 분리된 손이 마법사를 향해 달아난다.

소설이 진행될수록 마치 현장에 있는 듯 생생해지는데, 다음 대목에서는 그만 눈을 질끈 감고 만다. "집행인은 욕을 하면서, 항상 옷 속에 가지고 다니는 큰 칼을 꺼내 악령 들린 팔을 두 번 쳤다. 놀랍게도 팔이 튀더니 피가 묻은 채 사람들 속으로 떨어져, 공포에 질린 사람들이 둘로 갈라졌다." 여기까지는 현장에 있는 사람이라면 누구나 눈으로 확인할 수 있는 장면. 그러나 다음 대목, 잘린 '팔' 토막에 달린 손의 행로는 이 소설이 추구하는 '환상'의 창조에 해당한다. "팔이 지나갈 수 있도록 사람들이 모두 피했기 때문에 팔은 곧 가야르 성의 작은 탑 밑에 도착했다. 여기서 손가락들이 게처럼 성벽의 돌출부와 갈라진 틈을 잡으며, 마법사가 기다리고 있는 창문까지 기어 올라갔다."

그 후 악령 들린 팔, 마법의 손 결국 어떻게 되었나? 이 단편소설이 19세기 낭만파 시인의 작품이라는 것을 환기할 필요가 있다. 20세기

＊ 파리 카타콩브 지하 묘지의 인골과 벽의 낙서

단편소설 양식으로 완성되기 전 형태이기에 작품은 후일담의 사족처럼 "이 사건은 오랜 시간 동안 기이하고 초자연적인 이야기에 목말라 있던 사교계나 서민들 사이에서 회자가 되었다"고 끝을 맺는다. 다양한 환상에 노출된 오늘의 독자들에게 이러한 결말은 급격하게 환상성이 소멸되는 감이 없지 않다.

칼비노가 이 작품에서 흥미롭게 포착한 시각적 환상이란 우리가 분명하게 볼 수 있는 '손'이 일으키는 마법을 '상상해보는 것'을 의미한다. 이와 달리, 일상적 환상의 세계는 매일 밤 파리를 산책하던 모파상의 경험으로부터 창조된 〈밤〉의 일단을 통해 만나볼 수 있다.

노르망디 시골 출신의 모파상은 불행한 유년기를 홀어머니와 에트르타라는 작은 포구에서 보낸 뒤, 루앙의 고등학교를 거쳐 파리로 진출한 작가이다. 〈밤〉이라는 소설의 첫 문장을 읽기 전에 염두에 두어야 할 점은 그가 평생 신경증을 앓았다는 사실이다. "나는 밤을 열렬히 사랑한다. 누가 조국이나 애인을 사랑하듯 나는 밤을 사랑하는데, 본능적이고 깊은 무적無敵의 사랑이다." 그는 널리 알려진 대로 귀스타브 플로베르의 제자로, 스승의 엄격한 지침에 따라 정교한 문장으로 일상적 삶의 단면들을 날카롭게 묘파해내어 세계 3대 단편 작가의 반열에 올랐다. 소설 미학으로 보면, 매우 철저하고 격조 높은 생활을 영위했을 것 같지만, 사실은 격정과 방랑으로 점철된 불안정한 삶이었다. 신경증에 시달리다 41세에 자살로 짧은 생을 마감한 그의 이력은 〈밤〉이 전하는 환상의 세계를 이해하는 데 중요한 실마리를 제공해준다. "나는 때로는 어두운 교외로, 때로는 파리 근교 숲으로 가서 걷는다. 그곳에서는 내

누이들인 동물들과 내 형제들인 밀렵자들이 배회하는 소리가 들린다. 우리가 격렬하게 사랑하는 사람은 항상 우리를 살해한다. 그렇지만 내게 벌어진 일을 어떻게 설명할 수 있을까?"

이탈로 칼비노는 이 소설을 최소한의 환상이 사용된 효과적인 예로 제시한다. 최소한의 환상을 '사용'한 것으로 평가하지만, 엄밀히 말하면, 신경증 환자로 매일매일 '헛것(환상)'과 싸우는 모파상에게는 자연스러운 '일상적 수준'이라고 할 수 있다. 그런 의미에서 모파상은 〈밤〉에서 악몽처럼 불현듯 찾아오는 일상의 공포를 다루고 있는 것처럼 보인다. 잡히지 않는 것, 설명할 수 없는 어떤 것을 언어로 표현해 하나의 길을 내고, 형상을 창조해내는 것이 소설(예술)의 본질 중 하나이다. 곧 일상적 환상이란 우리가 살면서 느닷없이 마주치는 설명할 수 없는 공포나 꿈을 꾸는 중에는 서서히 답답함이 가중되다가 결국 그 무게에 짓눌려 깨고 나면 분위기만 느껴지는 악몽의 세계와 유사하다. 모파상의 〈밤〉은 마지막까지 작가가 무슨 얘기를 하려고 하는지 갈피가 잡히지 않아 혼란스러워지는데, 작품을 내려놓는 순간, 그러니까 우리가 살아가면서 일상에서 마주치는 설명할 수 없는 답답함들을 환기하는 순간, 소설은 의외로 선명하게 우리에게 자국을 남기며 공명共鳴을 일으킨다.

＊센 강둑, 시테 섬, 파리

가족, 삶 뒤에 숨은 사랑

🌿 줌파 라히리, 《그저 좋은 사람》

비행기는 태양이 이동하는 방향을 따라갔다. 베를린 행 루프트한자가 이륙한 지 대여섯 시간 흘렀을까. 나는 이륙 직후부터 꺼내 읽던 인도계 미국 작가 줌파 라히리의 《그저 좋은 사람》을 잠시 무릎 위에 내려놓고, 기내 스크린의 에어쇼에 시선을 고정시켰다. 인천을 출발한 비행기는 빨간 꼬리를 늘이며 중국 대륙을 거쳐 유라시아로 진입하고 있었다. 떠나온 서울은 어둠에 깔려 있었고, 지금 앉아 있는 1만 미터 상공에서 일직선 아래에 위치한 인도는 태양빛이 가득했다. 나는 긴 역삼각형의 대륙을 둘러싸고 있는 지명들을 눈으로 읽었다. 뭄바이, 캘커타, 뱅골만……. 간간이 고질병인 멀미증이 일었다. 스크린의 인도 대륙을 응시하며 무릎 위의 소설책을 두 손으로 꼭 잡았다. 《그저 좋은 사람》에 수록된 단편 〈길들지 않은 땅〉의 주인공 루마를 생각했다. 그녀가 어린 시절 부모님을 따라 낯선 미국에 와 살면서 친족이 있는 인도를 다녀올 때 시달렸을 이방인의 멀미증을 살며시 눈을 감고 가늠해보았다. 그리고 가장이라는 짐을 두 어깨에 짊어지고 살았던 인도 출신의 사내, 그녀의 아버지가 느꼈을 이방인의 긴장감과 서글픔도 헤아려보았다.

...어떻게 가건 인도로 가는 길은 언제나 대장정이었다. 갈 때마다 느꼈던 스트레스가 아직 생생했다. 그 많은 짐을 싸서 공항으로 옮기고 서류를 빠짐없이 챙겨 몇천 킬로미터나 떨어진 곳으로 가족을 안전하게 이동시켜야 했다. 하지만 이 여행은 아내에겐 삶의 전부였다. 그리고 그건 그에게도 마찬가지였다. 적어도 그의 부모님이 돌아가시기 전까지는. 그래서 그들은 돈이 들어도, 아이들이 커가면서 싫어해도, 갈 때마다 슬프고 수치스러워도 인도에 갔다.

...줌파 라히리, 〈길들지 않은 땅〉

〈길들지 않은 땅〉의 주인공 루마는 서른여덟 살의 인도계 여자이다. 그녀의 부모는 인도 벵골 출신으로 장차 자식들의 더 나은 미래와 환경을 위해 고국을 떠난 이민자들이다. 그녀는 부모가 미국 북동부 뉴잉글랜드주에 정착하기 전 몇 년 동안 머물렀던 런던에서 태어났다. 그녀가 태어난 뒤 두 살 때 그녀의 부모는 미국으로 건너가 거기에서 남동생을 낳았고, 미합중국의 다국적 이민자들 중 인도계의 일원이 된다. 한국의 이민 부모들이 그렇듯이 그들은 남매의 교육에 헌신적이고, 남매 또한 부모의 기대에 부합하기 위해 자기가 가진 능력을 최대로 발휘하려고 애쓰며 성장한다. 루마는 아이비리그 입학에는 미치지 못하지만 성실한 모범생으로 자라고, 아들 로미는 프린스턴 대학에 입학해 부모의 자랑이 되지만 졸업 후 안정적인 직업을 갖기보다는 영화판에 들어가 세계를 떠돌아다닌다. 루마는 미국의 교육을 받으면서 인도에서 나고 자란 부모의 눈이 되어주고, 발이 되어준다. 남동생 로미는 누이보다 수

재지만 가족이라는 공동체적 의무감에서 벗어나 미국식으로 자유롭게 살고, 어쩔 수 없이 누이는 부모님에 대한 부채 의식을 껴안고 살아간다. 여기까지가 줌파 라히리의 〈길들지 않은 땅〉의 기본 줄거리이다.

총 여덟 편의 단편으로 구성된 소설집 《그저 좋은 사람》의 인물들은 이 네 사람, 인도 캘커타 출신인 부모와 런던(〈그저 좋은 사람〉) 또는 베를린(〈지옥 - 천국〉)에서 태어나 두 살 때 미국 뉴잉글랜드로 건너왔다는 딸 루마(또는 수드하), 그리고 미국에서 낳은 아들 로미(또는 라훌). 이 네 명의 인물들 중에 딸은 작가의 분신이라고 할 수 있으며 다른 단편들에서 다른 이름의 인물들로 등장한다. 〈길들지 않은 땅〉의 루마, 〈그저 좋은 사람〉의 수드하, 〈아무도 모르는 일〉의 생Sang, 〈뭍에 오르다〉의 헤마 등이 그들이다. 이 딸들, 그러니까 소설의 여성 화자들은 뉴잉글랜드와 런던, 로마와 시애틀, 뉴욕 브루클린 등으로 무대를 옮겨 가며 인도 벵골인 2세로 살면서 치러내야 했던 부모 세대의 삶의 내력과 새로운 정착지 삶의 풍경들을 세밀하고도 차분한 언어로 그려 보인다.

...웨일랜드는 충격이었다. 갑자기 미국의 교외에 갇혀 평생 외국인으로 살아야 할지도 모른다는 현실에 부딪힌 것이다.

(중략) 웨일랜드에서 그들은 누가 시키기라도 하듯 조심스럽게 뉴잉글랜드 지방(미국 북동부 지방을 일컫는 말로, 코네티컷, 로드아일랜드, 뉴햄프셔, 매사추세츠, 버몬트, 메인 주 등이 포함)의 작은 마을의 관습에 따라 살았다. 그건 세계에서 가장 큰 도시 둘을 조화시키며 사는 것보다 헷갈리는 일이었다. 그들은 아이들에게, 특히 수드하에게 의지했다. 아빠

에게 긁어모은 낙엽을 집 건너편 숲 앞에 두지 말고 비닐 백에 담아두라고 설명한 것도 수드하였다. 그녀는 완벽한 영어로 리치미어의 A/S 센터에 전화를 걸어 가정용품을 수리 받았다. 라훌은 그런 식으로 부모님을 돕는 건 자기 일이 아니라고 생각했다. 수드하가 부모님이 인도에서 떠나와 사는 것을 기복이 심한 암 같은 병 같다고 생각한 반면, 라훌은 부모님 삶의 그런 측면에 냉담했다. "누가 끌고 온 것도 아니잖아." 그는 이렇게 말하곤 했다. "아빠는 부자가 되려고 인도를 떠났고, 엄마는 다른 할 일이 없었으니까 아빠와 결혼했고." 가족들의 약점을 언제나 인식하고 있었던 라훌은 수드하가 대면하고 싶지 않은 사실조차 조금도 덮어두지 않았다.

...줌파 라히리, 〈그저 좋은 사람〉

풀리처상 수상자이자 현대 미국 단편의 대표 작가로 떠오른 줌파 라히리는 인도계 벵골인 2세 작가이다. 그녀 소설의 지향점은 한결같이 우리가 살면서 '대면하고 싶지 않은 삶의 사실들'에 있다. 그녀가 소설에서 그려 보여주는 인생들을 만나다보면, 미국에 정착한 한인 친척들의 삶을 들여다보고 있는 듯한 착각에 빠지게 된다. 나는 2, 3년에 한 번 뉴욕에 갈 때면 허드슨 강 건너 주택가에 있는 친척집에 얼마간 머물곤 하는데, 중고등학생 때 그곳으로 떠난 조카들은 이제 성장해 대학을 나와 직업을 가지고 있거나 대학원에 진학해 있고, 그만큼 그들의 삶은 안정되어 있음을 확인한다. 그런데 하루이틀 그들의 삶에 끼어 살다보면, 어느 순간 집안에 깊숙이 스미어 있는 알 수 없는 고적함과 대

면하게 된다. 그것은 때로 고독이 되기도 하고 외로움이 되기도 하고
서글픔이 되기도 하고 그리움이 되기도 한다. 이러한 복잡 미묘한 정서
들은 자식들의 것이 아닌 그들 부모의 것이다. 두 대륙의, 두 나라의 언
어를 사용하고, 두 나라의 대중문화 코드를 습득하고, 두 나라의 정체
성과 현실감을 잃지 않기 위해 긴장하고 살아야 했던 그들의 모습에서
나는, 그들의 행복과 안정에도 불구하고, 때로 형언할 수 없는 연민에
사로잡히곤 한다. 자식들이 그 사회에 뿌리내리기까지 헌신해야 했던
책임감과 피로감, 나름대로 성공했다는 자부심과 안도감, 나고 자란 곳
을 향한 피할 수 없는 그리움.

　《그저 좋은 사람》에 수록된 〈길들지 않은 땅〉의 딸(장녀)과 아버지(가
장) 사이에는 이러한 복합적인 정서가 장벽으로 작용하며 그로 인해 둘
은 경직된 관계로 살아왔다. 줌파 라히리식 가족 서사의 힘은 바로 이
지점을 정곡으로 꿰뚫어 풀어가는 데 있고, 거기에서 독자가 체험하는
울림은 압권이다. 작품을 잠시 들여다보면, 뉴잉글랜드에서도 평생 인
도 여자로 살았던 루마의 어머니가 뜻하지 않게 갑자기 죽고, 평생 이민
가장으로 두 어깨에 책임을 짊어지고 살았던 아버지는 다니던 회사에서
은퇴한 후 삶을 정리해 작은 아파트로 이사한다. 연금으로 세계 여행을
하는 것을 낙으로 살아가게 되면서 여행지에서 만난 노년의 벵골 여자
와 친구와도 같은 새로운 동반자 관계를 맺는다. 딸에게는 이 사실을 비
밀로 할 수밖에 없는 상태에서 아버지는 딸의 새로 이사한 시애틀 집을
방문하고, 일주일을 함께 보내면서 오랜 세월 부녀간에 응어리져 있던
부채의식을 풀어간다. 보다 나은 삶, 그저 좋은 사람은 어디에 어떤 형

태로 존재하는 것일까. 줌파 라히리는 《그저 좋은 사람》의 가족 이야기
들을 통해 잔잔하면서도 명징한 문체로 이 질문에 답하고 있다.

...아버지가 샤워하는 동안 루마는 차를 준비했다. 차를 마시는 건 루마
가 좋아하는 일종의 의식이었다. 아직 해는 지지 않았어도 낮이 저녁으
로 바뀌고 있다는 걸 형식을 갖춰 인정하는 거라 할 수 있었다. 혼자 있
을 때는 이런 시간도 대충 보내기 마련인데, 아버지와 함께 베란다에서
차와 캐슈넛과 나이스 비스킷을 먹을 수 있으니 고마운 생각이 들었다.
호수를 바라보고 있으면 들리는, 거대한 산들바람이 나무를 스치는 소리
가 좋았다. 아카시가 아기였을 때 깊이 잠들면 내던, 만족스런 한숨소리
를 확성한 것 같았다. 나뭇잎은 마치 나무 속에서 나오는 빛을 받아 빛나
고, 차갑지 않은 공기 속에서 떨고 있는 듯했다.

                                        ...줌파 라히리, 〈길들지 않은 땅〉

21세기 가족의 초상

🖎 **천명관, 《고령화 가족》**

오빠의 귀환, 고개 숙인 아버지

여기 한 가족이 있다. 집에는 주정뱅이 아비와 열네 살짜리 딸('나')이 살고 있고, 엄마는 집에서 쫓겨나 근처 함바집에서 기거하고 있다. 화자인 딸이 전하는 아비라는 작자는 1년에 수백 건 민원을 제기하는 민원 제조공장이며 전문 고발꾼이다. 허구한 날 고발로 먹고사는, 한마디로 제 배 채우기 위해 남 괴롭히는 일을 일삼는 인간 말종이다. 어느 날, 집 나갔던 오빠가 택배 회사 직원이 되어 뒤꽁무니에 어린 여자를 달고 쳐들어오듯 기세 등등 집으로 돌아온다. 아버지와 오빠의 일대 격전이 벌어지고, 어머니와 딸은 은근히 냉소의 눈으로 그들의 치열한 전투를 구경한다. 몇 년 전 오빠가 걸핏하면 패는 아버지를 참지 못하고 열여섯 살에 집을 나갈 때까지 그리고 오빠가 집에 없는 몇 년 사이, 이 집은 아버지의 세상이었다. 그런데 애송이 소년에서 갓 스물의 혈기방장한 사내가 되어 오빠가 돌아온 뒤, 이 집은 더 이상 아버지가 아닌 오빠, 곧 아들의 천하가 된다. 이것은 2000년대 소위 '콩가루 집안'의 진상을 소설로 신고한 김영하의 〈오빠가 돌아왔다〉(2004)의 도입부이다.

...오빠가 돌아왔다. 옆에 못생긴 여자애 하나를 달고서였다. (중략) 열일곱 아님 열여덟? (중략) 당분간 같이 좀 지내야 되겠는데요. 오빠는 낡고 뾰족한 구두를 벗고 마루에 올라섰다. (중략) 여자애는 오빠 등뒤에 숨어 쭈뼛거리고 있었다. 오빠는 어서 올라오라며 여자애의 팔을 끌어당겼다. 아빠는 어처구니가 없다는 듯 둘을 바라보다가, 내 이 연놈들을 그냥, 하면서 방에서 야구방망이를 들고 뛰쳐나와 오빠에게 달려들었다. (중략) 오빠는 악, 소리를 지르며 무릎을 꺾었다. 못생긴 여자애도 머리를 감싸며 비명을 질렀다. 그러나 계속 당하고 있을 오빠는 아니었다. 아빠가 방망이를 다시 치켜드는 사이 오빠는 그레코로만형 레슬링선수처럼 아빠의 허리를 태클해 중심을 무너뜨렸다. 그러고는 방망이를 빼앗아 사정없이 아빠를 내리쳤다. 아빠는 등짝과 엉덩이, 허벅지를 두들겨맞으며 엉금엉금 기어 간신히 자기 방으로 도망쳐 문을 잠갔다. 나쁜 자식, 지 아비를 패? 에라이, 호래자식아.

...김영하, 〈오빠가 돌아왔다〉

비록 아비가 먼저 야구방망이를 들었을망정, 결과적으로 그 방망이로 아비를 팬 자식은 나쁜, 호래자식이다. 그런데 이 자식이 집안을 콩가루로 만드는가 싶더니 옆구리에 끼고 온 못생긴 여자애와 콩닥콩닥 놀기만 하는 것이 아니라 어른 구실, 아비 구실 못하는 아비의 자리를 대신한다. 여동생의 공부 뒷바라지를 약속하며 격려하지를 않나, 쫓겨

난 어미가 슬그머니 들어올 빌미를 제공하지를 않나, 급기야 하나같이 마주 보기 민망한 가족들을 한데 묶어 소풍을 나가기까지 한다. 오빠는 산산이 조각난 가족을 '한 핏줄 식구'로 봉제하는 임무를 수행하며 '콩가루 집안 블루스'를 해피엔드로 끌고 간다.

...서울로 돌아오던 길에 오빠가 어느 여고 앞에 차를 세웠다. 그러더니 우리 모두 차에서 내려 기념사진을 찍어야 한다고 했다. 어디에서? 오빠는 스티커사진 부스를 가리켰다. 엄마는 얼굴이 큰데도 맨 앞에서 찍어서 얼굴이 타이어만하게 나왔고 오빠와 여자애는 뒤에서 찍어서 쪼다처럼 나왔다. 나는 좀 예쁘게 나왔는데 여자애는 그게 조명발 덕이라고 구시렁거렸다.

(중략) 그럼 아빠는? 아빠는 그때까지도 술이 안 깨 짐칸에서 내리지도 못했다. 아빠는 그대로 집까지 실려와 문짝이 부서진 자기 방에 부려졌다. 오빠와 여자애는 자기들 방으로 들어갔고 엄마는 아침을 준비해야 한다면서 함바집으로 갔다. 나는 내 방에서 생선 눈알을 괜히 먹었다고 후회하고 있었다.

...김영하, 〈오빠가 돌아왔다〉

어딘가에 있을, 달리고 있는 아버지

여기 또 한 가족이 있다. 집에는 엄마와 딸, 단둘이 살고 있다. 아버지는? 없다. 아니 어딘가에 있다. 그는 딸이 엄마 뱃속에서 세상 밖으로 나오기 전날 집을 나가서는 돌아오지 않고 있다. 엄마가 딸에게 들려준 바에 따르면, 아비는 세상 어딘가에서 달리고 있다.

...내겐 아버지를 상상할 때마다 항상 떠오르는 장면이 있다. 그것은 아버지가 어딘가를 향해 열심히 뜀박질하고 있는 모습이다. 아버지는 분홍색 야광 반바지에 여위고 털 많은 다리를 가지고 있다. (중략) 내 상상 속의 아버지는 십수년째 쉬지 않고 달리고 있는데, 그 표정과 자세는 늘 변함이 없다.

(중략) 아버지는 뛰고 또 뛰었다. 상기된 얼굴로 장발을 휘날리며, 계단을 넘고, 어둠을 가르며 바람보다 빨리. 아버지는 허겁지겁 뛰어가다 연탄재에 발이 걸려 넘어지고 말았다. 온몸에 하얀 재를 뒤집어쓴 아버지는 그 즉시 벌떡 일어나, 지금 달려가고 있는 곳이 훗날 어디를 향하게 될지도 모른 채 죽어라 뛰어갔다.

(중략) 내겐 아버지가 없다. 하지만 여기 없다는 것뿐이다. 아버지는 계속 뛰고 계신다.

...김애란, 〈달려라, 아비〉

이것은 당시 스물네 살의 김애란이라는 작가가 쓴 화제작 〈달려라, 아비〉(2004)이다. 김영하의 〈오빠가 돌아왔다〉에 이어 나온 한국 소설 속 가족의 풍경이다. 프로이트는 현실의 가족, 그러니까 현실의 부모를 부정하고 상상 속의 부모를 동경하는 욕망이 인간에게는 본능적으로 존재하고 있다고 보고, 그것을 가족 로맨스라고 부르고 있다. 지난 세기 한국 소설 속의 부모들, 특히 아버지들은 아들에 의해 부정의 대상이었다. 아버지와 아들의 피할 수 없는 대결 구도가 그것이다. 아버지의 유무에 따라 그것은 크게 두 가지 양상을 띠는데, 집안의 절대자인 아버지가 세상에서 성공한 권력자의 경우, 둘째는 절대자 아버지가 세상에서 패배한 낙오자의 경우가 그것이다.

김영하의 〈오빠가 돌아왔다〉나 김애란의 〈달려라, 아비〉의 아비는 패배자들의 초상이다. 한 집안에서 아비의 위상은 세상에서의 성공 여부에 따라 천지차이로 달라진다. 지난 시대 우리의 아버지는 '아비는 종이었다'로 통칭되는 계급 사회의 희생자로 나타나기도 하고, '아비는 남로당이었다'로 통칭되는 이데올로기의 희생자로 등장하기도 하고, '아비는 개흘레꾼이었다'로 통칭되는 이데올로기와 자본의 희생자로 까발려지기도 했다. 계급도, 이데올로기도 한갓 맹탕 헛것이 되어버린 2000년대 젊은 작가들에 의해 호출된 가족의 초상에서 아비는 술에 취한 채 아들에게 흠씬 얻어맞고 자기 방으로 기어들어가거나, 어딘지도 모르는 곳에서 쉼 없이 뜀박질을 하고 있다.

소설은 인간 사회의 변화에 가장 민감하게 반응하는 장르이다. 급속도로 변화하고, 다양하게 전파되는 삶의 양태 속에 가족의 정체성을 소설적으로 문제 삼는 이유는 소설이라는 종자가 인간과 인간 삶의 환경을 대상으로 하는 인간학이기 때문이다. 21세기 한국의 가족은 어디를 향해 가고 있는가. 김영하, 김애란의 소설들은 바로 이 지점의 현상을 적나라하게 묘파해내고 있다.

평균 나이 사십구 세, 가족은 늙어간다

그리고 여기 또 한 가족이 있다. 홀어머니와 삼남매가 한 집에 살고 있다(엄밀히 말하면, 삼남매와 군식구인 십대 손녀). 이들이 한 지붕 아래 가족으로 모여 살고 있다는 것은 일반적인 경우, 자식들이 어머니의 보호를 받아야 할 만큼 미성년자 또는 미혼 연령임을 의미한다. 삼남매의 연령은 쉰을 넘겼거나 쉰을 바라보는 나이. 큰아들(오한모)는 120킬로그램 거구로 강간 전과자이자 백수이고, 딸(미연)은 바람을 피우다 두 번째 남편에게 이혼당하고 혹처럼 딸을 달고 들어와 눌러 앉았고, 그리고 '나'는 전직 영화감독으로 처음 찍은 영화가 흥행에 참패하고 '그해 최악의 영화'로 낙인찍히면서 10년이 넘도록 충무로 영화판의 낭인으로 떠돌다가 노숙자로 내몰릴 막다른 순간에 어머니의 집으로 기어들어온 늙다리다. 이쯤 되면, 이 글의 첫 문장은 수정되어야 한다. '여기 한 가족이 있다'가 아니라 '여기 되는 것 하나 없는 한심한 콩가루 집구석이 하나 있다'고. 작가 천명관 왈, '고령화 가족'.

…엄마는 여전히 별말이 없었다. 내가 하는 일이 어떻게 되어가는지, 어쩌다가 집으로 들어오게 되었는지에 대해 한마디도 묻지 않았다. 대신 화장품을 팔러 밖으로 부지런히 돌아다니는 와중에도 꼬박꼬박 끼니를 챙겨주었다. 나는 누에처럼 엄마가 차려놓은 밥을 먹고 다시 방으로 기어들어가 잠을 잤다.

(중략) 우리는 마흔 넘은 자식들이 줄줄이 노모 앞에 엎드려 밥을 얻

어먹게 됐다는 사실이 눈치가 보여 어떻게든 미연만은 따로 내보내 살게 하고 싶었지만 엄마는 태도가 분명했다. 여자 혼자 밖으로 내보내 살게 할 수 없다는 거였다. 그러면서 옛날엔 이보다 더한 것도 견뎠는데 뭐가 문제냐며 6·25 때 얘기를 들려주었다.

...천명관, 《고령화 가족》

　천명관의 《고령화 가족》에 이르면 아비는 교통사고 보상금을 제 목숨 값으로 남기고 죽고 없고, 평균 나이 49세로 세상의 낙오자들인 자식새끼들이 홀어머니에게 들러붙어 연명한다. 이들은 한때 어미 아비의 부정한 관계로 태어난 자식들로, 주인공 '나'를 중심으로 보면 형과는 이복異腹이고 여동생과는 이부異父인, 우리네 삶에서 복잡하다면 복잡하고, 자연스럽다면 자연스러운 관계이다. 《고래》라는 환상적인 장편소설로 수많은 독자들을 웃고 울게 만들었던 개성적인 이야기꾼인 천명관은 이번에는 사회의 패배자이자 문제아들인 늙은 아들딸들을 그저 묵묵히 끼니를 챙겨주는 늙은 어미의 품으로 불러들인다. 그런데 전통적인 문법을 거부하고 누구보다 낯선 이야기, 낯선 공간을 소설 속에 창출했던 작가가 새삼스럽게 웬 가족 타령인가 하고 의문이 들 법도 하다.

　영화 〈북경반점〉과 최근 개봉한 영화 〈이웃집 남자〉의 시나리오 작가이기도 한 천명관의 소설적 화두는 지금 이곳, 21세기 한국 사회에 만연해 있는 고령화 가족의 문제를 풍자적으로 그려 보이는 데에만 있는 게 아니리라. 그는 어쩌면 점점 사라져가는 순수한 모정母情, 불모의 땅으로 변해가는 이 세상을 지속시키고, 또 황폐한 영혼을 구원할 영원한 초록의 생명력인 여성성에 대한 간절한 그리움으로 어머니를 불러낸 것은 아닐까.

...자식들이 장성해 머리가 희끗해져가는 중년이 되었어도 엄마 눈엔 그저 노란 주둥이를 내밀고 먹을 것을 더 달라고 짖어대는 제비새끼들처럼 안쓰러워 보였을까? 그래서 비록 자식들이 모두 세상에 나가 무참히 깨지고 돌아왔어도 그저 품을 떠났던 자식들이 다시 돌아온 게 기쁘기만 했을까?

(중략) 이듬해 여름, 미연에게서 전화가 걸려왔다. 좁은 여관방에서 발가벗은 배우들과 땀을 줄줄 흘려가며 얼토당토않은 영화를 찍고 있을 때였다. 미연은 울면서 알아들을 수 없는 목소리로 엄마가 돌아가셨다고 했다. 갑자기 엄마가 돌아가셨다는 게 실감이 나지 않아서였을까? 나는 이상하리만치 기분이 덤덤했다. 신문 사회면에 실린 어느 유명인사의 부고를 본 느낌이었다.

...천명관, 《고령화 가족》

쾌락, 소설 그리고 '옛날'에 대하여
✍ 파스칼 키냐르, 《옛날에 대하여》와 프랑스

마침내 우리는 그곳에 도착했다. 그곳은 마지막 왕국이라 불리는 소설적인 곳, 철학과 문학의 경계, 시와 산문의 경계, 자아와 일상의 경계, 광대무변한 '옛날'의 우주로. 아니다, 첫 문장을 다시 시작해야겠다. 마침내 우리는 20세기를 거쳐 21세기 파스칼 키냐르에 도착했다. 유례없는 문학 수집가의, 쾌락에 관한, 영원에 관한 거대한 글-부스러기 제국으로! 영원이라고? 우리는 그것을 말하기 위해서는 그가 명시하는 대로 순간을, 순간의 쾌락을 기억해야 하고, '지금'보다는 과거로, 또는 옛날로 돌아가야 한다. 그런데 과거와 옛날은, 사실, 같은 것이 아닌가, 다른 것인가?

…사랑에 빠질 때마다 우리의 과거는 바뀐다.

소설을 쓰거나 읽을 때마다 우리의 과거는 바뀐다.

과거란 그런 것이다.

그런 것이야말로 옛날 Jadis에 비해 과거passé를 결정짓는 요인이다. 과거는 바꿀 수 있지만 옛날은 바꾸지 못한다. 시대에 이어 국가, 공동체,

* 팡테옹, 파리(위)
* 교황궁, 아비뇽(아래)

가족, 생김새, 우연, 즉 조건이 되는 무엇이 끊임없이 과거를 좌지우지한다. 질료, 하늘, 땅, 생명은 영원토록 옛날을 구성한다.

…파스칼 키냐르, 《옛날에 대하여》

'과거'와 '옛날'에 대한 키냐르의 사유는 소설적인가? 나는 며칠째, 키냐르의 소설 《옛날에 대하여》를 읽고 있다. 그런데 참으로 이상하게, 나는 어느 순간부터 '소설을 읽고 있다'는 사실을 까맣게 망각하고 있음을 깨닫는다. 그것은, 뭐랄까, '그곳'이 어디인지는 몰라도 매우 익숙한 느낌으로 산책하며 주위를 확인하는, 세속적 의무감으로부터 벗어나 기분 좋게 풀어헤쳐진 걸음걸이의 느낌, 수축과 이완의 리드미컬한 긴장감이라고 해야 할까. 이러한 감정의 흐름은 보통 소설을 읽으며 얻는 성격의 것이 아니다. 키냐르는 도대체 무엇을 쓴 것일까. 이것은 소설인가? 아니 이것은 소설이 아닌가?

…프랑스는 유령이 출몰하는 나라이다. 그곳에서 과거가 새어나온다.

그곳의 하늘은 오래된 섬광閃光이다.

아주 미미한 발광發光이 조그만 이 나라의 종탑과 지붕들로 퍼지는 투명하고 거침없는 빛에 추가된다.

녹색 평원의 외딴 마을들에게는 숨어 있는 흔적들이 산재한다.

외호外濠에 남겨진 로마의 폐허, 빵집 부근의 두 눈이 상반된 코르시카-사르데냐의 석재 입상, 강가에 설치된 토르의 망치, 성당 아래 자리한 메로빙거 왕조의 무덤, 최초의 인간들에 의해 채색되고 가시덤불이나 언덕의 키 작은 떡갈나무로 입구가 가려진 동굴, 물속 깊이 가라앉은 그리스 항아리, 캅카스에서 바스크로 곧장 전해지는 옛 노래, 도처에 보이는 로마의 예배당들이 있다.

　　프랑스, 그것은 나라가 아니라, 시간이다.

...파스칼 키냐르, 《옛날에 대하여》

이것은 제6장 '프랑스'에 대한 내용이자 묘사이다. 내용contents이되, 스토리story는 아니다. 스토리란 시간 순으로 전개되는 사건의 서술을 가리킨다. 작가들은 이 순차적인 이야기의 단위(사건action)를 가지고 소설이라는 장르 속에서 재구성reconstruction하며 노는play 자들이다. 여기에는 작가마다 재구성의 방법들이 있기 마련이다. 큰 이야기를 토막내기와 토막의 길이와 양의 기준, 그리고 그것의 배치가 해당된다. 그래서 한 편의 소설이란 잘게 토막 낸 이야기들의 병합일 수도 있고, 축구의 4.3.3이나 4.4.2 전법처럼, 이야기의 마디와 역할이 효과적으로 배분, 배치된 형국으로 볼 수도 있다.

전통적인 서사 기법과는 달리 현대소설에서는 이 배분과 배치에서 작가의 개성이 드러나는데, 예를 들면 3단 구성으로, 첫 도입과 마지막 종결 부분, 그러니까 원인과 결과라는 이야기의 순차적인 진행을 뒤바꾼다거나(도치), 한 사건을 두 화자가 번갈아가며 평행하게 이끌어가는(병치) 기법 등이 가능하다. 이러한 법칙에 대입해서 키냐르의 '문학 작업'의 정체를 가늠해보자면, 그는 가능한 한 '인류의 거대한 삶', 달리 말하면 거의 모든 것의 역사를 잘게 부수는 작업을 소설이라는 장르 속

✱ 생프롱 성당, 페리괴

에서 수행하고 있는 것으로 보인다. 그것은 거대한 일상의 탐구자들인, 역사학에서의 아날학파의 방법론(광대하고도 매혹적인 《사생활의 역사》를 보라!)과 동궤이며, 프랑스의 상징파 시인 보들레르 시에 심취한 나머지 19세기 예술의 수도capotal를 파리로 삼아, 그때까지 형성된 자본주의를 해체한 뒤 자기 방식으로 재구성하려고 시도한 발터 벤야민의 작업(방대하고도 황홀한 《아케이드 프로젝트》를 보라!)을 연상시키기도 한다. 이런 맥락에서 보면, 조르주 뒤비를 비롯한 아날학파에게는 일상이, 또 발터 벤야민에게는 보들레르와 파리가, 키냐르에게는 '옛날'이 된다. 이들이 처하고 표방하는 방식이 역사학적이든, 철학적이든, 문학이적든, 고고학적이든, 지리학적이든, 인류의 삶(내용)과 그 형식에 대한 탐구라는 점에서 그들은 초장르의 공동 작업자인 셈이다!

...정원에 어둠이 내린다.
새들이 침묵한다.
저녁의 침묵은 닳고 닳은 주제이다.
저녁의 침묵, 동물의 속성이며 새들의 속성인 그것은,
본능적이고, 자연스러운, 닳고 닳은 주제이다.

...파스칼 키냐르, 《옛날에 대하여》

파스칼 키냐르는 소설가라기보다 '문학 수집가'라고 불린다. 위의 내용은 〈저녁의 침묵〉으로 시집의 한 페이지처럼, 그러니까 시 한 편으로 하나의 장(제82장)이 제시되고 끝난다. 그 뒤는? 제83장으로 제시된 뤽

상부르 공원에서 과거에는 매일 벌어졌으나 이제는 구경할 수 없는 체스 놀이에 대한 기억을 더듬는 짧은 산문이다. 그 앞, 그러니까 제81장은? 로마의 황제 클라우디우스 황제의 연설로 시작되어 '아기라는 나이 많은 짐승'에 대한 정의로 끝나는데, 4쪽에 걸쳐 아홉 조각으로 구성된 산문이다.

...가장 최근의 것이 가장 낡은 것이다.
아기는 새로운 존재가 아니다.
여자들, 남자들 가운데서 살려고 버둥대는 아기들을 보라. 그들은 혼자 내버려두면 사흘도 생존할 수 없으므로 우리가 돌보는 매우 나이 많은 짐승이다.

...파스칼 키냐르, 《옛날에 대하여》

인간의 출생과 죽음, 그러니까 인생이라는 여행의 시간 순서를 도치해서, 노인으로 태어나 점점 젊어졌다가 태아가 되어 사라지는 스콧 피츠제럴드의 《벤자민 버튼의 시간은 거꾸로 흐른다》를 연상시키는 이 대목에 이르러, 아니 순서를 깨고 여기저기 뒤적뒤적 읽다보면, 이것은 소설인가, 아닌가의 문제를 떠나 파스칼 키냐르라는 작가에 대한 의문이 갈수록 증폭된다.

도무지 이 작가의 혼과 육체를 형성해준 뿌리, 그러니까 선천적이고도 후천적인 태생이 궁금해서 못 견딜 지경이 되는 것이다. 나는 총 95개의 장을 다 섭렵한 끝에 결정적인 한 조각을 추출해냈는데, 이 작품의 전반

＊ 소뮈르 성, 소뮈르

＊ 도빌 해변(위)　＊ 코끼리 형상의 절벽, 에트르타, 노르망디(아래)

부에 수록된 한 편의 글, 그 자신 거기에서 태어났으며, 그의 선조와 부모가 뿌리내리고 산 르 아브르Le Havre에 대한 유년의 추억담이다.

...창문은 르아브르 항구를 향해 있었다. 항구는 폐허, 꿀벌 떼, 방파제, 쥐들과 다름없었다. 세이렌들이기도 했다. 나는 여섯 살이었다. 동화와 전설을 읽었는데, 두 발을 창문 앞의 노란색 소형 목제 작업대에 올려놓고서였다. 창문은 바다, 아니 우중충한 만년 돌풍을 향해 있었다.

내가 어렸을 때는, 아직도 기억나는데, 누구나 바다를 그렇게 불렀다.

...파스칼 키냐르, 《옛날에 대하여》

키냐르는 프랑스 노르망디 지방의 베르뇌유쉬르아브르에서 출생한 것으로 기록되어 있다. 이 긴 이름을 풀어보자면, 아브르Havre 상단上段 sur의 베르뇌유Verneuil라는 곳이다. 르 아브르란 어떤 곳인가. 철도의 역사가 시작된 19세기 중반부터 파리의 생 라자르 역에서 인상파 화가들이 화구畵具를 들고 야외의 빛을 찾아 기차를 타고 자주 찾던 바다의 중심 도시. 여섯 살의 키냐르가 '두 발을 창문 앞의 노란색 소형 목제 작업대에 올려놓고' 창문을 통해 바라보던 '우중충한 만년 돌풍'의 '바다'는 인상파의 유래가 되기도 한 화가 모네가 그린 〈인상, 해돋이〉의 현장. 그 바닷가 산책로에는 행동파 실존주의 작가이자 샤를 드골 정권에서 문화부장관을 지낸 앙드레 말로의 박물관이 우뚝 솟아 있다. 또한 간과할 수 없는 역사적인 장면으로, 실존주의의 대표적인 작가이자 철학자인 사르트르가 파리 고등사범학교를 우등으로 졸업하고 고등학교 교사로 부임하여 재직한 곳이 르 아브르이다. 청년 철학자 사르트르의 출세작이자 작가의 반열에 들게 한 문제작 《구토》의 무대. (존재의) 구토하는 인간이라는 새로운 유형의 현대인 로캉탱의 실존적 인식 과정이 이 바닷가에 널려 있는 하찮은 조약돌로부터 비롯된 것이다.

프랑스 노르망디 지방의 최북단, 그러니까 영국과 마주 보고 있는 도버 해협 연안의 항구 도시로, 북대서양 특유의 우중충한 하늘과 바다와 습기 아니면 돌풍 요란한 자연 환경일지언정, 19세기에서 20세기 전반기까지 이루어진 이러한 빛나는 대목들은 르 아브르라는 공간을 당시의 그 어느 곳보다 의미심장하게 만들어주었던 셈이다.

키냐르는 르 아브르 인근의 베르뇌유쇠르아브르에서 명성이 높은 음악가 출신의 아버지와 언어학자 출신의 어머니 사이에 태어났는데, 유년 시절 키냐르 가家의 식탁에서는 모국어뿐만 아니라 여러 외국어들이 오고 가고, 오르간을 비롯한 여러 악기의 소리가 울려 퍼졌던 것으로 전해진다. 그는 모국어를 습득하기도 전에 무방비로 노출된 다중 언어와 소리에 대한 스트레스로 18개월부터 자폐증에 걸렸고, 급기야는 언어 거부증과 거식증에 시달린 것으로 알려져 있다. 놀랍게도 키냐르는 르 아브르로 옮겨와 지내면서 두 번의 자폐증과 거식증에서 벗어났고, 놀랍게도 그의 평생의 반려로 오르간과 문학(언어)을 선택했다. 그러니까 키냐르는 사느냐 죽느냐의 절체절명의 기로에서 자신을 질식시켰던 바로 그 두 세계로부터 도망치지 않고 정면 대결에 나선 것이다. 17세기 숲속에 은둔한 비올라의 거장의 음악과 삶을 다루어 1990년대 초, 전세계 관객들에게 큰 반향을 일으킨 영화 〈세상의 모든 아침〉은 키

* 자정의 불꽃, 소뮈르 성, 소뮈르(위)
* 7월 14일 혁명기념일 퍼레이드, 파리(아래)

냐르의 소설이자 작가가 직접 시나리오를 집필한 작품으로 유년기의 트라우마의 창조적 승화라고 할 수 있다.

선조 또는 선배의 유산이 깊을수록 후배는 헤아릴 수 없는 부담감으로 입이 닫히고, 숨이 막힌다. 이 책《옛날에 대하여》는 두 번의 자폐증과 맞서서 작가로 분출한 키냐르식 사유의 결정체로 그의 저작 전체를 아우르는 문학의 정의定意이자 왕국이다. 인상적인 것은 처음부터 끝까지 거의 모든 것을 스치고 지나가는 것으로 작가는 '쾌락'을 놓고 있는데, 그 쾌락을 잘게 부수어 궁극적으로 살려내고자 하는 것이 '소설'이라는 점이다. 아니다, 마지막 문장을 다시 써야겠다. 작가가 살려내고자 하는 것이 아니라, 인류가 계속되는 한, 저절로 되살아나고야 마는 것으로!

...옛날에 한 사람이. (중략) 이렇게 일본의 옛날이야기는 시작된다. 옛날 옛적에 한 사람이……

축자적으로 옮기면, Jadis homme (옛날에 한 남자가)……

Jadis tis (옛날에 어떤 사람이)……

...파스칼 키냐르,《옛날에 대하여》

한여름 밤의 도서관 환상

🌸 호르헤 루이스 보르헤스 편, 에드거 앨런 포, 《도둑맞은 편지》

한여름 밤, 늦도록 바닷가 모래밭을 배회하다 서재로 돌아와 책상에 앉는다. 걸음걸음 밀려왔다 밀려가던 파도의 철썩이는 소리, 둘씩 셋씩, 그 이상 무리 지어 뛰고, 걷고, 앉아 있던 이방인들의 말소리가 여전히 귓전에 들리는 듯하다. 소라처럼 두 손을 모아 귀에 대고 눈을 감는다. 이방인들 속에 끼어 있다보면 '먼 곳'의 냄새가 불러일으키는 야릇한 감정으로 숨쉬기가 곤란해진다. 그들 중 누군가 내 귀에 대고, 당신도 떠나라, 여기가 아닌 그 어디라도 떠나라고 속삭이는 듯하다. 책상 스탠드를 켜고, 보들레르의 시집 《파리의 우울》을 펼쳐든다.

…군중 속으로는 재능은 누구에게나 주어진 것이 아니다. 군중을 즐기는 것은 일종의 예술이다.

(중략) 군중과 고독, 이 둘은 상상력이 풍부하고 적극적인 시인에게는 서로 교환 가능한 어휘들이다. 자신의 고독을 채울 줄 모르는 자는 또한 군중 속에서도 홀로 존재할 줄 모른다.

…샤를 보들레르, 〈군중〉

낯선 거리, 낯선 사람들 사이를 배회하고 난 뒤에 보들레르의 시를 찾듯이, 보들레르의 시를 읽다보면, 필연적으로 생각나는 작가가 있다. 어휘면 어휘, 제목이면 제목, 무드면 무드mood(작품에 흐르는 전체적인 분위기), 둘은 마치 영혼의 쌍생아처럼, 아니 쌍벽처럼, 서로가 서로를 가리키며 의미를 심화시키고 여운을 증폭시켜준다. 이처럼 보들레르 시로부터 두 겹의 독서 체험을 안겨주는 작가는 바로 미국의 에드거 앨런 포이다. 보들레르의 시 〈군중〉을 읽을 때면, 포의 단편 〈군중 속의 사람〉이 필요하고, 그 역逆 역시 완벽하게 일치한다.

...땅거미가 지자 혼잡은 한층 더 심해졌고, 등불이 켜질 무렵에는 밀집된 군중이 끊임없이 두 흐름을 이루어 가게 앞을 서둘러 지나갔다. 이 특정한 시각에 이런 상황은 난생 처음 경험했기 때문에 사람들의 머리통이 소란스러운 해류처럼 출렁이는 신기한 광경에 가슴이 뛰었다.

...에드거 앨런 포, 〈군중 속의 사람〉

보들레르의 〈군중〉으로 글을 열었으나, '현대'라는 속성과 '현대 예술' 개념의 출발점인 보들레르의 미학은 모두 에드거 앨런 포로부터 왔다고 해도 지나친 것은 아니다. 포의 열렬한 숭배자로, 그의 작품들을 프랑스에 번역 소개한 것이 보들레르이다. 포라는 거울을 통해 보들레르는 '군중'을 보았고, 군중의 일부이자 군중 속을 지나가는 '개인'을 주목했으며, 이 둘 사이에서 발생하는 '고독'을 발견했다. 그리하여 '현대'라는 것을 '일시적인 것'인 동시에 '지나가는 것'으로 명명하기에 이르렀다.

...통행인 대다수가 만족스러운 듯한 사무적인 표정을 짓고 있었고, 군중 사이를 누비고 빨리 가려는 생각밖에는 없는 것 같았다. 미간을 찡그리고 눈을 자주 흘끔거렸고, 다른 통행인이 밀쳐도 결코 짜증을 내지는 않고, 단지 옷매무새를 가다듬은 다음 서둘러 길을 재촉했다.

...에드거 앨런 포, 〈군중 속의 사람〉

보들레르로부터 비롯된 '일시적이고' '스쳐 지나가는' 속성의 '현대' 미학(또는 문학)은 20세기 남미의 호르헤 루이스 보르헤스에 의해 새로운 영역으로 확장되는데, '환상'의 창조가 그것이다. 여기에서 흥미로운 것은 보들레르의 '현대'와는 달리 보르헤스의 그것은 그 자신에 의한 것이 아니라 21세기가 그에게 기꺼이 부여한 개념이라고 할 수 있다. 21세기, 지금, 우리에게 '현대란 무엇인가?' 보르헤스에게 해답의 요체가 있다. 혼종성으로서의 환상. 일찍이 보들레르가 간파한 '일시적이고 지나가는 것'에 수수께끼와 같은 '신비'와 악몽과도 같은 '공포'가 재배열된다. 포의 〈군중 속의 사람〉은 공포보다는 도시인의 고독에 집중하고 있는데, 군중 속 인간의 양상을 스케치하듯 빠르면서도 적확한 묘사로 신비감을 자아낸다. 상상력(신비감)이란 구체적인 자료를 바탕으로 생성될 때 설득력을 얻는다는 것을 보여주는 좋은 예이다.

...군중의 얼굴을 음미하던 중에 갑자기 어떤 얼굴이 눈에 띄었다. 65세에서 70세쯤 되어 보이는 노쇠한 노인이었는데, (중략) 일찍이 내가 목격한 그 어떤 표정과도 동떨어진 느낌이었다. (중략) 내가 받은 인상을

분석하려고 애쓰던 중에, 마음속에 엄청난 정신력과 경계심, 급박함, 탐욕, 냉담함, 악의, 잔학성, 승리감, 환희, 과도한 공포, 그리고 저항할 수 없는 절망감 등의 감정이 복잡하고 역설적으로 솟구침을 자각했다. 나는 강렬한 흥분을 느꼈고, 경탄했고, 매료되었다. "도대체 얼마나 처절한 역사가 저 사내의 가슴 속에 쓰여 있는 것일까!"

...에드거 앨런 포, 〈군중 속의 사람〉

이번에 새롭게 번역 출간된 포의 《도둑맞은 편지》는 보르헤스의 특별한 안내에 따른 것이다. 도서관 서기로부터 출발하여 국립도서관장의 자리에 오른, 환상소설의 대가를 흠모해온 이탈리아의 한 출판사 편집자가 아르헨티나로 보르헤스를 찾아가 평생 읽어온 소설들 중에서 그를 행복하게 해주었던 작품들을 엄선해줄 것을 부탁했고, 이에 보르헤스는 '바벨의 도서관'이라는 이름의 총서를 내놓았다.

바벨은 성서의 바벨탑 신화에 근거하여, 인류의 모든 혼돈의 기원을 의미하며, 보르헤스에게 도서관은 세계 또는 우주와 동의어이다. 곧 바벨의 도서관이란 '혼돈으로서의 세계'라는 뜻으로 보르헤스의 소설적 주제인 '우주, 영원, 무한, 인류의 수수께끼를 풀 수 있는 암호를 상징'한다. 보르헤스는 총 29권의 소설책으로 총서를 구성했으며, 이들을 통해 '혼돈(바벨)이 극에 달한 세상에서 인생과 우주의 의미'를 찾을 수 있을 것이라고 기대했다. 보르헤스는 이 총서의 첫 번째 자리에 에드거 앨런 포의 소설을 올려놓았는데, 표제작인 〈도둑맞은 편지〉를 비롯하여 〈병 속의 수기〉, 〈밸더머 사례의 진상〉, 〈군중 속의 사람〉 그리고 〈함정과 진자〉이다. 보르헤스가 이들 작품을 선별한 기준은 '신비'와 '공포', 그러니까 이 둘이 절묘하게 어우러져 빚어내는 '환상'이다.

〈도둑맞은 편지〉는 어느 귀족 부인의 약점을 이용해 번연히 눈앞에서 훔쳐간 편지 찾기를 둘러싼 파리 경찰 국장 G와 뒤팽이 벌이는 추리물이고, 나머지 네 편은 단편소설의 범주에 해당된다. 이 작품들 중 보르헤스가 백미로 꼽는 작품은 마지막, 종교재판에서 사형에 처한 한 사내가 겪는 환각적 공포를 한 단계 한 단계 최고조로 끌어올린 〈함정과 진자〉이다. 소설은 이렇게 시작된다.

...길고 끈질긴 고통 탓에 나는 초주검이 되었다. 그래서 그들이 마침내 내 포박을 풀고 앉도록 허락했을 때는 정신이 혼미해지는 느낌이었다. 선고, 그 소름 끼치는 사형 선고는 내 귀에 뚜렷하게 들려온 마지막 목소리였다. (중략) 마치 물방아 바퀴가 웅웅 회전하는 소리를 연상시킨 탓인지 내 마음 속 혁명이라는 개념이 전해졌다. 얼마 가지 않아 이 소리는 그쳤다. 그러나 잠시 동안 두 눈으로 똑똑히 보았다. 끔찍할 정도로 과장된 광경을.

...에드거 앨런 포, 〈함정과 진자〉

21세기 소설, 나아가 문학, 나아가 문화를 읽는 방법은 환상으로부터 출발한다고 해도 과언이 아니다. 환상幻想(fantasy)이란, 사전적으로는 현실적인 기초나 가능성이 없는 헛된 생각이나 공상을 의미한다. 사전적 의미는 규범 언어로서의 정돈된 아름다움을 가지고 있지만, 그 너머를 추구하는 문학, 특히 다채로운 갈래를 거느리고 있는 환상에 대해서는 그 방면에 일가를 이룬 작가들의 견해가 더 필요하다.

영국의 작가이자 소설 이론가인 E. M. 포스터는 환상이란 초현실적인, 마술적인 현실도 가능하지만, 무엇보다 원전原典을 엄청난 압축술로 재구성하거나 번안(패러디)한 상태, 그리고 인물의 극심한 성격 파탄에 있다고 보았다. 또한 보르헤스와 더불어 20세기 환상문학을 대표하는 이탈리아의 이탈로 칼비노는 환상을 두 가지 범주, 심리적인 것(보이지 않는 것, 마음의 공포)과 표면적인 것(보이는 것, 괴기스러운 것)으로 나누어 설명했다.

보르헤스는 환상을 '관념적 세계의 구상화'로 간주했다. 이를 위해 기법적으로 그는 미로와 추리적인 구조, 압축과 반전, 가상 텍스트(가짜 작품)과 그것에 대한 가상 각주(가짜 각주), 가상 참고문헌 등을 사용했다. 그리고 이들을 통해 '문학(소설)론'을 펼치는가 하면, 자아, 죽음, 시간, 영원 등과 같은 형이상학적인 질문을 던졌다. '바벨의 도서관'의 제1권이 에드거 앨런 포의 소설이 되는 이유를 이로써 짐작할 수 있다.

…현실이 아니라고! ─숨을 들이쉰 순간 불에 달군 쇠 냄새가 코를 찔렀다! 숨 막힐 듯한 악취가 감방을 가득 채웠다! (중략) 공포로 전율하는 이성 위에 불타는 소인燒印을 남겼다. 아아! 뭐라고 해야 할까! 아아! 이렇게 참혹할 데가!

(중략) 낮게 우르릉거리는, 마치 신음 같은 소음이 들리며 무시무시하게 변하는 속도가 한층 빨라졌다. 방 모양은 순식간에 마름모꼴이 되었

다. 그러나 변화는 여기서 그치지 않았다. (중략) 시뻘겋게 달아오른 벽을 영원한 안식의 옷 삼아 껴안을 수도 있었다. "죽는 건 상관없어." 나는 말했다. "저 함정에만 떨어지지 않으면 죽어도 좋아!"

...에드거 앨런 포, 〈함정과 진자〉

보들레르와 보르헤스를 통한 에드거 앨런 포의 소설 산책은 두 갈래이다. 군중 속의 남자를 관찰하는 보들레르적인 시선을 따를 것인가, 무한 공포를 향해 가는 고도의 보르헤스적인 환각을 체험할 것인가. 한여름 밤, 그 어느 길을 선택하든 후회와는 거리가 멀다. 그러나 나의 취향을 사족처럼 붙이자면, 보르헤스가 〈함정과 진자〉를 몇 번이고 읽은 것처럼, 〈군중 속의 사람〉을 읽고 또 읽는다.

..."저 노인은," 마침내 나는 입을 열었다. "심원한 죄악의 전형이자 본질이었어. 혼자 있기를 거부해. 그는 군중 속 인간이니까 말이야. 더 이상 쫓아가봐도 소용없어. 그래 보았자 그나 그의 행동에 관해서는 무엇 하나 알아낼 수 없을 테니까. 이 세상에서 가장 사악한 마음은 《영혼의 동산》이상으로 속악한 책이고, 이것을 '읽는 것이 허용되지 않는다'는 사실은 신의 가장 큰 은총 중 하나일지도 모르지."

...에드거 앨런 포, 〈군중 속의 사람〉

소설은 그림을 사랑해!

🎵 박민규, 《죽은 왕녀를 위한 파반느》가 불러온 그림, 그림들

그림을 사랑한 소설, 소설들

...그는 뭔가를 기다리고 있었다. 그가 원하는 걸 주지 못하고 있다는 두려움으로 내 얼굴은 긴장하기 시작했다. '그리트.' 부드러운 목소리였다. 그러나 그가 한 말은 그게 다였다. 내 눈에 눈물이 고였다. 이제 나는 알 수 있었다. '그래, 움직이지 마라.' 그는 나를 그리려 하고 있었다.

...트레이시 슈발리에, 《진주 귀고리 소녀》

'움직이지 마라'고 말하고 그가 그린 그림은 〈진주 귀고리 소녀〉. 그가 화폭에 담은 그림 속 그녀는 푸른 두건을 두른 채 몸을 옆으로 살짝 돌리고 정면(그러니까 우리 관객)을 바라보고 있다. 누구라도, 그녀와 눈이 마주치는 순간, 심장이 멎을 듯, 숨이 막힌다. 사람의 마음을 잡아끄는 맑고 촉촉한 큰 눈동자, 그리고 무심한 듯 살짝 벌린 입술. '움직이지 마라'고 말하고 그녀를 그린 그의 이름은 베르메르, 17세기 네덜란드의 화가이다. 캐나다의 트레이시 슈발리에라는 여성은 젊은 시절 유

* 요하네스 베르메르, 〈진주 귀고리를 한 소녀〉,
1666년경, 마우리츠하이스 왕립미술관, 헤이그

럽으로 여행을 갔다가, 미술관에서 이 화가의 이 그림을 보게 된다. 그
녀는 유럽 여행 중에 그 그림뿐 아니라, 수많은 걸작들을 보았다. 그리
고 돌아왔다. 그런데 시간이 흘러도 그녀의 뇌리에서 떠나지 않는 한
편의 그림이 있었다. 바로 옆으로 몸을 살짝 돌린 채 무심히, 그러나 간
절히 무엇인가를 호소하듯 그녀를 바라보던 맑고 촉촉한 큰 눈의 소녀,
〈진주 귀고리 소녀〉. 그녀는 그림 속에 담긴 신비로운 표정의 소녀의 환
영에 사로잡혀 자신의 방에 그 그림을 걸어놓고 15년을 동고동락한다.
그 끝에 그녀는 마침내 베르메르의 그림과 똑같은 제목의 또다른 작품
을 창조한다. 바로 소설 《진주 귀고리 소녀》가 그것이다. 그리고 소설은
전세계의 독자들에게 〈진주 귀고리 소녀〉의 신비를 전한다. 소설은 다
시 영상으로 옮겨져 〈진주 귀고리 소녀〉라는 똑같은 제목으로 스크린에
올려진다. 17세기 북유럽 네덜란드에서 베르메르라는 화가에 의해 그
려진 한 소녀의 초상은 21세기 북미의 트레이시 슈발리에라는 여성 작
가에 의해 소설로 다시 태어나고, 소설은 영국의 감독 피터 웨버에 의
해 영화로 만들어져 소설의 이야기와 그림의 풍경을 정교하고 아름답
게 재현한다.

트레이시 슈발리에처럼 일상에서 멀리 떠나 낯선 장소에서 마주쳤던
한 장의 그림으로부터, 또는 주변의 누군가로부터 건네받은 한 장의 사
진으로부터 소설이 탄생하는 예는 소설사에서 종종 있는 일이다. 트레
이시 슈발리에의 《진주 귀고리의 소녀》가 한 편의 그림으로부터 잉태되
었다면, 한국의 젊은 작가 김연수의 장편소설 《네가 누구든 얼마나 외
롭든》은 한 장의 사진으로부터 출발한다.

...처음에 나는 그 사진이 남양南洋군도에서 왔다고 생각했다. 카우치 위에 비스듬히 기대앉아 세상을 향해 다리를 벌리고 있는 여자의 모습이 담긴, 가장자리가 불에 그슬린 사진이었다. 불길의 자취는 사진 아래쪽에 반원 모양으로 남아 있었다. 검은 그 반원의 양옆으로는 'Pier……s 1895'라는 글자가 남아 있었다. 더 정확하게 말하자면 두 눈의 거리만큼 떨어진 한 쌍의 조리개로 찍은 흑백 누드사진 두 장이었다. 사진을 눈에서 멀찌감치 떼어놓고 두 사진이 서로 겹쳐지도록 만들면 그 가운데 환영처럼 여인의 나체가 입체적으로 드러났다.

...김연수, 《네가 누구든 얼마나 외롭든》

또 우리 시대의 유쾌한 이야기꾼 성석제의 단편 〈욕탕의 여인들〉은 아예 인상파 화가 르누아르의 아름다운 그림들로 구성된 작품이다. 르누아르의 〈목욕하는 여인들〉으로부터 소재를 빌려 와 쓴 소설로, 돈 많은 과부나 부잣집 여자를 만나 팔자 좋게 살아보려는 보통 남자의 로망을 그려 보인다. 르누아르의 〈바느질 하는 여인〉, 〈파라솔을 쓴 소녀〉 그리고 〈도시에서의 춤〉 등 소설 갈피갈피에 제시되는 그림들은 독자에게 소설을 읽는 재미와 함께 미적인 감흥을 불러일으킨다. 소설의 첫 장 〈바느질 하는 여인〉의 시작은 이렇다.

...스무 살 무렵 내 꿈은 그당시 유행하던 농담처럼 '돈많은 과부하고 결혼해서 평생 놀고먹는 것'이었다. 그러나 그 과부가 대자연의 순리에 따라 나보다 일찍 죽으면 젊고 예쁜 여자를 새로 만나서 남은 인생을 구가

* 오귀스트 르누아르, 〈바느질하는 여인〉, 1879년, 시카고 아트 인스티튜트

하자는 아름다운 계획이었다. 미리 말해두지만 나는 타고난 난봉꾼이 아니고 그렇다고 구제불능의 게으름뱅이도 아니다. 나이 스무 살에 그따위 생각이나 하는 한심한 인간이라고 여길 사람이 있을지도 모르는데, 내가 먼저 그렇게 생각한 게 아니라 세상이 나를 그렇게 생각하도록 만들었다고 대꾸해주고 싶다.

…성석제, 〈욕탕의 여인들〉

그런가 하면, 남미 페루 출신으로 현대 스페인어권의 대표적인 작가 마리오 바르가스 요사는 성석제보다 한술 더 떠서 장편 《리고베르토씨의 비밀 노트》에 오스트리아 출신의 화가 에곤 실레의 그림들을 병치시키며 현대 사회의 성과 사랑의 풍속도를 흥미진진하게 풀어나간다. 인간 쾌락의 백과사전이라 불릴 정도로 에로티시즘의 정수로 꼽히는 이 소설은 낮에는 평범한 보험업자이지만, 밤에는 도색작가이자 예술 애호가이고 그림 수집가인 리고베르토씨의 성적 환상이 투영되어 있다. 이야기는 루크레시아라는 여주인과 열네 살짜리 의붓아들 폰치토라는 소년 그리고 그 아버지 리고베르토씨의 삼각 구도로 진행되는데, 폰치토는 자신을 에곤 실레로 동일시하고, 아름다운 계모 루크레치아로부터 에곤 실레의 그림 속 여인들의 포즈와 분위기, 표정 등등을 포착한다. 남미 특유의 현란함에 천부적인 이야기꾼 요사의 예술적 감각이 유감없이 발휘된 이 소설은 에곤 실레의 그림들과 맞물려 화려하고, 퇴폐적이며, 도발적인 분위기로 가득하다. 소설의 서두부터 독자의 흥미를 유발한다.

...문을 두드리는 소리가 들렸다. 루크레시아 부인은 문을 열러 갔다. 문 틈으로 보이는 루크레시아 부인은 산 이시드로 올리바르 공원의 허옇게 말라비틀어진 나무들을 배경으로 서 있는 초상화 속 인물 같았다. 폰치토의 노란색 고수머리와 푸른 눈이 보였다. 순간 눈앞이 아찔했다.

...마리오 바르가스 요사, 《리고베르토씨의 비밀 노트》

박민규의 소설이 사랑한 그림, 〈라스 메니나스〉

그리고 박민규의 《죽은 왕녀를 위한 파반느》, 아니 〈라스 메니나스Las Meninas〉. 〈라스 메니나스〉는 박민규 장편소설 《죽은 왕녀를 위한 파반느》의 표지를 장식하고 있는 스페인 화가 디에고 벨라스케스의 그림의 제목이자 이 소설 첫 장의 제목이다. 세상의 모든 연애소설이 그렇듯, 이 소설의 첫 문장 역시 짧고 강렬한 여운을 남긴다. 이런 첫 문장들은 언젠가 한 번쯤 써본 듯한 착각을 일으키고, 언젠가 자신의 청춘의 어느 장면을 보는 듯 친숙하면서도 낯설다.

눈을 맞으며 그녀는 서 있었다.

박민규의 《죽은 왕녀를 위한 파반느》는 그러니까 이 첫 문장 속의 '그녀'를 찾아가는 추억의 여행이자 추억 속의 '그녀'를 위한 헌사이다. 그녀는 누구인가. 우리는 연애소설의 주인공들을 기억하고 있다. 《바람과

＊ 디에고 벨라스케스, 〈시녀들〉, 1656~57년, 프라도 미술관, 마드리드

함께 사라지다》의 스칼렛 오하라, 《마담 보바리》의 엠마 보바리, 《롤리타》의 롤리타, 《상실의 시대》의 나오코, 《리진》의 리진……. 작가들은 소설의 여주인공들을 창조하면서 절대미의 기준을 독창적으로 제시해 왔다. 또한 우리는 연애소설의 공식도 잘 알고 있다. 세상의 남성들은 절대미의 그녀들을 가슴에 품고, 소유하려 하고, 세상의 여성들은 절대미의 그녀들에 의해 은밀히 웃거나, 피눈물을 흘려야 했다. '눈을 맞으며 그녀는 서 있다'라는 박민규의 《죽은 왕녀를 위한 파반느》의 첫 문장은 연애소설의 전형을 보여주지만, 이야기를 쫓아가다보면 여주인공의 공식은 철저히 배반된다. 눈을 맞으며 서 있던 그녀라는 첫 문장의 실루엣은 우리의 가슴을 뒤흔들지만, 사실 그가 사랑한 그녀는 누구도 사랑할 것 같지 않은 못생긴 여자. 그러니까 이 첫 문장은 소설의 화자인 성공한 중년의 작가가 스무 살 무렵에 사랑했던 못생긴 그녀를 회상하는 장면으로부터 출발하고 있는 것이다.

못생긴 그녀를 떠올리게 한 것은 한 편의 음악, 모리스 라벨의 〈죽은 왕녀를 위한 파반느〉이다. 박민규가 제목을 따온 이 음악은 사실은 작곡가 모리스 라벨이 스페인의 화가 벨라스케스의 〈라스 메니나스〉를 본 뒤 그림에서 영감을 얻어 작곡한 음악. 그러니까 태초에 〈라스 메니나스〉가 있었고, 그리고 모리스 라벨의 〈죽은 왕녀를 위한 파반느〉가 있었고, 또 그리고 박민규의 장편소설 《죽은 왕녀를 위한 파반느》가 있고, 그 소설의 첫 장 〈라스 메니나스〉가 있는 것이다. 소설을 둘러싼 원전原典의 출처가 서로 쫓고 쫓기듯이 맞물리며 퍼즐 맞추기처럼 보이는데, 이들로부터 하나의 모티브로 추출하자면, 세상의 눈부신 여자들 옆에 들러리 선 '못생긴 여자'이다.

박민규의 소설《죽은 왕녀를 위한 파반느》의 표지로 감싸고 있는 벨라스케스의 〈라스 메니나스〉의 우리말 번역은 〈시녀들〉이다. 왕녀 마르가리타의 초상화를 17세기의 화가 벨라스케스가 그리는 아틀리에를 액자식으로 재현한 그림이다. 당시 유럽의 화가들은 왕실 또는 바티칸 소속으로 왕과 왕녀, 교황과 순교자 들의 초상을 그리는 데 그들의 첫 번째 임무가 주어졌다. 그런데 이 벨라스케스는 당시의 관례와는 다르게 '왕녀 마르가리타'를 제목으로 하지 않고, '시녀들'을 내세웠다(화가의 또다른 그림으로 단독 초상화 〈왕녀 마르가리타〉가 그려져 유럽의 내로라하는 미술관 벽에 걸려 있긴 하다). 유럽의 왕궁에는 어린 왕녀의 시중을 들며 즐겁게 해주기 위한 구성원들이 있는데, 시녀들과 난쟁이 그리고 개가 빠지지 않는다. 박민규의 소설의 여주인공 그녀는, 화폭의 중심에 서 있는 주인공 왕녀 마르가리타의 시중을 들고 있는 시녀들, 그 중에서도 그림 전면의 오른쪽 옆 구석에 서 있는 뚱뚱하고 못생긴 난쟁이 시녀로부터 환기된 스무 살 무렵의 첫사랑이다.

...라벨을 듣는다. (중략) 또다시 재생되는 그날의 음악처럼 나는 그 벌판과...눈과...나무들과...그녀를 떠올린다.

...박민규,《죽은 왕녀를 위한 파반느》

작가가 고백한 대로, 《죽은 왕녀를 위한 파반느》는 길고 긴 연서戀書를 쓰는 마음으로 '못생긴 여자'와, 그 못생긴 여자를 사랑하는 남자를 다룬 소설'이다. 작가는 지금까지 연애소설이나 영화, 그림 등 예술의 역사는 단 한 번도 못생긴 여자에 대해 눈길을 돌린 적이 없다고 단언하고, 이 소설이야말로 미美의 소수자인 못생긴 그녀들을 위한 것이라고 과감하게 쓰고 있다. 그런데 벨라스케스의 〈라스 메니나스〉가 그려지던 17세기와는 달리, 현대 모더니즘의 역사는, 작가가 추구하는 록rock의 정신처럼, 고정된 미의 답습이 아니라 추醜의 이면에 깃들어 있는 숭고의 미를 발견해내는 혁명의 역사가 아니었던가. 박민규의 희귀한 연애소설의 마지막 페이지를 덮자니 어느 시인의 전언처럼 왼쪽 가슴께가 저며온다.

후기. 소설을 읽는 내내 음악이 함께했다. 모리스 라벨의 〈죽은 왕녀를 위한 파반느〉가 아니다. 이 소설을 위한 백그라운드 음반(BGM) Mushroom—〈눈물〉, 〈그런, 그녀〉, 〈슈크림〉, 어쿠스틱 기타 연주 〈눈물〉. 추억의 결정結晶처럼 투명하고, 알싸하다. 음악이 흐르는 한, 소설은 아직 끝나지 않았다.

소설이 사랑한 공간, 공간들

🐟 **구효서, 《저녁이 아름다운 집》**

작가 구효서는 노래를 구성지게 잘 부른다. 또한 그는 글씨를 정갈하
게 잘 쓴다. 그는 춘향가 한 대목 〈쑥대머리〉를 구수하고 천연덕스럽게
불렀고, 내가 좋아하던 기형도의 시를 한지에 붓으로 멋지게 써주었다.
옛날, 그러니까 1980년대 말에서 1990년대 초에는 그랬다. 그때 나는
그와 함께 광화문에 위치한 같은 직장에 다녔고, 그는 내가 함께 점심
식사를 가장 많이 한 동료였다. 당시 그는 나보다 3년.먼저 신춘문예에
뽑혀 소설가로 데뷔했으며, 나보다 그 직장에 1년 먼저 입사해 다니고
있었다. 그는 내가 만난 첫 강화도 사람이었고, 내가 신춘문예로 소설
가가 되자 제일 먼저 축하해준 첫 동료였다. 그는 가끔 점심을 먹는 중
에, 또는 야유회를 가는 길에 유년 시절의 일들을 '소설처럼' 들려주었
다. 주로 강화도 이야기였다. 광화문의 직장에서 퇴근한 뒤 강남과 대
학로 또는 사간동의 프랑스문화원에서 청춘기를 보내던 내 눈에 그는
주위에서 보기 드문 인물이었다. 그는 영락없는 시골사람이었다. 그의
강화도 정서가 익숙해질 무렵 나는 광화문의 그 직장을 떠나 포스트모
던한 강남으로 갔고, 그리고 유럽으로 떠났다. 시간이 흘렀고, 세기가

바뀌었고, 그는 마을 길목을 지키는 굴참나무(〈명두〉)처럼 흘러가는 세월을 묵묵히 견디며 소설들을 써냈다. 2009년에 출간한 《저녁이 아름다운 집》은 굴참나무 같은 작가 구효서의 일곱 번째 소설집이다. 〈승경 勝景〉, 〈TV, 겹쳐〉, 〈조율 — 월인천강지곡〉 등 소설집에 수록된 아홉 편의 작품들을 비롯하여, 그동안 구효서가 발표한 여섯 권의 소설집과 열한 권의 장편소설에서 일관되게 주목되는 특징은 탁월한 공간성의 창출이다. 《저녁이 아름다운 집》은 그중에서도 '소설의 승경'을 이룬다.

읽는 이를 유혹하는 소설의 공간들

공간성이 빛나는 소설들이 있다. 캐서린을 향한 고아 히스클리프의 광적인 사랑과 이루어질 수 없는 사랑의 희생자인 캐서린의 혼이 음울한 바람소리가 되어 황량한 워더링 하이츠의 저택을 휘도는 에밀리 브론테의 《폭풍의 언덕》. 10년 동안 바다를 표류하며 방랑하던 희랍의 율리시즈(〈오딧세이아〉)를 근대의 광고쟁이 사내 레오폴드 블룸으로 둔갑시켜 하루라는 긴 역사를 더블린에 창조한 제임스 조이스의 《율리시즈》. 치명적인 전염병을 불러오는 불온한 바람과 뱀처럼 물길 현란한 수도 水道 베네치아의 특수한 공간성을 살려 한 중년 사내의 미소년을 향한 관조적 동성애(에로스)의 극치를 보여준 토마스 만의 《베네치아에서 죽다》. 그리고 살아 150년 죽어 20년을 마을 숲에 버티고 서서 명두라는 아낙의 한 많고 기이한 삶을 굴참나무가 되어 전한 구효서의 〈명두〉.

이 공간들은 소설의 성패(인상)을 결정 짓는 인물(캐릭터)의 창조와 함께 또 하나의 강력한 주인공으로 존재한다. 서머싯 몸이 세계 10대 소설의 하나로 꼽은《폭풍의 언덕》의 워더링 하이츠란 공간은 주인공 히스 클리프(벼랑 위에 핀 히스 꽃 같은 존재)와 캐서린 언쇼의 비극적인 사랑을 음울하게 휘감는 상징적 공간으로 압권이다.

…워더링 하이츠란 히스 클리프씨의 집 이름이다. '워더링'이란 이 지방에서 쓰는 함축성 있는 형용사로, 폭풍이 불면 위치상 정면으로 바람을 받아야 하는 이 집의 혼란한 대기를 표현하는 말이다. 정말 이 집 사람들은 줄곧 그 꼭대기에서 일 년 내내 그 맑고 상쾌한 바람을 쐬고 있을 것이다. 집 옆으로 제대로 자라지 못한 전나무 몇 그루가 지나치게 기울어진 것이다. 태양으로부터 자비를 갈망하듯이 모두 한쪽으로만 가지를 뻗고 늘어선 앙상한 가시나무를 보아도 등성이를 넘어 불어오는 북풍이 얼마나 거센지 짐작할 수 있으리라.

…에밀리 브론테,《폭풍의 언덕》

공간성이 뛰어난 소설들은 독자로 하여금 직접 그곳으로 가도록 유혹한다. 나는 구효서에 홀려 강화도를 수없이 찾았고, 제임스 조이스에 빠져 더블린으로 향했고, 로맹 가리에 반해 페루의 바닷가로 떠났다. 발자크의 고리오 영감의 하숙집을 찾아 파리의 팡테옹 언덕의 좁은 골목들을 헤집고 돌아다녔는가 하면, 르 클레지오의《조서》의 무대를 좇아 밤이나 낮이나 니스 해변의 영국인 산책로를 오갔다. 버지니아 울프의 《댈러웨이 부인》을 품고 런던의 거리와 공원을 산책했는가 하면, 폴 오스터의 《브루클린 풍자극》을 옆구리에 끼고 맨해튼과 브루클린을 떠돌아다녔다. 한국 소설에서 공간이 소설의 핵심으로 진입한 것은 모던 보이 박태원의 〈소설가 구보 씨의 일일〉(1934)에서이다. 작가는 자신의 분신인 구보라는 주인공 사내를 내세워 독자를 1930년대 근대 도시 경성의 거리로 인도한다.

…구보는 집을 나와 천변 길을 광교로 향하여 걸어가며, 어머니에게 단 한마디 "네" 하고 대답 못했던 것을 뉘우쳐본다.

(중략) 구보는 갑자기 걸음을 걷기로 한다. 그렇게 우두머니 다리 곁에가 서 있는 것의 무의미함을 새삼스러이 깨달은 까닭이다. 그는 종로 네거리를 바라보고 걷는다. 구보는 종로 네거리에 아무런 사무事務도 갖지 않는다. 처음에 그가 아무렇게나 내어 놓았던 바른발이 공교롭게도 왼편으로 쏠렸기 때문에 지나지 않는다.

(중략) 구보는, 약간 자신이 있는 듯싶은 걸음걸이로 전차 선로를 두 번 횡단하여 화신상회 앞으로 간다. 그리고 저도 모를 사이에 그의 발은 백화점 안으로 들어서기조차 하였다.

…박태원, 《소설가 구보 씨의 일일》

박태원의 〈소설가 구보씨의 일일〉은 1970년대에는 최인훈, 또 90년대에는 주인석에 의해 각자의 시대에 맞게 패러디된다. 이들 소설의 특징은 소설가형 소설이라는 유형의 차용과 서울이라는 공간의 재현이다.

모더니스트 박태원에서 출발한 서울의 소설화는 염상섭의《삼대》를 거쳐 2000년대에는 급기야 김종은의 〈서울특별시〉가 등장하게 된다.

박태원의 〈소설가 구보 씨의 일일〉은 곧 서울이라는 고현학考現學적 공간의 창출이라는 의미심장한 지점을 형성한다. 1930년대 식민지 수도 경성의 근대성, 곧 '현대성'의 풍경을 연구하려면 박태원의 이 소설을 피해 갈 수 없다. 이는 일찍이 문학에서의 현대성의 대변자들, 곧 파리의 시인 샤를 보들레르와 더블린의 소설가 제임스 조이스로 연원을 거슬러 올라갈 때 윤곽을 파악할 수 있다. 박태원 소설의 모태가 된 제임스 조이스의 더블린은 그의 모든 소설, 그러니까 소설집《더블린 사람들》과 장편《젊은 예술가의 초상》, 그리고《율리시즈》,《피네건의 경야》의 무대로 등장하고, 이 공간은 소설을 이루는 핵심 요소인 인물과 스토리를 견인하는 결정적인 요소가 된다. 박태원의 소설가 구보 씨의 경성 산책에 앞서 조이스가 등장시킨 광고쟁이 블룸 씨의 더블린 걷기는 현대 소설의 새로운 탄생을 알린다.

...와일드의 집 모퉁이에서 그는 발걸음을 멈추고, 메트로폴리턴 홀에 광고된 엘리야의 이름에 얼굴을 찌푸리며 공작의 잔디 정원의 먼 유원지에 얼굴을 찌푸렸다. 그의 외알 안경이 햇빛 속에 찌푸리며 번쩍였다. 어금니를 드러낸 채 그는 중얼거렸다 :- '꼬악뚜스 볼루이(부득이 욕망하지 않을 수 없었도다)'. 그는 자신의 사나운 말(言)을 갈(磨)면서, 클레어가街를 향해 계속 성큼성큼 걸었다.

...제임스 조이스, 《율리시즈》

소설의 승경, 저녁이 아름다운 집

구효서의 작품들이 보이는 것처럼 장소에 대한 사랑, 곧 장소에를 일컬어 토포필리아topophilia라고 부른다. 구효서의 소설들은 토포필리아의 원천이랄 수 있는 고향에 대한 그리움, 고향으로 돌아가고자 하는 정서로 빚어낸 산물이다. 그는 이전에 발표했던 〈시계가 걸렸던 자리〉에서 시한부 사내를 내세워 유년기를 보낸 고향 강화도 집을 찾아 추억을 완성해가는 과정을 소설화했다. 그러면 이번에 출간한 〈저녁이 아름다운 집〉이란 어떤 것일까. 그 집은 어디에 있어야 하며, 어떤 세계일까. 구효서는 해질녘의 숭고하고도 온화한 어조로 말한다.

...지난해 그들은 강원도 횡성에다 집 지을 땅을 샀다. 땅덩이리가 커서 세 집이 함께 사서 나누었다. 나눈 한 필지에 묘지 한 동이 붙어 있었다. 다들 그 땅을 피하고 싶었지만 제비뽑기에서 걸렸다. 마땅히 이장을 해주어야 할 묘지 주인은 몹시 미온적이다.

(중략) 주말마다 내려와 농사를 지었다. 농약은 주지 않았지만 작물들은 그럭저럭 잘 자랐다. 농사를 짓느라 그의 얼굴은 새카맣게 탔다. 그녀는 선크림을 바르고 수건을 두르고 커다란 챙이 있는 모자를 썼다.

(중략) 방치해두면 잡종지로 변해 세금이 많이 나온다는 말에 겁나 시작한 농사였다. 그러나 밭에서 맞았던 지난 사계가 퍽이나 인상적이었다. 나고 자라고 맺고 사라지는 이치가 그곳에 있었다.

...구효서, 〈저녁이 아름다운 집〉

사실, 소설의 화자인 그는 죽음을 앞두고 있다. 그녀, 그러니까 아내는 그 사실을 모르고 있다. 시나리오 작가인 그와 그의 아내가 전원 생활을 꿈꾸며 형제 세 집이 합작으로 산 땅덩이에 덩그마니 남의 무덤이 솟아 있다. 무덤은 제비뽑기에 의해 그들의 차지가 되었다. 갑자기 무덤 문제가 그들 사이에 끼어든다. 그들은 이것을 어떻게 할 것인가. 그는 무덤에서 자신의 죽음과 그 이후를 본다. 남편의 죽음을 감지하지 못한 채 그녀는 무덤을 이장시키는 방법을 찾다가 결국은 여러 차례 남편과의 대화 끝에 무덤과 함께 집을 짓기로 마음을 돌린다. 그가 사전에서 찾아낸 무덤의 동의어들 중 산소는 '그냥 산의 어떤 곳'이라는 의미를 받아들인 것이다. 구효서는 한 사람에게 죽음이 다가와 휘감고 또 풀려나가는 흐름을 강물처럼 순연하게 풀어낸다. 그의 순연함은 강화도 작가의 변하지 않는 성정이며 나아가 작가 경력 22년 차의 능숙과 세련이 빚어낸 경지이다. 누가 남의 묘를 마당가에 품은 채 새집을 지을 수 있겠는가. 작가 구효서는 능청스럽게 아내가 홀로 남은, 그러나 무덤이 마당가에 놓여 있는 석양빛 가득한 세계로 이끈다. 그리고 명명한다, 저녁이 아름다운 집이라고!

개츠비를 만나는 황홀한 봄밤

✍ F. 스콧 피츠제럴드, 《위대한 개츠비》

봄밤이 깊어간다. 피츠제럴드를 읽는다, 아니 개츠비를 만난다. 《위대한 개츠비》. 번역자가 다를 뿐 내 서가에는 같은 작가의 동명 소설이 세 권이나 있다. 이 봄밤의 동행자는 막 번역되어 나온, 사진을 작품의 이미지로 얹은 블랙 장정의 문학동네 판이다. 하루가 멀다 하고 신간들이 쏟아져 나오는데, 그들을 밀치고 《위대한 개츠비》가 책상 한쪽을 차지하고 있다. 딱히 그럴 만한 이유가 있는 것이 아니다. 군이 말하자면, 봄이 일으키는 현기증 때문이라고 해야 할까.

몇 년 전 평소 친하게 지내는 선배 작가 S의 문학 강연에 젊은 문학도들과 함께 참여한 적이 있었다. 강연이 끝나고 독자의 질문 시간이 되었다. 철학과 출신으로 현재 소설가 지망생이라고 자신을 소개한 청년이 작가에게 비문학 전공자로서 문학에 입문한 계기, 대학 시절 문학 동아리 생활, 문우 관계에 대해 질문했다. S는 법대에 다녔지만 주로 문리대에서 시간을 보냈다고 답변하면서, 이렇게 덧붙였다.

"스무 살 어름 나에게 문우의 기준은 피츠제럴드를 읽었느냐, 그렇지 않았느냐에 있었습니다."

이때 피츠제럴드를 읽는다는 의미는 그의 《위대한 개츠비》를 의미한다. 이 말을 듣는 순간, 나는 오래전, 스물다섯 살 어름, 일본의 초대형 베스트셀러 작가의 첫 번역 장편소설인 《상실의 시대(원제 Norwegian Wood, ノルウェイの森)》의 어느 구절이 기억 속에서 선명하게 되살아나는 경험을 했다. 당시 무라카미 하루키라는 생소한, 그러나 일본에서 슈퍼 베스트셀러 작가로 떠오른 이 작가는 주인공의 시니컬한 말투를 통해 '한동안 피츠제럴드만이 나의 스승이요, 대학이요, 문학하는 동료였'음을 토로하고, 자신의 정체성을 피츠제럴드의 《위대한 개츠비》를 통해 드러냈다. "누구든지 《위대한 개츠비》를 읽으면 나와 친구가 될 수 있지."

나는 비틀스의 노래 제목에서 빌려 온 무라카미 하루키의 화제의 《노르웨이의 숲》이라는 장편소설이 어떻게 《상실의 시대》란 한국어 제목으로 출간되게 되었는지, 그 과정 속에 있었고, 지금도 유유정이라는 원로 일어 번역자가 전해준 낡은 원고지 더미들 속에서 파편처럼 빛나던 피츠제럴드라는 이름을 기억하고 있다. 물론 하루키의 소설에는 피츠제럴드뿐만 아니라 수많은 외국 작가와 외국 음악, 재즈, 음식, 그림, 도시, 비행기 이름 들이 현란하게 출몰했고, 그것이 하루키의 새로움, 그러니까 그 시대 젊은 작가의 언어관, 소설관을 대변하는 독창성이었다.

…그때 서른일곱 살이던 나는 보잉 747기의 한 좌석에 앉아 있었다. 거대한 비행기는 두터운 비구름을 뚫고 내려와, 함부르크 공항에 막 착륙하려 하고 있었다.

11월의 차가운 비가 대지를 어두운 장막으로 감싸고 있었고, 비옷을 걸친 정비공들과, 민둥민둥한 공항 빌딩 위에 나부끼는 깃발들 하며, BMW의 광고판 같은 이런저런 잡다한 것들이 플랑드르 화가들의 음울한 그림의 배경처럼 보였다. 드디어 또 독일에 왔구나, 하고 나는 생각했다.

비행기가 착륙하자 금연등이 꺼지고 기내의 스피커에서 조용한 배경 음악이 흘러나오기 시작했다. 그건 어떤 오케스트라가 감미롭게 연주하는 비틀스의 〈노르웨이의 숲〉이었다.

...무라카미 하루키, 《상실의 시대》

독자가 작가와 작품을 만나는 경로는 몇 가지가 있다. 지금 내가 쓰고 있는 여러 매체의 서평을 통해, 또는 독서 관련 단체의 추천 목록을 통해, 그리고 선배 작가 S나 나처럼 어떤 작가의 말이나 작품을 통해. 노벨문학상 수상자인 터키의 작가 오르한 파묵은 장편《새로운 인생》에서 '한 권의 책을 만났다. 그리고 내 인생은 바뀌었다'고 고백하고 있기까지 하다. 나는 하루키를 통해 비틀스와 비치 보이스, BMW와 독일, 그리고 피츠제럴드와 레이먼드 카버를 만났다. 피츠제럴드는 나에게 1920년대 뉴욕을, 그리고 레이먼드 카버는 헤밍웨이로부터 물려받은 하드보일드 문체를 전해주었다.

...나는 뉴욕이라는 도시, 밤이면 역동적이고 모험적인 분위기로 충만한, 남자와 여자, 자동차들이 쉴새없이 몰려들며 눈을 어지럽히는 이 도시를 사랑하기 시작했다. 나는 5번가를 걸어올라가 군중 속에서 신비로

운 여자 하나를 찾아내 아무도 모르게, 그 누구의 제지도 받지 않고 그 여자의 삶으로 들어가는 나만의 공상을 즐겼다. 상상 속에서 나는 그녀들의 집까지 뒤쫓아가고. 그러면 그녀들은 어두운 거리 모퉁이에서 몸을 돌려 나를 향해 미소를 짓고는 문을 열고 따뜻한 어둠 속으로 몸을 감추는 것이었다. 대도시의 찬란한 어스름 속에서 나는 간혹 저주받은 외로움을 느끼고, 그것을 타인들― 해질 무렵, 거리를 서성이며 혼자 식사할 수 있는 시간이 오기를 기다리는, 그러면서 자기 인생의 가장 쓰라린 한 순간을 그대로 낭비하고 있는 젊고 가난한 점원들― 에게서도 발견하였던 것이다.

...F. 스콧 피츠제럴드, 《위대한 개츠비》

위에 인용한 《위대한 개츠비》는 소설가 김영하의 번역에 의해 2010년에 새롭게 출간된 최신 번역본 문장이다. 《나는 나를 파괴할 권리가 있다》의 작가 김영하는 연세대 경영대 출신으로 대학 시절 언더그라운드 문학계에서 상당한 독자를 거느린 인기 작가였다. 그는 1990년대 중반 본격 문예지가 아닌 문화매체에 작품을 투고하며 작가로 데뷔했고, 《나는 나를 파괴할 권리가 있다》는 경장편으로 제1회 문학동네 신인작가상을 수상했다. 작가가 된 이후에도 그는 연세대 한국어학당에서 외국인들에게 한국어를 가르쳤고, 유럽을 떠났으며, 홍대 앞 문화의 기수로 통했다. 2000년대가 되자 한국종합예술학교 교수로 임용이 되면서 대학에 직장을 갖는가 싶더니, 몇 년 뒤 교수직을 던져버리고 훌쩍 이탈리아 시칠리아 섬으로 떠났다. 몇 년 전부터 그가 머문 도시들을 테마로 여행기들이 출간되고 있는데, 시칠리아(《네가 잃어버린 것을 기억하라》), 하이델베르크(《김영하의 여행자 — 하이델베르크》), 도쿄(《김영하 여행자 — 도쿄》)를 거쳐 그는 현재 미국 뉴욕 브루클린에 머물고 있다.

여행자 김영하가 브루클린에 머물면서 한국의 독자에게 내놓은 것은 여행기나 소설이 아닌 스콧 피츠제럴드의 《위대한 개츠비》이다. 사실 이 소설은 고등학생과 대학생, 일반인에게 권하는 필독서인 만큼 오래전부터 여러 번역자에 의해 수십 권이 나와 있다. 작가라는 존재와 마찬가지로 독자라는 신분, 또는 정체성을 고유하게 확보하고 그 특권을 즐기는 사람이라면, 번역으로 읽어야 하는 외국 작품을 선택하는 섬세하고도 까다로운 기준이 있다. 내가 새삼 1925년에 출간된 F. 스콧 피츠제럴드의 《위대한 개츠비》를 다시 읽는 이유는 1925년 뉴욕의 피츠제럴드와 2010년 뉴욕을 바다 건너 바라보고 있는 김영하의 문장을 동시에 경험하고자 하는 욕심과 호기심에 있다.

…"신사 숙녀 여러분." 그가 외쳤다. "개츠비 씨의 요청에 따라 블라디미르 토스토프의 최신작을 연주하겠습니다.

(중략) "이 작품의 제목은", 그는 힘차게 결론지었다. "블라디미르 토스토프의 〈세계 재즈사〉입니다."

(중략) 〈세계 재즈사〉가 끝나자 여자들은 애교스럽게 남자 어깨 위에 머리를 올려놓는가 하면, 기절이라도 하듯이 남자들의 팔에 갑자기 몸을 맡기기도 하고, 심지어 누가 잡아주겠거니 생각하고 사람들 무리 속으로 몸을 던지기도 하였다. 그러나 개츠비한테는 그 누구도 그러지 않았고,

프랑스 식 단발머리 여자들 중 누구도 개츠비의 어깨에 손을 대지 않았고, 또한 노래하는 무리들 중 그 누구도 개츠비와 함께 노래하지 않았다.

...F. 스콧 피츠제럴드, 《위대한 개츠비》

개츠비, 이 위대한 인물은 누구인가! 도대체 어떤 인물이기에 '위대한'이라는 엄청난 수사가 붙는 것일까. 이 소설은 1925년에 발표된 길지 않은 장편소설로, 제1차 세계대전 직후에서 1929년에 닥칠 대공황 이전의 불안과 혼란, 격정의 뉴욕 풍경을 제이 개츠비라는 문제적인 인물을 중심으로 생생하게 전해준다. 개츠비는 한마디로 미천한 출신이나 우여곡절 끝에 밀주업으로 부를 축적한 장본인. 개츠비가 활보하던 미국은 금광과 석유 채굴과 함께 산업혁명의 총아 런던에서 대서양 건너 뉴욕의 월스트리트 증권가로 자본이 형성되던 시기. 금으로, 석유로, 또는 술(밀주)로 일확천금을 획득한 주인공들과 그들의 역동적인 생의 폭발과 끝을 우리는 몇몇 소설과 영화들을 통해 알고 있다. 에밀리 브론테의 《폭풍의 언덕》에서의 고아 출신의 히스클리프, 제임스 딘 주연의 영화들, 그리고 《위대한 개츠비》의 개츠비가 바로 그들이다. 또한 우리는 짧은 시간 안에 어마어마한 부를 축적한 이 사내들의 가슴속 비밀을 알고 있으며, 그것으로 인해 그들은 존재하며, 또한 죽어간다는 것도 알고 있다. 히스클리프에게는 캐서린이 있다면, 제이 개츠비에게는 데이지가 있고, 그것은 그들에게 축복이자 저주이자 희망이었던 것.

이 소설을 한마디로 요약하자면, 육군 장교 시절 만났던 데이지를 향한 개츠비의 집요하고도 바보 같은 사랑 이야기이다(번역자 김영하는 '표적을 빗나간 화살들이 끝내 명중한 자리들'로 근사하게 표현했다). 비극은 서로 알아보았고, 사랑에 빠졌으나, 둘 중의 하나가 다른 길(삶/사람)을 선택했다는 데 있다. 사치와 화려한 삶을 추구한 데이지와 전쟁 중에 만난 청년 장교인 개츠비의 사랑이 삶으로 영원히 포개지지 않는다는 것, 그리고 그것만이, 그럴 때만이 비로소 한 편의 소설이 탄생한다는 것.

제목에 사로잡혀, 피츠제럴드가 창조한 개츠비라는 사내의 위대성에 골몰하는 경우가 있다. 위대하지 않은 사랑이 있으랴! 번역자 김영하의 제목에 관한 사유를 전하자면, 피츠제럴드가 이 작품을 쓸 당시 뉴욕 근교 롱아일랜드의 그레이트 네크Great Neck로 이사를 했고, 그곳에서 만날 수 있는 인물로 개츠비를 불러냈다는 것이다. 그러니까 영어의 강박관념으로 우리가 기대하는 만큼의 위대함이 아닌, 지극히 자연스러운 흐름 속에 'Great'가 부여되었다는 사실을 짐작할 수 있다. 그러나 이 '위대한'이라는 수식어가 아니었다면, 피츠제럴드 사후 이토록 오랫동안 이 소설이 독자들의 사랑을 받을 수 있었을까. 그런 의미에서, 비록 출간되기까지 여러 곡절을 겪었고, 또 출간되었을 때 독자들의 외면을 받았지만, 그래서 이후 잊혀진 작가로 쓸쓸하게 말년을 보내야 했지만, 결국은 이렇게 눈부시게 살아남아 21세기의 젊은 독자들과 소통한, 이보다 더 위대한 인물이 있을까.

개츠비를 만나는 봄밤, 어둠조차 황홀하다.

파티가 끝난 마지막, 어젯밤

🌸 제임스 설터, 《어젯밤》

외국 소설의 경우, 작품의 명성에 비해 국내에 전혀 번역 소개되지 않거나, 제대로 된 번역본이 출간되어 있지 않거나, 늦게 번역되어 새로운 시간대에 소통되는 예가 종종 있다. 로알드 달과 레이먼드 카버의 작품들이 늦게 소개된 대표적인 경우고, 최근 처음 번역되어 한국의 독자들과 만나고 있는 제임스 설터의 작품들도 그에 속한다. 헤밍웨이의 작품들은 그의 국제적인 명성에 비해 번듯한 한국어 번역본이 나와 있지 않은 경우이다. 하드보일드 문체의 전범으로 불리는 그의 〈살인자들 The killers〉이나 〈킬리만자로의 눈〉은 시사영어사의 영한 대역 시리즈로 읽을 수밖에 없다.

《찰리와 초콜릿 공장》이라는 신비로운 환상 동화로 유명한 영국의 로알드 달의 성인 단편소설들은 성석제 작가의 열렬한 추천에 의해 강 출판사에서 지속적으로 출간됨으로써 소설 애호가들에게 능란한 이야기꾼과 '반전의 귀재'로 각광받고 있다. 성석제는 '이제까지 내가 읽었던 소설의 서열을 매기라고 한다면 로알드 달의 소설을 다섯 손가락 안에 놓겠다'고 공표할 정도이다. 또한 헤밍웨이의 소설 문법을 충실하게 습득하고, 뼈를 깎는 노력으로 헤밍웨이의 하드보일드 문체를 넘어서는 스타카토 문체라는 독특한 단문 세계를 창조한 레이먼드 카버는 정영문과 김연수 작가의 번역에 의해 문학동네 출판사를 통해 독자들과 소통해 왔다. 젊은 시절 재미있게 읽은 외국 작가의 작품들을 한국 작가들이 독자들에게 소개하는 매우 이채로운 현상이라고 할 수 있다. 초대된 손님과 주인이 아름다운 딸을 걸고 포도주 생산지를 알아맞히는 게임을 벌이는 로알드 달의 〈맛〉은 성석제의 안내로 읽을 때 감칠맛이 난다.

…"그럼 먼저, 보르도의 어느 지역에서 이 포도주가 나왔느냐? 그것은 추측하기가 어렵지 않소. 생테밀리옹이나 그라브에서 나왔다고 하기에는 진한 맛이 너무 약하기 때문이오. 이것은 메도크가 분명하오. 그 점에 대해서는 의심의 여지가 없소.

자, 그럼 메도크 가운데 어느 코뮌에서 나왔느냐? 그것 역시 소거법에 의해 어렵지 않게 판단을 내릴 수 있소. 마르고냐? 아니오. 마르고일 리는 없소. 마르고 산 특유의 강렬한 향은 없소. 포이야크냐? 포이야크일 리도 없소. 포이야크라고 하기에는 너무 연약하오. 너무 상냥하고 수심에 차 있지. 포이야크의 포도주는 그 맛이 거의 오만하다 할 수 있거든. 게다가 내 입맛으로 느끼기에 포이야크에는 약간의 심이 들어 있소. 포도가 그 지역의 땅에서 얻는 묘한 맛, 뭔가 탁하면서도 힘찬 맛이 있지. 아냐, 아냐. 이건…… 이건 아주 상냥한 포도주야. 새침을 떨고 수줍어하는 첫 맛이야. 부끄럽게 등장하지. 하지만 두번째 맛은 아주 우아하거

든. 두 번째 맛에서는 약간의 교활함이 느껴져. 또 좀 짓궂지. 약간, 아주
약간의 타닌으로 혀를 놀려. 그리고 뒷맛은 유쾌해. 위로를 해주는 여성
적인 맛이야. 이 약간 경솔하다 할 정도로 너그러운 기분, 이건 생쥘리앵
코뮌 밖에서는 찾을 수가 없어. 이건 틀림없이 생쥘리앵의 포도주요."

...로알드 달, 〈맛〉

그리고 먼 길을 떠나 찾아온 오랜 지인인 장님과의 교감의 의미로 그
가 알고 싶어 하는 유럽의 대성당을 손등과 손바닥을 맞대어 그려 나가
는 감동적인 장면을 연출한 레이먼드 카버의 〈대성당〉은 김연수의 번역
으로 읽을 때 절제된 단단한 힘을 경험할 수 있다.

..."계속하게나." 그가 말했다. "멈추지 마. 그려." 말했다.

그래서 나는 계속했다. 내 손이 종이 위를 움직이는 동안 그의 손가락
이 내 손가락에 딱 붙어 있었다. 살아오는 동안, 내 인생에 그런 일은 단
한 번도 없었다.

그때 그가 말했다. "이제 된 것 같은데. 다 그린 것 같아." 그는 말했다.
"한번 보게나. 어떻게 생각하나?"

하지만 나는 눈을 감고 있었다. 조금만 더 계속 그렇게 있어야겠다고
나는 생각했다. 마땅히 그래야 한다고 나는 생각했다.

"어때?" 그가 말했다. "보고 있나?"

나는 여전히 눈을 감고 있었다. 나는 우리집 안에 있었다. 그건 분명
했다. 하지만 내가 어디 안에 있다는 느낌이 전혀 들지 않았다.

"이거 진짜 대단하군요." 나는 말했다.

...레이먼드 카버, 〈대성당〉

한 작가의 작품이 사회 구성원들과 소통하려고 할 때, 일련의 과정이 필요한 경우가 있다. 제임스 설터는 어니스트 헤밍웨이에서 레이먼드 카버로 이어지는 미국 현대소설의 전통 속에 있다. 우선 짧고 간결한 문체적인 특징에서 같은 혈통임을 확인할 수 있고, 소설이 다루고 있는 소재―뉴욕을 무대로 살아가는 중산층의 부부의 성적 욕망과 균열―에서 유사점을 발견할 수 있다. 헤밍웨이의 하드보일드한 문체와 카버의 주제가 제임스 설터의 단편 미학을 형성하고 있고, 이런 연유로 헤밍웨이와 카버를 읽은 독자들은 제임스 설터가 던지는 배신의 의미, 곧 삶의 의미를 되새겨보게 된다. 《어젯밤》에는 열 편의 단편이 수록되어 있는데, 수잔 손택이 극찬한 대로, 한 편 한 편 절제된 내용과 스타일로 오랜만에 소설을 읽는 즐거움을 선사한다.

...이른 새벽, 햇빛은 투명하고 눈부셨다. 동향의 그 집은 더 하얗게 빛났다. 동네의 어느 집보다 깨끗하고 평화로운 모습이었다. 집 옆 커다란 느릅나무는 연필로 그린 듯 정교한 그림자를 드리웠다. 엷은 색 커튼은 정지한 듯 움직임이 없었다. 집 안의 모든 것이 그대로였다. 집 뒤엔 넓은 잔디밭이 있었다. 정원을 보러 오던 날, 키가 크고 날씬한 수잔나가 그 정원 위를 가로질러 천천히 둘러보았다. 그녀를 처음 본 날이었다. 그날의 모습을 지울 수 없었지만 관계가 시작된 건 훨씬 나중의 일이었다.

마리트와 정원을 다시 꾸미려고 그녀가 집에 왔을 때.

　동네의 어느 집보다 깨끗하고 평화로워 보이는 집에는 지금 세 사람
이 있다. 화자인 남편과 어젯밤 안락사를 했어야 할 아내 마리트, 그리
고 아내와 남편의 친구인 수잔나. 어젯밤 계획에 따르면, 병든 아내 마
리트의 뜻에 따라 남편 월터는 그들의 젊은 친구인 수잔나에게 부탁해
셋이 함께 외출해 레스토랑에서 고가의 포도주를 곁들인 마지막 저녁
식사를 하고, 그리고 '그 일'을 수행하기로 한 것이다. 와인에 기분 좋
게 취한 셋은 집으로 돌아와 서로를 바라보며 적절한 시기를 기다린다.
'그 일'(마리트의 안락사)에 모두 동의한 상태. 그러니까 소설이 가리키는
'어젯밤'은 안락사를 선택한 아내의 마지막 밤이자, 아내가 몰랐던 진
실이 밝혀지는 최초의 밤이다. 그런데 무슨 운명의 장난인지 아내는 어
젯밤, 그러니까 죽음으로 떠나는 마지막 밤을 보내지 못하고 살아나 아
침을 맞는다. 그녀가 뜻대로 죽지 않고 되살아난 최초의 아침에 만나는
두 얼굴은 어젯밤 그녀가 함께한 사람들이 더 이상 아니다. 2층에서는
아내가 죽어가고, 1층에서는 남편이 다른 여자와 정사를 벌이는 집. 이
것이 작가가 제시하는 '동네의 어느 집보다 깨끗하고 평화로워 보이는'
집의 진실이다.

　...월터와 수잔나는 식탁에 앉아 커피를 마셨다. 공범인 그들은 일어난
지 얼마 되지 않았고 아직 제대로 눈을 맞추기 전이었다. 하지만 월터는

황홀한 눈으로 그녀를 보았다. 화장기 없는 그녀는 더 예뻤다. (중략) 몇
군데 전화를 해야 했지만 그럴 생각은 들지 않았다. 아직 너무 이른 아침
이었다. 대신 오늘 이후의 일들을 생각했다. 앞으로 맞이할 아침들. 처음
엔 뒤에서 나는 소리를 듣지 못했다. 하지만 발소리가 났고 이어서 천천
히 또 한 번 발소리가 들렸다. 수잔나의 얼굴에 핏기가 가셨다. 마리트가
비틀거리며 계단을 내려오고 있었다. 얼굴에 한 화장이 굳었고, 짙은 립
스틱엔 균열이 있었다. 그는 믿을 수 없는 눈으로 바라봤다.

　　— 뭔가 잘못됐어요. 그녀가 말했다.

…제임스 설터, 〈어젯밤〉

어쩌면, 소설이니까, 가능할지도 모른다. 살을 맞대고 살던 아내가
죽어가는 동안 남편은 아래층에서 다른 여자와 정사를 벌이는 것이. 또
아내가 위층에 죽어 차갑게 굳어 있는데, 남편은 아래층에서 황홀한 눈
으로 다른 여자를 바라볼 수 있는 것이. 마치, 어머니의 장례식이 끝나
자마자 여자와 정사를 벌인 행위가 크게 문제를 일으켰던 20세기 초 뮈
르소라는 청년을 카뮈는 '이방인'으로 불렀듯이, 제임스 설터는 '뭔가
잘못된' 어젯밤이라는 시간을 현실 이면에 도사리고 있는 불편한 진실
과 대면하는 '낯선 순간'으로 명명하고 있는 것일까.

…　— 처음부터 다시 해야 해요. 마리트가 흐느꼈다.

　　— 미안해. 그가 말했다. 정말 미안해.

　　그는 다른 말이 생각나지 않았다. 수잔나는 방으로 가서 옷을 챙긴 후

현관으로 나갔다. 그게 수잔나와 월터의 마지막이었다. 그의 아내에게 들킨 그 순간으로. 그가 우겨서 그 후에도 두세 번 만나긴 했지만 소용이 없었다. 그게 무엇이었든 두 사람 사이에 있던 건 사라지고 없었다. 그녀는 어쩔 수 없다고 했다. 그냥 그게 전부였다.

…제임스 설터, 〈어젯밤〉

파티는 끝났다. 오늘이 지나가면 어제가 된다. 그러나 어젯밤만은 지나가지 않고 언제나 그대로이다. 어쩔 수 없는 시간이다. 소설만이 통과할 수 있는.

사랑의 자서전

✍ 마르그리트 뒤라스와 아니 에르노, 파리 몽파르나스 묘지와 루앙

스무 살 이후 사랑에 관한 한 소설에서 지속적으로 나를 자극하는 작가는 마르그리트 뒤라스다. 그리고 아니 에르노.

서울에서 마르그리트 뒤라스의 《복도에 앉은 남자》를 만났을 때 내나이 스물둘, 《연인》을 거쳐 그녀의 마지막 소설 《이게 다예요》를 만난건 그로부터 10년 뒤, 서른둘.

보들레르(잔 뒤발)와 베케트(수잔), 랭보(베를렌) 혹은 베를렌(랭보)의 예외적이고 숙명적인 사랑을 알고 있기는 했지만, 플라토닉 사랑에 깊숙이 빠져 있던 스물두 살의 나에게, 인도 어느 곳에서 매일 자학 행위와 비슷한 섹스를 연출하는 《복도에 앉은 남자》는 현기증 그 자체였다. 그러나 《복도에 앉은 남자》를 체험했기에 프랑스 문화원 지하 영상실에서 만난 〈히로시마 내 사랑〉(마르그리트 뒤라스 시나리오, 알렝 레네 감독, 1959)은 고통 그 자체였다. 이름도 나이도 모른 채, 상이한 사랑의 아픔을 가슴에 품고 섹스 행위에 몰입하는 두 남녀를, 별만큼이나 선명히 그들의 살갗에 맺히는 땀방울의 의미를 사랑 아닌 무엇으로 읽어야 할까?

1992년 6월 프랑스로 떠나기 전. 서울의 한 극장에서 개봉한 뒤라스

* 뒤라스가 35세 연하의 연인 청년 얀을 만난 운명적인 항구 투르빌, 노르망디, 프랑스(위)
* 영불해협의 아름다운 휴양도시 도빌과 투르빌의 공용역(아래)

* 에르노의 태생지 이브토, 노르망디 평원

원작 영화 〈연인〉(장 자크 아노 감독, 1992)을 보았다. 영화는 기대에, 아니 원작에 못 미쳤다. 그래서인지 그날 본 영화보다는 그 영화를 보여준 선배의 사랑 고백이 오래도록 기억에 남았다. 선배는 영화가 끝나고 난 뒤 그즈음 처한 사랑, 어쩌다 불륜이 되어버린 사랑을 난감하게 털어놓았다. 나는 스크린이 돌아가는 내내 어쩌다가 불륜에 휘말린 사랑을 자책하고 삭히고 그러면서도 그리워 살 떨리게 고통스러워했을 선배의 얼굴을 바라볼 자신이 없어서 휘황한 세종문화회관 앞 대로를 벗어나 휘어진 골목길로 들어가야 했다. 골목길 어둠 속에서 나는 선배의 부적절한 사랑 관계를 속절없이 한 귀로 흘려보내며 뱃머리에 기대서서 망망대해를 바라보던 열일곱 소녀의 나른한 눈길을 떠올렸다. 그때 나는 열일곱 살 때부터 10여 년 간 끌어온 플라토닉 사랑의 끈을 완전히 놓고 새로운 세상으로 나아가고 있었다.

그리고 그해 8월 파리. 에르노를 만났다. 그때가 처음은 아니었다. 대학 졸업 직후 그녀의 《아버지의 자리》, 《어떤 여인》을 읽었다. 자전적인 성격을 띤 두 소설은 고등사범학교 출신으로 대학교수 자격시험에 합격한 뒤 중산층 남자와 결혼함으로써 지식인 사회에 편입된 딸의 눈으로 본, 평생 소읍 이브토에서 식료품 가게를 꾸리다 운명한 자신의 보잘것없는 아버지와 어머니에 대한 가족사적 고찰, 동시에 사회사적 고찰이었다. 자전적 소설이라고는 하지만 일본의 사소설私小說과는 다른 객관적인 서술과 건조한 문체가 인상적이었다. 그런데 그해 파리에서의 에르노는 이전의 에르노가 아니었다. 물론 단문短文에다가 어떤 수증기도 용납하지 않는 담백한 문체는 그대로였다. 내용에서 가족과 사회 대신 사랑이, 오직 사랑이, 그것도 수동적인 기다림 상태의 집착적인 사랑이 소설을 채우고 있었다. 《단순한 열정》이라는 작품이 바로 그것이었다.

일기를 그대로 인쇄해서 출간한 것이 아닌가 할 정도로 '아무것도 꾸미지 않은, 그야말로 있는 그대로'(《텔레라마》)의 소설. 손 안에 쏙 들어오는 60쪽의 작은 책에 프랑스 문단은 소설이냐 아니냐를 두고 들끓었고, 프랑스 독자들은 최고의 베스트셀러 자리에 그녀의 소설을 올려놓으며 사실과 허구의 제로 지점까지 밀어붙인 작가의 용기에 박수갈채를 보냈다. 나는 서울에서 가져간 뒤라스의 《복도에 앉은 남자》와 《롤 발레리 스탱의 황홀》을 파리의 다락방에 남겨두고 에르노의 《단순한 열정》을 배낭에 넣고 남프랑스와 지중해안을 홀린 듯 떠돌아다녔다. 파리로 돌아오는 오후의 열차 안에서, 이전의 뒤라스로부터 받았던 현기증이 에르노의 마지막 문장에 얹혀 여름의 마지막 열기처럼 온몸을 휘감았다.

…내가 어렸을 때, 사치, 그것은 모피옷, 긴 드레스, 그리고 해변의 빌라들을 의미했다. 그 후, 사치야말로 지적인 삶을 영위하는 것으로 믿었다. 지금은, 한 남자 또는 한 여자를 위해 열정을 바치며 살 수 있는 것 또한 사치라고 여겨진다.[*]

…아니 에르노, 《단순한 열정》

. . . .

[*] A. Ernaux, *Passion simple*, Gallimard, 1992, p.77.

1994년 12월 서울. 폭설이 내린 까맣고 하얀 밤 나는 한남동의 만찬장에서 에르노를 만났다. 에르노가 서울에 온 것이었다. 그녀는 호리호리한 큰 키에, 책 사진에서보다 훨씬 미인이었다. 나는 그녀와 한 테이블에서 저녁식사를 했다. 타원형의 대형 식탁에서 그녀와 나는 대각선으로 마주 앉았다. 나는 정면으로 그녀를 바라보지 않았고, 그녀의 존재감, 그녀의 영상을 느끼려고 했다. 그렇다. 내가 사랑하는 방식, 물불 안 가리고 사랑하는 대상에게 달려가 집착하는 것이 아니라, 느리게, 깊이깊이 내면화하는 것. 에르노는 이따금 나와 눈이 마주치면, 《단순한 열정》의 저자 사진에 담긴 표정으로, 그러니까 약간 서글프게 입술을 늘이며 미소 짓는 정도로 나를 은근히 바라봤다.

식사 시간이 끝나고 두셋씩 모여 담소하는 자리에서 그녀와 마주쳤지만 나는 2년 전 여름의 《단순한 열정》을 언급하지 않았다. 그것도 자존심인가. 무슨 자존심? 나는 그녀에게 매혹당해 있던 것이었나? 피할수 없는 매혹과 질투심으로 짐짓 냉정을 가장한 것이었나? 그토록 그녀는 아름다웠나? 쉰 중반의 나이였지만 그녀는, 사랑의 열정에 혼을 다 바쳐서인지, 황금빛 사라를 두른 투명인간처럼 눈부셨다. 그녀 앞에서 무슨 말을 하겠는가. 그녀와 헤어져 일산으로 돌아오는 눈 쌓인 자유로에서 나는 자주 길을 잃었다. 폭설로 도로 선은 보이지 않았고, 가로등마저 희미하게 흘러내리는 잔설의 형체를 비치고 있을 뿐이었다.

1996년 봄 서울. 뒤라스의 마지막 작품 《이게 다예요》를 봄 내내 읽었다. 겨우, 98쪽의 얇디얇은 책인데 말이다. 혹자는 소설로, 혹자는 에세이로 분류하지만, 그 작품은 그녀가 독자들에게 전하는 마지막 편지,

* 에르노의 모교와 33세 연하의 연인 필립 빌랭의 도시 루앙. 노르망디. 프랑스

그녀가 그녀의 특별했던 서른다섯 살 연하 연인 얀 안드레아에게 쓴 마지막 연서, 그리고 그녀 자신의 삶을 정리하는 마지막 일기였다. 마지막 페이지를 덮으며 불현듯 뒤라스와 에르노를 동시에 생각했다. 그때까지 나는 뒤라스와 에르노를 각각 품어왔었다. 에르노처럼 어느 날 뒤라스를 만난다면? 에르노에게처럼 더 이상 매혹당하지 않으려고 부러 거리를 두며 배회할 것인가? 그러나 뒤라스는 그녀를 언젠가 만날지도 모른다는 현존감을 느끼고 있는 사이 이 세상을 떠나고 말았다. 뒤라스를 잃는 것, 그래서 그녀와 그녀의 소설이 세상 저편과 이편으로 갈라졌다는 사실이 나에게 큰 상실감을 안겨주었다.

그런 까닭에 "전 당신을 오래전부터 알고 있었습니다"로 시작되는 《연인》의 첫 문장은, 마치 내 소설의 첫 문장처럼, 아니 환청처럼, 오랫동안 내 귓가에서, 또 내 입술에서 떠나지 않았다. 나는 홀로 먼 거리를 운전해 낯선 도시에 강연을 가야 할 때나, 어쩌다 호숫가의 풀밭 위를 거닐다가 한 무리의 사람들과 마주칠 때면 소설의 다음 장면을 써나가듯 뒤라스의 문장을 읊조리곤 했다. "모든 사람들이 당신은 젊었을 때 아름다웠다고 하더군요." 누군가 아름답다, 고 말하는 순간, 진정 아름다운 것은, 그 마음을 표현하는 사람일 것이다. 먼 훗날 얼굴은 쭈그러지고 기억은 희미해져서 내가 글을 쓰는 작가였던 사실조차 흐릿해질 때, 누군가 나에게 다가와 말을 건다면, 그것도 뒤라스의 그 남자처럼 고백을 한다면…… "제 생각에는 지금의 당신 모습이 젊었을 때보다 더 아름다운 것 같습니다. 지금의 당신, 그 쭈그러진 모습을 젊은 여인으로서의 당신 얼굴보다 훨씬 더 사랑한다는 사실을 말씀드리기 위해 온 것입니다." 생각만으로도 가슴이 미어질 듯이 먹먹해졌다. 그런 일은 영화나 소설에서나 일어날 수 있는 일, 그러니까 상상(허구) 속에서나 있는 일, 현실에서는 불가능해 보이고, 그렇기 때문에, 그런 상상을 불러내는 것만으로도 숨이 차는 일이었다.

1998년 9월 파리. 몽파르나스 묘지로 뒤라스를 만나러 갔다. 일흔 살에 서른다섯 살의 연인에게 구술하여 완성시킨 작품, 《연인》. 쭈그러진 모습을 젊었을 때의 얼굴보다 훨씬 더 사랑한다는 젊은 연인의 고백을 연인의 손과 함께 가슴에 얹고 눈을 감은 여든한 살의 노작가, 뒤라스. 그녀가 이 세상의 무대에서 사라졌다는 것이 상실감을 안겨주었지만, 그녀가 몽파르나스 묘석 아래 영원의 거처를 마련했다는 것이 뜻밖의 위안을 주기도 했다. 거기 그렇게 붙들려 있지 않는 한 나는 그녀를 영영 만날 수 없을 것이 아닌가.

그 후 파리에 갈 때면 나는 마치 혈족을 찾아가듯 몽파르나스의 그녀를 찾아갔다. 지척에 사르트르와 보부아르의 합장묘가 있었고, 거기에서 또 지척에 보들레르와 베케트의 묘가 있었다. 그들을 순례한 끝에는 늘 뒤라스의 묘에 이르렀고, 묘석 건너편 초록색 벤치에 앉아 서울의 보고픈 사람들에게 엽서를 쓰면서 남은 오후를 보냈다. 그리고 2003년 8월. 그녀 앞에서 그녀의 마지막 작품 《이게 다예요》를 나직이 읊조리며 안으로 깊이 전율했다. 2000년 8월과 2003년 8월 사이 나는 파리를, 그러니까 그녀를 찾지 않았고, 그 사이 중편 《아주 사소한 중독》을 썼는데, 어떤 의미로 그 작품은 그녀에 대한 오마주라고 할 수 있었다.

* 몽파르나스 묘지의 마르그리트
  뒤라스 묘, 파리

...한 청년이 묘석에 새겨진 마르그리트 뒤라스의 약자 MD를 바라보고
서 있었다. 청년은 그녀가 가까이 다가가는 순간까지 묘지를 지키는 사
이프러스 나무처럼 움직이지 않고 서 있었다. (중략) 그녀는 마르그리트
뒤라스 묘 맞은편에 놓인 초록색 페인트칠이 되어 있는 나무 벤치에 멈
췄었다. (중략) 오른손에 꽃이, 한 송이 노란 장미꽃이 들려 있었다. 3시
가 되자 그가 돌아섰다. 그녀는 벤치에 앉아 있었다. 두 사람의 눈이 마
주쳤다. 그가 그녀를 알아보는 눈짓으로 씽긋 웃었다.
"꽃을 놓을 거면 어서 놓지 그래요, 시들기 전에."

...함정임, 《아주 사소한 중독》

　내 소설 《아주 사소한 중독》의 주인공인 서른세 살의 그와 서른여섯
살의 그녀는 그렇게 파리 몽파르나스 묘지 마르그리트 뒤라스 묘지 앞
에서 만난 것으로 설정되어 있다. 무의식적이기는 했지만 아마 뒤라스
가 아니었으면 나는 세 살 연하 남자와의 사랑을, 그것도 섹슈얼한 관
계로 그리지 않았을지도 모른다. 그리고 무엇보다 사랑과는 동떨어진
유배지에 처해 있는 듯했던 내게 찾아온 희귀한 사랑을 과감히 쓰지 못
했을 것이다. 그때 나는 소설 쓰기는 물론 삶을 옥죄는 병적이고 집착
적인 사랑에서 빠져나갈 길을 찾고 있었고, 최선의 선택인 동시에 최악
의 방법일지도 모르는 소설에 사랑을 던졌다.
　작가는 사랑을 쓰면서 비로소 그 사랑에서 놓여난다. 그러나 사랑은
한 번으로 끝나는 것이 아니어서, 이별도 해방도 한 번에 이루어지지
않는다. 에르노의 2001년 작 《탐닉》(한국어판은 2004년 문학동네 출간)이

* 사랑에 빠진 연인들이 달려가는 수상 도시 베네치아, 이탈리아

* 죽음과도 같은 사랑의 물결이 현기증을 일으키는 운하의 곤돌라

그 증거이다. 에르노의《탐닉》의 원제 'Se Perdre'는 '길을 잃다', 혹은 '눈앞에서 사라져 보이지 않다'라는 뜻이다. 오직 한 남자만을 기다리던, 오직 한 남자밖에 보이지 않았던 눈먼 사랑. 이 작품은《단순한 열정》가 씌어지기 전, 그 작품의 오리지널 기록으로 1991년 2년여에 걸친 소련 외교관과의 격한 사랑과 오랜 기다림, 절망과 집착을 그대로 기록한 일기다.

《단순한 열정》이 발표되었을 당시 프랑스 문단과 독서계가 소설이냐 아니냐를 두고 격렬한 논쟁을 벌였던 것은 주지의 사실인데, 그로부터 10년 후 그나마 허술하게 씌워졌던 허구의 장치마저 완전히 걷어낸 날 것 그대로의, 어느 평자의 말대로, '문학적이지 않은' 책이《탐닉》인 것이다. 이번에도 이것은 소설인가 또는 작품인가, 그와 동시에 이것은 사랑인가 또는 외설인가라는 질문이 쏟아졌다. 더욱이 1997년, 5년간 그녀의 연인이었다는 필립 빌랭의 자전 소설《포옹》(한국어판은 2001년 문학동네 발행)이 발표되면서 그녀의 소설은, 아니 그녀의 사랑은 또 한 번 뜨거운 화두가 되었다.《단순한 열정》과《탐닉》의 그 남자가 눈앞에서 완전히 사라져 보이지 않게 되도록 쉰여섯 살의 작가는 스물세 살의 청년과 미칠 듯한 탐닉, 불같은 사랑에 자신을 던진 것인가. 에르노는, 내가 아는 한, 사랑의 상실을 폭력으로 여기며 그 폭력과의 싸움을 글쓰기, 혹은 소설로 영원화하는 최초의 작가이다. 이때 에르노의 사랑은 단순한 개인사적 사건의 기록이 아닌 '에르노적 글쓰기'라는 독자적인 영역에서 다시 태어난다.

세상에 질투 없는 사랑, 죄(의식) 없는 사랑, 두려움 없는 사랑, 번민

없는 사랑, 상처 없는 사랑, 이별 없는 사랑, 절망 없는 사랑이 있겠는가. 보통 사람들이 친구를 붙잡고 답답한 사랑, 쓰라린 마음을 고백하고 용기를 얻고 포기하고 위로받는다면, 나는 서가든 묘지든, 작가들을 찾는다. 체험적 글쓰기, 특히 사랑을 소설화하기에 용감했던 뒤라스와 에르노를 찾곤 한다. 뒤라스와 에르노, 그들은 사랑에서 욕망에서 고통에서 쾌락에서, 그리고 무엇보다 글쓰기에서 작가의 한계치를 넓힌 것이 분명하기 때문에. 그리하여 글쓰기의 영역을 확장시킨 사랑의 전사戰士들이기 때문에.

☂ 인용 · 참고도서 목록

구효서, 《저녁이 아름다운 집》, 랜덤하우스코리아, 2009

김애란, 《달려라, 아비》, 창비, 2005

김연수, 《네가 누구든 얼마나 외롭든》, 문학동네, 2007

김영하, 《오빠가 돌아왔다》, 창비, 2004

니코스 카잔차키스, 《그리스인 조르바》, 이윤기 옮김, 열린책들, 2009

라이너 마리아 릴케, 《말테의 수기》, 김재혁 옮김, 웅진클래식코리아, 2010

레이먼드 카버, 《대성당》, 김연수 옮김, 문학동네, 2007

로맹 가리, 《새들은 모두 페루에 가서 죽다》, 김남주 옮김, 문학동네, 2007

로알드 달, 《맛》, 정영목 옮김, 강, 2005

르 클레지오, 《아프리카인》, 최애영 옮김, 문학동네, 2005

르 클레지오, 《조서》, 정혜숙 옮김, 세계사, 1989

르 클레지오, 《허기의 간주곡》, 윤미연 옮김, 문학동네, 2010

마르그리트 뒤라스, 《연인》, 김인환 옮김, 민음사, 2007

마르셀 에메, 《벽으로 드나드는 남자》, 이세욱 옮김, 문학동네, 2002

마리오 바르가스 요사, 《리고베르토씨의 비밀 노트》, 김현철 옮김, 새물결, 2004

마리오 바르가스 요사, 《새엄마 찬양》, 송병선 옮김, 문학동네, 2010

모파상 외, 이탈로 칼비노 편, 《세계의 환상 소설》, 이현경 옮김, 민음사, 2010

무라카미 하루키, 《상실의 시대》, 유유정 옮김, 문학사상사, 1989

박민규, 《죽은 왕녀를 위한 파반느》, 예담, 2009

박태원, 《소설가 구보씨의 일일》, 깊은샘, 1999

배수아, 《독학자》, 열림원, 2004

배수아, 《북쪽 거실》, 문학과지성사, 2009

배수아, 《이바나》, 이마고, 2002

샤를 보들레르, 《파리의 우울》, 윤영애 옮김, 민음사, 1992

성석제, 《황만근은 이렇게 말했다》, 창비, 2002

스탕달, 《적과 흑》, 이규식 옮김, 문학동네, 2010

아니 에르노, 《단순한 열정》, 최정수 옮김, 문학동네, 2001

알랭 드 보통, 《여행의 기술》, 정영목 옮김, 이레, 2004

알베르 카뮈, 《결혼, 여름》, 김화영 옮김, 책세상, 1989

어니스트 헤밍웨이, 〈킬리만자로의 눈(雪)〉, 시사영어사편집부, 2000

에드거 앨런 포, 호르헤 루이스 보르헤스 편, 《도둑맞은 편지》, 김상훈 옮김, 바다출판사, 2010

에밀리 브론테, 《폭풍의 언덕》, 김종길 옮김, 민음사, 2005

오르한 파묵, 《순수 박물관》, 이난아 옮김, 민음사, 2010

오르한 파묵, 《이스탄불—도시 그리고 추억》, 이난아 옮김, 민음사, 2008

외젠 이오네스코, 《코뿔소》, 박형섭 옮김, 동문선, 2002

장 폴 사르트르, 《구토》, 방곤 옮김, 문예출판사, 1983

제임스 설터, 《어젯밤》, 박상미 옮김, 마음산책, 2010

제임스 조이스, 《더블린 사람들》, 한일동 옮김, 펭귄클래식코리아(웅진), 2010

제임스 조이스, 《율리시즈》, 김종건 옮김, 생각의나무, 2011

조너선 사포란 포어, 닉 혼비 외, 《픽션》, 이현수 옮김, 미디어2.0, 2009

조엘 에글로프, 《다른 사람으로 오해받는 남자》, 이재룡 옮김, 현대문학, 2010

조엘 에글로프, 《장의사 강그리옹》, 이재룡 옮김, 현대문학, 2001

줌파 라히리, 《그저 좋은 사람》, 박상미 옮김, 마음산책, 2009

천명관, 《고령화 가족》, 문학동네, 2010

카렌 블릭센, 《아웃 오브 아프리카》, 민승남 옮김, 열린책들, 2009

캐서린 맨스필드, 《가든 파티》, 홍한별 옮김, 강, 2010

캐서린 맨스필드, 《가든파티》, 한은경 옮김, 펭귄클래식코리아, 2010

코리네 호프만, 《하얀 마사이》, 두행숙 옮김, 솔, 2007

트레이시 슈발리에, 《진주 귀고리 소녀》, 양선아 옮김, 강, 2003

파스칼 키냐르, 《옛날에 대하여》, 송의경 옮김, 문학과지성사, 2010

폴 오스터, 《고독의 발명》, 황보석 옮김, 열린책들, 2001

폴 오스터, 《보이지 않는》, 이종인 옮김, 열린책들, 2011

폴 오스터, 《브루클린 풍자극》, 황보석 옮김, 열린책들, 2005

폴 오스터, 《빵 굽는 타자기》, 김석희 옮김, 열린책들, 2000

함정임, 《아주 사소한 중독》, 작가정신, 2006

함정임, 《이야기, 떨어지는 가면》, 세계사, 1992

함정임, 《인생의 사용》, 해냄, 2003

허먼 멜빌, 《필경사 바틀비》, 공진호 옮김, 문학동네, 2011

허먼 멜빌, 《필경사 바틀비》, 한기욱 옮김, 창비, 2010

F. 스콧 피츠제럴드, 《위대한 개츠비》, 김영하 옮김, 문학동네, 2010

소설가의 여행법

초판 1쇄 발행 2012년 2월 25일

지은이 함정임 펴낸이 연준혁

편집1팀
편집 김은주 디자인 하은혜
제작 이재승

펴낸곳 (주)위즈덤하우스 출판등록 2000년 5월 23일 제13-1071호
주소 (410-380) 경기도 고양시 일산동구 장항동 846번지 센트럴프라자 6층
전화 031) 936-4000 팩스 031) 903-3891
전자우편 wisdom7@wisdomhouse.co.kr 홈페이지 www.wisdomhouse.co.kr
종이 월드페이퍼 인쇄·제본 영신사 후가공 이지앤비

값 15,000원 ISBN 978-89-5913-660-5 03810

국립중앙도서관 출판시도서목록(CIP)

소설가의 여행법 / 글·사진: 함정임. ― 고양 : 위즈덤하우스, 2012
p. ; cm

ISBN 978-89-5913-660-5 03810 : ₩15000

기행 문학[紀行文學]

816.7-KDC5
895.765-DDC21   CIP2012000603